Ein liebender Mann

Martin Walser

(德)马丁·瓦尔泽 著
黄燎宇 译

恋爱中的男人

浙江出版联合集团
浙江文艺出版社

目　录

致中国读者 / 001
译者序 / 003

第一部 / 001
第二部 / 093
第三部 / 153

补　记 / 245

致中国读者

作者离不开译者。我不知道还有什么依赖关系能和作者对译者的依赖相比。

《恋爱中的男人》陆续被译成十九种语言。译者纷纷向作家提问题。我的经验告诉我:不向作者提问的译者,就不是译者,而是编译者。

现在我跟随我的小说来到中国。这部小说在世界各地有十九位译者,黄燎宇是他们中间提问最多的一个。从他提出的问题我可以感觉到,原作的思想和情感引起这位远在北京的译者的强烈共鸣。他在他翻译的小说中如鱼得水。他提出的问题让你感觉到一股激情,一股寻觅正确表达的激情。他和我一样,坚信一种感觉只允许一种表达方式。心中洋溢着爱的人,才有这样的激情。

由于有上述的经历,我完全有理由期待大家阅读中译本的时候能够感受我的小说所刻画的那些激情与痛苦、那些幸福和不幸的时刻。倘若大家能够与我笔下的人物同甘共苦,我将非常地高兴。我读过一点翻译成德文的中国小说,尤其是莫言的小说,所以我非常喜欢中国的小说艺术,所以我也很乐意借助中译本成为受中国读者欢迎的客人。

马丁·瓦尔泽
2009 年 8 月 20 日

译者序

　　谁是马丁·瓦尔泽？2009年6月30日,当瓦尔泽在柏林的中国文化中心友情出演、朗诵《恋爱中的男人》选段时,进行报道的两位记者给出了形象生动而又言简意赅的答案。其中一位写道:"他是我们在世的作家中最伟大的一位。马丁·瓦尔泽一说话,德国人都会侧耳倾听;瓦尔泽的书一问世,德国人就会争先恐后,先睹为快,然后展开激烈辩论。"另一位则指出:"马丁·瓦尔泽在哪里出现,哪里就座无虚席。柏林的中国文化中心的多功能厅也不例外。"通过这相映成趣的两句话,瓦尔泽在德国的文学地位和社会影响力可谓跃然纸上。

　　对于瓦尔泽,我们的读者并不陌生。他的好几部小说已译成中文出版,他的短篇小说、演说稿以及随笔也上过我们的文学期刊,有的杂志还做过他的作品专辑。介绍和研究他的文字也越来越多。尽管如此,我们仍有必要在此对其生平进行简要交代。

　　瓦尔泽于1927年3月24日出生于博登湖畔的瓦瑟堡。父母经营祖传下来的餐馆兼旅店,同时做点木柴和煤炭生意。父亲在他十一岁的时候病逝。他很早就跟哥哥一起做母亲的帮手,做过账,也运过煤,由此长了不少见识,也锻炼出一副好身骨。1944 年他应征入伍。1946 年上大学。先后在雷根斯堡和图宾根攻读文学、哲学、历史、宗教、心理学。1951 年以研究卡夫卡的论文获图宾根大学博士学位(论文标题为《对一种形式的描述》,与卡夫卡小说《对一次战斗的描述》相呼应)。随后在位于斯图加特的南德意志电台做了几年记者和导演。他在大学期间就开始写作,1953 年开始参加堪称联邦德国文学家摇篮的四七社的活动,1957 年成为职业作家。瓦尔泽是写作多面手,既写小说、剧本,又写文论、政论、随笔、杂文;他也是写作快手和写作高手。经过几十年的写作积累,他不仅著作等身,而且有多部作品脍炙人口,雅俗共赏。1997 年苏尔坎普出版社出版了十二卷本的《马丁·瓦尔泽文集》。如果今天再出一套瓦尔泽文集,估计得有二十卷。

瓦尔泽的文学成就得到了社会的充分认可。他获得的各种大奖就有二十来个,其中包括联邦德国最有分量的文学奖格奥尔格·毕希纳奖,还有德国政府颁发的大十字功勋奖章。各种顶尖级文学团体和学术机构授予他的头衔也有一长串。此外,他还享受着迄今为止没有一个德国作家在有生之年享受过的待遇:雕塑家彼特·林克受其著名中篇小说《惊马奔腾》的启发,塑造了一尊具有怪诞风格的瓦尔泽驾驭惊马像。塑像矗立在博登湖畔的于伯林根市中心广场,因为瓦尔泽是于伯林根市的市民和选民。但是这样的待遇也不算过分。今天的瓦尔泽已被视为"文学君主",在德国文坛牢牢地占据了数一数二的位置。对此,一位俏皮的德国作家调侃说:"没有文学君主的德国和没有冲突的中东一样难以想象。马丁·瓦尔泽是我们当今的文学君主。有一阵他不在位,在位的是君特·格拉斯,格拉斯登基之前瓦尔泽在位,瓦尔泽登基之前又是格拉斯在位。"

瓦尔泽在文学上很成功,在生活中也照样成功。作为享誉世界的作家,他常常人在途中,云游四方。但他同时拥有一个仙居,一个安乐窝。他生在博登湖畔,长在博登湖畔,成家立业之后又扎根博登湖畔。1968年,他率领全家搬进了于伯林根市东郊的努斯多夫镇的一栋别墅,一幢能够将博登湖的美景尽收眼底的亲水豪宅。这里就此便成为他永远的居所。这栋房子不仅有仙风道气,而且充满人气和亲情。[①] 瓦尔泽是一个早婚早育的作家。他二十三岁就与青梅竹马的卡塔琳娜·诺伊纳-耶勒结婚,婚后有四个女儿。她们个个才貌双全。约翰娜、阿丽莎、特蕾西娅成为小有名气的作家,弗兰齐斯卡成为小有名气的演员。瓦尔泽一家也由此成为与托马斯·曼一家类似的文学豪门。但是,作为一家之主的瓦尔泽远比作为一家之主的托马斯·曼幸运,因为他是孩子们的慈父、朋友、领路人,托马斯·曼与其子女的关系却令人遗憾。有趣的是,瓦尔泽最推崇的德语作家也叫瓦尔泽——罗伯特·瓦尔泽。这位在二十世纪初昙花一现的瑞士德语小说家是一个文学奇才,通常被视为卡夫卡的先驱。也许因为瑞士是遍布世界的瓦尔泽们的发源地,马丁·瓦尔泽对其瑞士本家情有独钟,自述将罗伯特·瓦尔泽的小说《雅各布·

[①] 参见黄燎宇:《近看语言大师》,载于《文景》2008年第10期。

封·贡腾》认真读过不下二十遍,随便翻过近千遍……

瓦尔泽也是德国文坛数一数二的性格人物、话题人物、争议人物,是一个有人捧、也有人推的不倒翁:他的演讲会或者作品朗诵会很容易招惹热血青年,反对他的标语和口号屡见不鲜;另一方面,德国总统也在他的演讲会和朗诵会上频频现身,德国驻外大使在他来访之时待他总是如接待总统、总理一般。难怪他连续几年在德国权威的政治学杂志《西塞罗》颁布的知识分子影响力排行榜上名列前茅,2007年他还排行第二,紧紧跟在教皇本笃十六后面。瓦尔泽有如此耀眼的人生,是因为他有三颗灵魂:他有一颗艺术魂,所以他把自己的作品当自己的孩子对待,谁对他的孩子好他对谁好,谁欺负他的孩子他跟谁急,在他这里,文坛恩怨很容易成为政治事件的根源;他有一颗英雄魂,讲义气,重尊严,遭遇不平的时候既敢动口也敢动手,有时还被裁定为防卫过当;他还有一颗民族魂,因为他痛切地感觉到沉重的历史包袱给当代德国人造成的精神不正常和思想不自由,所以他时不时地要充当德意志火山,喷出德意志熔岩。①

瓦尔泽的性格刚柔相济。他是勇士和斗士,但同时也是绅士和骑士。他充满智慧和幽默,讲话有分寸,有品味。他知道如何对人进行表扬,更知道如何接受表扬。对于"文学君主"的称号和"瓦尔泽-格拉斯轮流执政"说,他的回应是:"有些作家如果有幸活到八十岁,他们就会进入我和格拉斯这样的角色。有些事情需要你活到八

---

① 参见黄燎宇:《越老越红的辣椒运:马丁·瓦尔泽》,载于《人民文学》2009年第五期。

十岁。到时候一切都会送上门来。"他的歌德小说几乎人见人爱,大家都想知道为什么,他却是一脸的无知和无辜:"我是第三次遇到这种情况了。《一匹在逃的马》《一座迸涌的流泉》《一个恋爱中的男人》——这三本书的标题都是'一'字开头,读者的反应都很热烈。我也不清楚这是为什么。"需要指出的是,中文标题比较忌讳不定冠词,所以这三篇小说的中文标题分别为:《惊马奔逃》、《迸涌的流泉》、《恋爱中的男人》。笔者在他家里享受了几天五星级待遇,过后写信致谢,他却回信宣布笔者获得"客人表现金牌";读了笔者高调赞美他的文章后,他的来信落款就成了:"您的瓦尔泽原型";他对中国有好感,就把"中国"解构为"依然位于世界中央的帝国",就说德国媒体制造"符合政治正确原则的中国形象"。他让笔者悟出一个大道理:大师的标志之一就是出口成章。

《恋爱中的男人》取材于真人真事。人非普通人,事非平常事,因为这是七十四岁的歌德在疗养胜地马林巴德爱上十九岁的姑娘乌尔莉克·封·莱韦措的故事,不朽的《马林巴德哀歌》就是从这未果的爱情绽放出的艺术花朵。马林巴德的故事在德语文学圈内几乎路人皆知,同时也是歌德研究中的一大悬案。人们明里暗里总想知道歌德为何"老不自重",为何"晚节不保"。一百年前,托马斯·曼就想以"歌德在马林巴德"为题写篇小说,后来却因为某种顾虑而改弦易辙,写出了中篇杰作《死于威尼斯》。也许是巧合,喜欢跟托马斯·曼唱对台戏的瓦尔泽偏偏在托马斯·曼留下的创作废墟上搞起了建筑。2007年夏,八旬老翁瓦尔泽全力以赴投入了歌德小说的创作。他写得异常顺手,也异常投入,他几乎是在情感沸腾和情感地震状态中写作,以致搁笔之后好长一段时间里,他的心情都无法平静,他的情感也无法冷却。但是他没有白费功夫,也没有浪费感情,因为他把"歌德在马林巴德"的故事变成了一部出版前就好评如潮、上市之后又持续热销的爱情小说。这本小说不仅让本来就喜欢瓦尔泽的读者和评论家欣喜若狂,不仅让中立的评论家和读者发出赞叹,甚至连此前与瓦尔泽势不两立、与他处于热战或者冷战状态的机构和个人也跟他握手言欢……

《恋爱中的男人》为何如此成功?这个问题说复杂也复杂,说简单也简单。说它复杂,一是因为好作品都以多义性为标志,写得越好的小说,涵义就越是丰富。好的作品全都拒绝单一和最终的阐释,全都历久弥新,常说常新。再者,文学阅读就是读者与文本的精神碰撞,同样一个文本,在跟阅历、知识、情感、趣味各不相同的读者碰撞的时候自然会迸出不同的精神火花。有的火花还会让作者本人瞠目结舌。简言之,成功的作品总让人一言难尽,伟大的作家都是"说不尽的莎士比亚"(是歌德最先喊出这不朽的口号)。说这个问题简单,是因为成功的文学作品必然是表达了千万读者的心声、引起千万读者共鸣的作品。尽管《恋爱中的男人》的主人公是伟人歌德,尽管它讲述的是年龄悬殊的老少恋,但是爱情和人性的本质依然在恋爱中的歌德所经历的天堂地狱、在歌德的爱欲引发的人性光辉和人性阴暗中若隐若现。读着歌德的故事,不论男女老少都有可能暗自感叹"这就是我!"与此同时,常识又告诉我们,深刻的文学认识有赖于高超的艺术刻画,所以说文学作品的成功与否,与其说看它"写什么",不如说看它"怎么写"。说到底,就是看它的语言。

瓦尔泽是公认的语言大师或者说语言魔术师。他的句子大多没有长度,但多半充满深度和弯度,多半曲里拐弯、耐人寻味;他从不打引号,迫使读者在叙述者和人物之间来回奔波,左顾右盼(译文中加的几个引号是为了避免冲撞中文语法和阅读习惯的底线);他深谙文学语言的本质,轻外延重内涵,喜欢玩内涵游戏,让读者的知识和想象接二连三地受到挑战和刺激。他的语言是思想者的语言,对于读者具有健脑益智之效。但瓦尔泽不单是思想者,他还有着丰沛而强烈的情感,还能够让丰沛而强烈的情感活跃在字里行间。从《恋爱中的男人》可以看出,瓦尔泽的语言让诗意和思辨、讽刺和忧伤水乳交融。它再次证明作家是天之骄子,是上帝的宠儿,证明文学家在语言表达方面具有两栖优势,从而优于诸子百家。这正如托马斯·曼在《死于威尼斯》中所说,"作家的福气"在于"思想能变成情感,情感能变成思想",在于作家们既有"沸腾的思想",又有"精确的情感"①。也正因如此,《恋爱中的男人》一面闪耀着思想和智慧的光芒,让读者享受思维快乐和精神保健,一面也具有情感震撼力和情感杀伤力,可以让人肝肠寸断、泪流满面。

这样的语言,翻译起来自然是无比地快乐,但是也无比地艰难。歌德在给乌尔莉克的第一封信中承认自己"也是一家公司",因为自己有很多"手下"。这句话别人看了也许不会有什么触动,笔者却是感慨万千。歌德是伟人,当然需要别人给他打杂、垫背。瓦尔泽让

---

① 托马斯·曼:《托马斯·曼中短篇小说全集》第一卷,费舍尔口袋书出版社,2002年,第484页。

歌德做老板可谓合情合理。无独有偶。托马斯·曼笔下的歌德也有老板的身影,因为《绿蒂在魏玛》中的歌德总是让别人去"卖力、开采、冶炼、积累",自己只"等着打制金币"①,所以他身边的人纷纷感叹"伟人乃公众之不幸"②。让笔者长吁短叹的是,像笔者这样一个区区小人物,翻译瓦尔泽的一本小说仿佛也需要成立一家公司,也需要做一回老板。这是因为:德文理解需要请教包括瓦尔泽在内的德国人,遇到其他外文则必须求助其他语种的同行,中文表述需要高明的同胞帮着推敲(吾友沈中明功不可没),专业词汇必须跟各路神仙虚心请教,定稿之前不仅需要友人在文字上面把关,而且需要学习"妪解则录"的白居易精神。掐指一算,笔者前前后后至少动用了一个排……翻译这么点东西就动用这么多人,不知是因为自己太笨、太离不开人,还是说译者本来就不应单打独斗(马丁·路德似乎就是这种观点③)。但不管怎样,我必须向帮助过我的一排人深深地鞠上一躬。同时我要郑重声明:如果读者喜欢译文,那是原作和全排人员的功劳,如果什么地方让人觉得别扭、拗口乃至文理不通,责任由译者独自承担。

黄燎宇

2009年9月

---

① 托马斯·曼:《绿蒂在魏玛》,费舍尔口袋书出版社,1986年,第49页。
② 同上,第276页。
③ 谭载喜:《西方翻译简史》(增订版),商务印书馆,2005年,第67页。

献给乌尔莉克·埃格涅夫—科隆比耶

第一部

一

　　他看见她的时候,她早已看见他。她进入他的视野的时候,他早已成为她的注视对象。这一幕发生在1823年7月11日下午五点,在马林巴德①的十字架水井旁边。上百个高贵的度假客人闲步林荫大道,人人都端着一个杯子,里面盛着口碑一年赛过一年的矿泉水,人人都想吸引旁人的目光。歌德不介意旁人的目光,但是他更想树立谈话者而非漫步者的形象。今年七月那些日子里,他总是和施特恩贝格伯爵在一起。伯爵比歌德小整整十岁,是自然研究者。对于歌德的色彩理论,自然科学家们最好的表示也就是不用嘲讽的口吻表示遗憾。这种现象歌德不习惯也习惯了。如果遇到一个承认其色彩理论的人,他常常会因为过分友好、感激、感动而几乎无法自持。卡斯帕·施特恩贝格伯爵就是一位承认其色彩理论的

---

① 马林巴德意为"玛利亚温泉"或者"圣母温泉",现位于捷克境内,现名玛利亚温泉市。

自然科学家,他还撰写过一本论史前花卉的书,就是说,他可以读出石头里面所保存的内容。后来石头又成为歌德最喜爱的研究领域。但是今年七月,一个新情况让伯爵对歌德的吸引力超出了自然科学的范围。去年他们两个都住在克勒贝尔斯贝格伯爵的公馆,伯爵把他的公馆办成了疗养宾馆。莱韦措母女也住那里。他们在阿马莉·封·莱韦措搞的沙龙聚会上相识。我们可是老相识,歌德大声说,我们在史前时代就是熟人。他指的是施特恩贝格伯爵那本书的标题。他几乎是疾步走向伯爵,然后拥抱问候。他的动作很显眼,因为平时遇到这种情况他总是原地不动,总是让那个男人或者女人有机会向他靠拢。我们两个都爬上了多内斯贝格山,在特普利兹①那边上去的,男爵夫人,我们从不同的方向包抄上去,我们都到了山顶,这个信里已经说过了。伯爵说他们是两个来自不同的地区和历史时期的旅行者,两人在比较各自的经历时才发现殊途同归是好事。

现在,歌德让伯爵在这林荫道上给他讲述瑞典化学家贝采利乌斯的新发现:奥弗涅地区②的火山石跟这里的科摩尔尼的胡尔卡③火山化石有着惊人的近亲关系。

不管在什么地方,这样的交谈都具有掩护谈话者的功能。今天是歌德不止一次一边说话一边张望。歌德是近视眼,但是他觉得戴

---

① 现位于捷克境内,现名特普利采。
② 位于法国境内。
③ 位于捷克境内。

眼镜很可怕。他周围那些眼镜全都知道，谁想得到歌德的接见，谁就得乖乖摘掉眼镜。眼镜败坏我的情绪，这是他的话，而这位知名作家说的话总是一传十，十传百。本来他不可能从远处辨认出自己所寻找的人，但如果是阿马莉·封·莱韦措和她的几个女儿，如果是她和今年分别为十九岁、十六岁、十五岁的乌尔莉克、阿马莉和贝尔塔，不管她们离他多远，也不管林荫道上的人多么形形色色，他都能够一眼看出谁是谁。他这本领名不虚传。尽管她们几个的高矮顺序发生了变化。现在乌尔莉克个头最高，明显超过了母亲。

他引着伯爵朝莱韦措母女小分队所在的方向移动，却没有打断伯爵对奥弗涅地区火山化石和科摩尔尼的胡尔卡火山化石的亲缘关系所发的滔滔宏论。他和乌尔莉克的目光相遇。他还没有发现她的时候，她就已经发现了他。

他的内心出现一丝震动，闪过一股电流，翻起一阵潮涌，他的脑子里面热血沸腾。他感觉自己有可能头晕。他试图让仿佛在痉挛中僵硬的额头和眼部肌肉得到缓解和放松。既然整整一年没见面，欢庆重逢的时候哪能一脸怪相，哪能把诧异、痛苦、慌张挂在脸上。

言归正传。他们走到莱韦措母女跟前，与她们行礼，寒暄。年轻的母亲明显比她哪个女儿都活泼。乌尔莉克目不转睛，这还是他去年见到的眼光吗？他和她四目相对。到了无法坚持、非说点什么不可的时候，他才说：眼前的各位朋友，希望你们明白一点，我不仅研究石头，我还研究眼睛。是什么因素让眼睛产生更大的变化，是来自外部的另外一种光线，还是来自内心的另一种情绪？在这一瞬间，"瞬"字带目旁，你们说妙不妙，在这一瞬间，因为一块厚厚的积云遮蔽了太阳,乌尔莉克的眼睛正从灰色变为绿色。如果这块云不走,我们面对的就是一个绿眼睛的乌尔莉克。施特恩贝格伯爵,不管外因占主导还是内因占主导,我们都应该对这一双重现象产生兴趣。衷心欢迎您,夫人,衷心欢迎你们三姊妹,你们是世界上最可爱的三人组合。

十六岁的阿马莉最像快嘴快舌的母亲,她说:我们根本不是什么三人组合,我们各是各,如果您没意见的话,枢密顾问先生。

问我有没有意见,说着歌德又朝乌尔莉克看。乌尔莉克的目光跟开始一样冷静,一样坚定。他盯着她的眼睛看。他把自己装扮成眼睛专家。但其实他不是。别人可以相信。乌尔莉克不信。他本人也不信。她看着他,只是为了表示自己在看他。在结束眼光话题之前,他又说:乌尔莉克,有些男人会把你鉴定为蓝眼睛,另外一些人又会说你是绿眼睛。我的意见是:您千万别给自己的眼睛固定颜色。

他把她的目光带回了房间。刚才大家聚在一起闲聊,重温了去年和前年的记忆。说起前年,那真是鬼天气,雨下了整整一个月。如果不是枢密顾问先生点子多,那日子真是没法过。但是他举办的石头展只有阿马莉感兴趣。他专门布置一个房间搞展览,几张桌子上摆满了男仆施塔德尔曼从这整个地区敲打来的石头。说到这儿,阿马莉依然怨气难消,因为枢密顾问先生为了让石头对乌尔莉克产生吸引力,竟然把一斤巧克力放到了石头中间。

还是刚从维也纳送来的新鲜巧克力,男爵夫人说,是有名的帕内尔糕点房做的!

还配了一首诗,贝尔塔说,她也忍不住要发言。

啊,他说,一首诗。

她还背得出来,封·莱韦措夫人说。

没等歌德说背诵给我听听,贝尔塔就背诵起来。她绘声绘色地,充满了艺术表现力:

又有吃,又有喝
谁有理由不快乐

我还是想知道为什么这里有带赭黄色条纹的花岗岩石,阿马莉说。她说这话是想再度提醒大家她对石头很感兴趣。

好,歌德说,说得好。

伯爵起身告辞,他说他想把刚才跟歌德就火成论和水成论进行的讨论稍加整理。他跟大家挥挥手,欠欠身,然后走了出去。

歌德望着他的背影。如果世界上有三个这样的人,我就会颂扬我们亲爱的上帝。

什么是火成论,阿马莉赶紧大声提问。她的眼睛没有看着她提问的对象,而是看着让她抢了风头的妹妹贝尔塔。

那我就问什么是水成论,贝尔塔大声说道,她什么事情都想超过比自己大两岁的姐姐。

那我就告诉你们,歌德说,对于我们今天所看到的地球表面的成因,学者们争论不休。有人说是火造成的,后来火退回地心,通过火山来提醒人们注意它曾经扮演的角色;有的学者则认为是水造成的,水逐渐退却,形成了海洋。

您呢,乌尔莉克问,您怎么看?

我想,我们不应该对目前只能通过猜测得出结论的事情下结论。但既然人们总是情不自禁地偏向某一方,我就承认自己是一个摇摆不定的水成论者。

我不知道应该如何理解您这话,乌尔莉克说,语气非常强烈。而且只朝着歌德说。她再次目不转睛地凝视着他。

歌德问是否要让他说点超出他知识范围的话。

既然我们讨论的是自然科学,不是诗歌,她说,我们就可以期待对方采取鲜明的立场。

哦,歌德说,我们的乌尔莉克所配备的思想武器不会低于《纯粹理性批判》的水平。

母亲:您得知道,现在她在斯特拉斯堡已被称为 Contresse Ulrike,也就是抬杠女爵乌尔莉克。

对于阿马莉而言,这是一个证明自己无所不晓的机会:Comtesse 的意思是女伯爵,contre 的意思是抬杠,这个新词就来自二者的组合。她们学校说什么都用法语。

歌德说,他对乌尔莉克能就读一所有如此发现的学校表示祝贺,他还承认自己非常快乐,因为他又能跟她们一家坐在一起闲聊。他在魏玛根本没有闲聊的机会,人们老是伺机找他谈论重大话题。

枢密顾问先生不是一点责任也没有吧,乌尔莉克说。

说得对,抬杠女爵,歌德说。我在那边的生活像戏剧而不是生活。

这里呢,乌尔莉克问。

这里嘛,他没往下说,干脆看着乌尔莉克,她看着他,说:说呀,这里怎样?!

在这里,他说,我又发现自己在魏玛受了两个冬天的煎熬,因为我对莱韦措母女的情况知之甚少。

可是,随时准备说话的阿马莉说道,两年前莱韦措母女对您的了解还要少得多。在认识您的第一年,我姐姐怎么说也十七岁了,她当时就承认,歌德的东西她一行字也没读过。相反,好可怕,席勒的作品倒是读了一大堆。

在斯特拉斯堡的法语寄宿学校,乌尔莉克说,给我们指定的德语读物全是这位法国大革命荣誉公民的作品。

歌德接着说:我曾冒昧地提醒过你们,我不像席勒、格勒特①,哈格多恩②、格斯讷③那样适合做青年人的榜样。

乌尔莉克接着说:您还说过,法国人喜欢诗情画意,喜欢粉饰乾坤,他们不喜欢自然和现实。

对,歌德说,所以萨洛蒙·格斯讷在法国的名气比在德国大得多,他适合法国读者。

可是伏尔泰也适合法国读者,乌尔莉克说。

---

① 克里斯蒂安·菲希特戈特·格勒特(1715—1769),1751 年开始担任莱比锡大学教授,讲授诗学、文体学和伦理学。歌德也听过他的课,并在《诗与真》中称其伦理学为"德意志伦理文化的基础"。
② 弗里德里希·封·哈格多恩(1708—1754),德国洛可可时期诗人,是德国阿那克里翁派的开山鼻祖,十八世纪德国寓言创作的先行者。
③ 萨洛蒙·格斯讷(1730—1788),瑞士田园诗人、画家。

翻译伏尔泰的,他说,不是我的朋友席勒,而是我。

您翻译了两部作品,乌尔莉克说,《扎伊尔》和《穆罕默德》。

两个剧本都不是很好,歌德说。

读上您的书以后,乌尔莉克说,我非常烦恼,因为我一刻也不知道您是谁。您总是在玩最花哨的把戏。奇妙的语言,奇妙的思想,奇妙的感觉。但他是谁?这是她最终想得到的答案。她说读他的书就有这种效果,读者会产生一种烦人的、庸俗的好奇心,想认识他本人,想认识他真实的一面。读者希望他近在眼前,希望想抓他的时候可以一把将他抓住。没错,读者想触摸他。但他是谁?

说到这个,还是司各特好,贝尔塔突然插上一句。

没错,乌尔莉克说。不了解司各特你不会烦恼。

贝尔塔显然不太明白这场谈话的玄机所在,所以她说,如果今年夏天又碰上下雨,大家就又得用朗读来消磨时间。而且要读司各特。她把《黑侏儒》带来了。

母亲补充说,贝尔塔还在坚持不懈地按照歌德去年的教导练习朗读。

贝尔塔对两个姐姐说:他叫我可爱的半大人。说我朗读的时候应该坚持先抑后扬。

今天得检查一下。

贝尔塔马上再次加强重音:谁有理由不快乐。

对,歌德大声说,"快乐"在句尾,所以别用降调,而是要升调,要拉长,"不快乐",三个字都要同样加重,而且要比其他任何一个词音调高。

阁下对我只有批评,乌尔莉克心平气和地说。她从不贸然打岔,但她想说就说。

是的,贝尔塔大声说,你必须表现得更有力,更生动。

我又不想变成蒂克,乌尔莉克说。

阿马莉问:这又是什么意思?

乌尔莉克答:不想变成朗诵艺术家的意思。

阿马莉抢回话头:枢密顾问不是青年人的榜样,这个我们已经领教了。

歌德表示愿闻其详。

好吧,您让我们做游戏,阿马莉说,让一个人出一个题目,坐在旁边的必须按照这个题目编个故事,但是谁都可以插进一个词,这个词必须用到故事里去。乌尔莉克讲故事的时候您说了一个什么词?吊袜带,枢密顾问先生。乌尔莉克脸红了……

不对,吊袜带没有进故事,乌尔莉克大声说,因为这个词脱口而出之后,枢密顾问先生立刻又添了一个词,他说的是:吊袜带勋章①。

这么说,好像他压根儿没别的想法,阿马莉说,但我们知道是怎么回事。

他觉得被莱韦措家几个前途似锦的女儿看成一个完全不适合做榜样的人也不太好,所以他说自己不抽烟、不下棋、不虚掷光阴。

---

① 指爱德华三世于 1348 年左右设立的嘉德勋章。勋章最主要的标志是一根印有"心怀邪念者蒙羞"的金字的吊袜带。

这话与其说是讲给大家听的,不如说是他自言自语。

乌尔莉克接过话头:您说话的口气,像是在为自己度过了如此堪为榜样的一生感到遗憾。

他说,既然他最终能够来和莱韦措一家享受人间仙境,他的过去不会一无是处。

他们在一起的时候总是这样你一言我一语。

其实他一直在寻找各种机会与她的目光相遇。回到房间之后他才意识到这点。他很喜欢这几个朴素的房间,现在他站在窗边瞭望马路对面宏伟的克勒贝尔斯贝格温泉宾馆,看着对面三楼的几扇窗子,因为窗子背后有乌尔莉克,此时此刻,她也许站着,也许坐着,也许在读书,也许在思考……见过这样的目光,他怎么活?也许去年就为时已晚。去年冬天他生了一场病,他病得很厉害。他写信给她。她回了信。有些异样。但他今天才对此有了体会。她那几封信写得有些特别,他不能给任何人看。每一次给她写信,他都只向书记员约翰口述一半。每一次他都要亲自添上几句,这几句话必须言之无物,但同时也要透露一点用言之无物来掩盖的东西。他写信的对象绝对不可能是乌尔莉克一个人,必须包括她母亲。没错,这一切都可以忍受。反正夏天快到了,又能跟她一起闲聊。然后是这目光,它改变了一切。这时泽森海姆又浮现在眼前,弗丽德莉克单纯的少女气质。这双眼睛透出强烈的情感,但所有的情感都来去匆匆,似乎每一种心情在清晰表达出来之后都必须马上抛弃。弗丽德莉克的嘴对其所作所为知之甚少,让你不得不完全主动地用自己的无知和好奇去补充她的无知与好奇。然后是夏绿蒂·布夫,那个伟大的感伤女人,她把宇宙化为一声叹息,让宇宙在这叹息中毁灭。他把她在他心中唤起的情感提升为最伟大的艺术。维特的绿蒂。她后来有理由对他在小说中给她塑造的形象表示不满。维特的绿蒂,这是他,正如维特也是他一样。然后是克里斯蒂安娜,这个跟随感觉的女人,她从来不觉得自己了不起,不能做任何迁就。她善于以柔克刚。然后是玛丽安娜,她想跟克里斯蒂安娜一个样,她凭借巨大的灵魂力量洗心革面,舍弃了自我。但这只是假面舞会。只是一种文化轰动。只是一则伟大的文学史传说。然后是乌尔莉克。整整两年,有口无心的撩人语言透出少女的魅力。去年还是一个尚未被唤醒的高贵女孩,还是一个在场的意志,想事事完美,一派日出之前的风景。现在,太阳升起了,这片风景生机盎然。看看她现在的眼光。谁也抵挡不住。你都不知道自己应该抵挡什么。你成了俘虏。成为她目光的俘虏。

他还得坐到写字台前。这个乌尔莉克,这个抬杠女爵,应该把她写进小说,写进早该问世的《漫游年代》①的第二版。海希利亚就是他想用抬杠女爵来丰富其性格的人物形象。但是绝对不能给乌尔莉克透露一个字儿。即便你很想在闲聊中告诉她你要把她写进你的小说,你也要管住自己!我们不能让文学源泉知道自己是源泉。否则这源泉就不再清纯。

他不能上床睡觉。现在千万别睡,进入睡眠就无法控制自我。如果保证能梦见她,就可以去睡。但是不行!醒着的时候可以一刻

---

① 指《威廉·麦斯特的漫游年代》。下同。

不停地想念她，脑海里可以浮现她的倩影，睡着以后却很有可能梦不到她。拿清醒交换睡眠。这笔交易还不能做。

他走来走去。在每扇窗子前面都驻足瞭望。她的床靠哪扇窗子？去年他也住在克勒贝尔斯贝格这幢既做公馆也做宾馆的豪宅里面。且不说年轻守寡的莱韦措夫人如今是克勒贝尔斯贝格伯爵的生活伴侣，她祖父布勒西奇克也在公馆享有永久房主权。今年卡尔·奥古斯特大公也想在马林巴德疗养。他和布勒西奇克、克勒贝尔斯贝格、莱韦措这几家人都是老朋友，所以他必然会住在克勒贝尔斯贝格这里。住二楼，住歌德去年住过的君主套房。卡尔·奥古斯特是歌德的君主、上司、朋友，时间已近五十年。歌德本可以再次住在克勒贝尔斯贝格宫，但是他选择了街对面的金葡萄饭店。经历这一切之后，他不得不惊讶自己有智慧的本能，因为是本能指引他住进了对面的房子。倘若与她共处一个屋顶底下，但是又被楼层和墙壁隔开，他就必须制造一点响动传到她那里，让她知道他在这里，让她知道：如果她不知道或者没察觉或者没听见他在这里，他的呼吸都会出现困难。他来这里只是为了她。她的脸很小。尽管如此，她的鼻子不能算小。一对杏仁眼的色彩变幻不定。但是它们永远炯炯有神。这双眼睛两年前就已经让他无法忘怀：这是一双永不疲倦、永远炯炯有神的眼睛，一双闪耀着蓝光和绿光的眼睛。它们多数情况下不是蓝色或者绿色，而是蓝绿色。他不得不把思绪转向她的嘴巴。她的嘴唇没有形成山脉，上唇饱满、线条和谐，能够依靠百依百顺的下唇。位于脸部下方的嘴几乎显得有些孤独。鼻子也孤独。有一个与其说看得见、不如说加点想象才能看得见的弯曲。她的鼻子就是不想平淡乏味地平直向前延伸。如果不细看，还会觉得她是尖鼻子，其实她的鼻子是圆中带尖。她的鼻子以一种不可避免的方式在这个充满孤独美的嘴巴上方收官：它接近嘴巴，但是不贴近。这张脸有一种恬静的美。乌尔莉克浑身上下都透出这种美。他现在后悔自己过去只画风景素描，没画人像素描。本来他是很乐意有一个人像素描画廊，如果那样，乌尔莉克的脸就是进入这个画廊的第一部作品。这是一片沐浴着阳光的风景。假如他不画素描，而是画油画，他就会说：这脸上散发出超凡脱俗的光芒。这张脸可以画油画，不能画素描。

他不得不走到衣帽间的穿衣镜面前。镜子的两边都有灯。

金葡萄饭店的老板是当地有名的灯具迷。他从不错过任何一场有新灯具展出的交易会。可能是这个消息让枢密顾问觉得选择这家旅馆很舒服。他倒背双手，摆出他那熟练的伟人形象。他不得不去对面的书房，从抽屉里取出一份来自维也纳的杂志，是一位布劳恩·封·布劳恩塔尔先生寄给他的，这个二十一岁的青年作家描写了他在魏玛拜访歌德的过程。他每次读到其中一段文字都要发笑，他每次都只看描写他外貌的那一段：

但是在那一刻，我不觉得这是一个相貌平常的文明人；歌德站在门口看着我的那一刻，我真觉得他像一尊用帕罗斯大理石①雕刻而成的宙斯像。看这头部！看这身材！看这风度！英俊，高贵，威风！这是一个已经七十三

---

① 产于希腊帕罗斯岛。

岁的老人,波浪形的白发像刚刚落地的白雪一样环绕他粗壮的脖颈,高贵的棱角依然清晰,肌肉依然紧绷,高高的额头光洁如雪花石膏,嘴唇同时表达出自信、尊严、和蔼,有力的下巴尚未下垂,最后还有这双眼睛,这壮观的、映照着蓝天白云的、清澈见底的蔚蓝色山间微型湖泊!在我所见过的歌德画像中,没有一幅同时刻画出他的气魄、英俊、力量,没有一幅展现出这个令人称奇的整体;如果人们能够达到艺术的最高境界,雕塑能表现三者的统一,这有过先例,但是彩色画面绝对做不到。就像无法画出晚霞衬托的杜富尔峰或者勃朗峰一样。歌德就是这样出现在我眼前,我的思想向他顶礼膜拜。我,一个初出茅庐、籍籍无名的文学青年,我是多么的幸运;我可知道有多少前程似锦、功成名就的人被他拒之门外!他身着睡袍接见我,从这一细节就可以看出他对我另眼相看,或者说他在我面前不拘小节。他看着我,就像一条巨蟒盯着一只狍子看。只不过他没有吞噬我,他只是款款走向长沙发,走向他的"西东沙发",又名"西东合集"①,用温柔的手势邀请我跟随他,然后——我多么快乐!——坐到他身旁。他用温柔而严肃的语调开始说话,他的声音犹如电流,一种麻酥酥的舒服感走遍我的全身。年老的诗人轻轻地拉着我那只因为快乐和崇拜而颤抖的手,用他柔软的双手握着我的手,眼睛

---

① 德语里面"诗集"和"长沙发"是一个词:Divan。

看着我,对我说话……

他把杂志放回抽屉,心里说不出什么滋味,他重新走到镜子前面,笑了笑,他看见因为少了一颗门牙而出现的黑洞。黑洞存在了十三年。他还是不习惯。但是他的嘴巴已经训练有素,有人在场的时候绝不让黑洞出现。他希望如此。他对儿媳妇奥蒂莉委以监督重任,如果他因为得意忘形而把黑洞暴露在外,她就赶紧提醒。他发现奥蒂莉执行报告任务的时候总是有点热情过头。他对自己从不隐瞒这个黑洞。前提是只有他一人的时候。就像现在。是乌尔莉克让这黑洞出现的。他仿佛对现在发生的事情有预感或者感到忧虑,所以他在刚刚出版的《五十岁的男人》中写道:如果带着这么一个黑洞去向年轻的情人求婚,那真是丢人现眼。

他走进卧室,和衣倒在床上,然后去笔下人物那里寻找一个能够表达他此刻心情的句子。有这么一句话。他很快就从记忆中将它翻了出来。他的威廉还在年轻时候就产生一个想法:万事终究一场空。

二

　　如果七十四岁的他娶了十九岁的她,她就会成为他三十四岁的儿子奥古斯特的继母,成为他二十七岁的儿媳奥蒂莉的婆婆。吃早餐的时候,他发现自己在做这类算术题。餐桌上应有尽有,都是施塔德尔曼早晨去美味食品店买来的。

　　在去年和前年就被他训练成为石头专家的施塔德尔曼,今天被派往沃尔夫山,他的任务就是敲几块辉石回来。歌德还告诉他,弄几块长石双生晶也很不错。他告诉书记员约翰,他今天十一点开始口述。因为雷布拜恩大夫要来,他是魏玛的御医,但也是给歌德看病的医生。克里斯蒂安娜临终前他曾守候多时。雷布拜恩的第三任妻子死去还不到一年。在魏玛,雷布拜恩大夫也许是最受欢迎的人。

　　歌德出现在客厅时,等候在此的雷布拜恩大夫迫不及待地迎上去。他先让歌德说话,让歌德吹嘘自己彻底摆脱了去年冬天出现的呼吸道问题之后感觉多么好。等歌德说完后,他就开始滔滔不绝。

他说他想订婚。他必须订婚。如果不马上订婚,他会失去卡塔琳娜,也就是比他小三十岁的卡蒂·封·格拉芬艾格。既然他必须给公爵打前站,他就只好在马林巴德举行订婚仪式。但是他无法想象枢密顾问先生不出席他的订婚仪式。他为自己如此操之过急表示歉意。可是卡蒂。您理解吧。他可不能在这里扮演殿下的温泉浴场随身医生,再说他也不可以这样做,这里的浴场医生垄断一切,好吧,他在这里就是殿下的陪同,就是浴场客人。但如果他自己接连几个星期在这里东逛逛西看看,卡蒂却在慕尼黑奔走发狂,那就很不健康,所以她来了,所以他们要订婚。但是他必须承认自己现在读到《五十岁的男人》里面的一句话多么痛苦:外科医生是地球上最受人尊敬的人。

歌德补充道:他真正让你摆脱疾病。他轻轻拥抱雷布拜恩,几乎咬着耳朵对他说,对《漫游年代》的情节而言,赞美外科医生很有必要,因为《五十岁的男人》是小说的一部分。虽然这部小说已经出版两年,但故事没有结束。天天都有急于进入小说的人物和句子在催促他写。他让《漫游年代》的主人公威廉充分研究、充分体验人生之后成为包扎医生,也就是外科医生。为什么?因为他想让读者看到耗费他一生心血的威廉天生应该从事这个最有益于人类的职业。这有益于人类,大夫。从有益到真实再到美。这是我们共同的目标,大夫。他接着说,雷布拜恩在这方面就是一个榜样。如果谁像这位医生,人到五十还这样健康,这样帅气,谁就无怨无悔。说罢,两人的手紧紧地握在一起。

雷布拜恩大夫走了。枢密顾问真诚地接受了他的邀请,表示乐意参加他的订婚仪式。歌德坐在那里思考一个问题：女的小三十岁。涌上他心头的，不是妒忌。雷布拜恩的来访让他觉得自己做得对。没错，他也有点妒忌。妒忌是什么？不就是一种注定要陷入不幸的佩服之情吗？五十岁的跟二十岁的订婚，越多越好！真应该爆发一场订婚瘟疫。原因很简单，这样一来，他的事情就不会因为巨大的年龄差距——七十四减十九等于五十五——显得那么荒诞。

从一个细节就可以看出雷布拜恩大夫的拜访让他多么振奋：大夫现在要回到马路对面的克勒贝尔斯贝格宫，他把他送到门口，然后还尽可能以不经意的口气请大夫代他向莱韦措母女问好，特别是向乌尔莉克问好，同时转告她，她昨天表达的愿望今天上午可以实现。随时可以实现。他发现身为使者的雷布拜恩大夫不知道对他的话应该做何理解，不清楚到了对面应该如何表述，所以他就以随随便便的口气补充道：如果孩子们希望受点熏陶，我们就必须对他们进行熏陶。然后他紧靠窗帘，站在窗边观察雷布拜恩医生如何走过马路，如何消失在对面的克勒贝尔斯贝格宫。

书记员约翰接到通知，等封·莱韦措小姐到达并且落座之后再把邮件送到书房。也许乌尔莉克忘了自己说的话：但他是谁！如果她忘了，她说的话就是套话，她过去说的、她现在说的全是套话，他就只是一个幻想者。他既不是火成论者，也不是水成论者，他只是一个幻想者。也许根本就不存在他看到那种目光，也许十九岁的她是她们家里最沉静、最确定、最不可动摇的人。

他不得不发出一声短叹。这是对他刚刚作为自我对话所经历的一切的否定。接着又是一声短叹。他不仅让自己经历自己所经历的一切,而且让自己意识到自己所经历的一切。因为有这种习惯,所以他让他的自我对话继续进行:如果我发出叹息,发出短促而轻声的叹息,其结果就是只有我才听得见我的叹息。我真的不希望别人听见我的叹息。最根本的是:他还没到非叹息不可的地步。老老实实坐在这里等待。她要是不来,他就坐在这里一动不动。守株待兔。他不明白为什么等待给他造成的痛苦没有促使他做点什么运动,没有让他来回走动,活动筋骨。他想做给自己看。这就是他的状态:除了乌尔莉克,他什么都无所谓。他,就是现在坐在这里的他,这个如果见不到乌尔莉克,呼吸都会出现困难的人,他去年还向这家人表白他多么希望自己再有一个儿子,他的二儿子一定要娶乌尔莉克为妻,他想亲自培训乌尔莉克,让她跟他儿子完全相配。他不认识这个表白者,不认识这个戴着父亲面具的说谎者。因为他当时就在说谎。但他说谎并非出于不道德的动机,那是他一时软弱,是一种懦夫行为。他再也不会说这样的话。但当时的乌尔莉克也不是现在的乌尔莉克。当时她是一个沉睡的少女,可现在……但仍然朴素无华。光溜溜的脖子,光溜溜的耳垂。她去年和前年夏天也没戴首饰吗?也许因为天气太糟。现在可是艳阳高照的夏天!她想在穿金戴银的女人中间特立独行吗?

　　这时她来了。一件带小排扣的草绿色连衣裙完美地勾勒出她的身段。圆领口饰有尖角。她的头发总是比别的女人蓬松一些。他毫不费力地站了起来。她向他问好。几乎显得很快活。他没这心情。至少没法保持这种调门儿。但是,当她坐上沙发,坐到沙发的拐角处,还把一只手放在巨大的黄色沙发靠垫上面之后,他又可以来回走动了,说话的口气就像面对几个人。书记员约翰很快也进来,递上堆着邮件的盘子。

啊,是信件,他说。啊,不,亲爱的约翰,有贵客在场,我不会读无聊的信件。啊,您别走,我还是想让我的客人看看我们平时如何工作。哦,等等,还有一个着急的事情。您看,他对乌尔莉克说,我跟他配合多默契,好心的约翰把唯一一封不容迟复的信放到上面。这事十万火急,因为国王殿下七天之后将离开魏玛,所以今天这封信就得送出去。约翰,请做好准备。可以这么做吗,他还是问乌尔莉克。

您必须这么做,她说。

他在乌尔莉克面前来回走,开始口授信函:国王殿下,我们最仁慈的君主,臣下欣闻殿下将为辛勤工作几十年的杰出的矿山顾问伦茨先生举行庆典,并向伦茨先生赠送礼品。庆典采用宴会形式。臣下有一个不出先手的建议:用一座喷吐滚滚熔岩的维苏威火山把活动推向高潮;火山下面可以放一枚授予伦茨先生的勋章。这时他停下脚步,问乌尔莉克:听得懂吗?

乌尔莉克想知道什么是不出先手的建议。

这是表示客气的委婉表达,意思是不擅自抢人先。

那这是什么意思,乌尔莉克问。

我只是提建议,做决定是大公的事。要知道,矿山顾问伦茨先生是狂热的水成论者,在庆典上送他一个火山形蛋糕,火山底下藏着授予他的勋章。但是大公做决定的时候会采纳我的建议。

乌尔莉克:但只是不出先手。

歌德：对。

乌尔莉克：绝妙的字眼。今天我会请求妈妈别再穿浅蓝色。我会给她一个不出先手的建议：穿亮米色。

歌德：她会服从的。

乌尔莉克：这么说不出先手就是一种命令。

歌德：这用最客气的方式表达一个急切的愿望。

乌尔莉克：更重要的是，这是恭维话，听者会觉得自己很受尊重。我相信他完全理解我。听者会非常得意。枢密顾问先生真是狡猾。

约翰，今天到此为止。

约翰走了。歌德坐到沙发上，挨着乌尔莉克，他说他想把自己对乌尔莉克说过的话统统称为不出先手的建议，这样他就有勇气说一些本来不可以说的话。我可不可以不出先手地让您做一回女王陛下？

我在一所后革命时代的寄宿学校接受的教育，乌尔莉克说，女王陛下充满好奇。

歌德一下子弹起身来，一边来回踱步，一边跟背台词一样说道：臣下诚惶诚恐，恳请女王陛下日后继续宠及臣下，念及臣下，恩准臣下频奏于陛下。

他站在她跟前，他恨不得跪下，但他知道跪下之后起身可能会很麻烦。她伸出手让他亲吻。他很不恰当地长时间地捏着她的手，但他只是蜻蜓点水般地用嘴唇碰碰她的手背。几乎没碰着。

乌尔莉克弹跳起来。啊，阁下，她说，这么一场革命有什么东西不能摧毁。

他回到日常口吻：现在我想不出先手地跟您说，我只想跟您在一起度过我的时光。

我还不知道自己有什么好反对的，她说。

您和我说话的方式在我心中唤起了一种愿望。我不能、也不想在它刚刚萌发、刚刚露头的时候就给它命名。但是这种感觉令人振奋。

她说她必须过去了，她要给母亲提一个不出先手的建议。

走吧。您在我跟前的每一秒钟都是……都是一场……革命。我害怕。

她看着他。没说话。

现在您的眼睛是绿色，他说。纯粹的绿色。

我不觉得害怕是坏事，她大声说道，不带恶意，也没有目的。

他接着说：如果恰好有一个人，你害怕什么他就害怕什么，那该多好。这叫心心相印。这是真正的心心相印。

啊，她说，又是您的句子。有一个恰好你害怕什么他就害怕什么的人。阁下，我可以说说我对这个句子的看法吗？

有想法又不告诉我，那就是看不起我，他说。

又是这么一个句子。您的句子。您的句子总是让我觉得完美无缺。让人不可能或者说没有必要进行思考。是什么样就什么样，您怎么说，事情就是什么样。我总觉得物理课和化学课最有意思，因为课上总有点什么事情发生。总会出点结果。通过实验规定。如果我们——这个我们当然只包括您和我——拿您的句子或者拿这种箴言般的句子做实验,这是否会犯禁,或者说是否很有趣?

他又说:越是犯禁越有趣。

又是这么一个句林之王,乌尔莉克说,但她接着哈哈大笑。好吧,她又说,在您——也许您做国务部长的时间太长——发布其他号令之前,我赶紧说一句:这些句子反过来说也同样真实。

歌德带着同样快活的情绪说,乌尔莉克的句子远比他的句子更有表达规律的冲动。

但是,乌尔莉克说,我马上向您证明,意思相反的句子听起来同样真实。我没有简单地说同样真实,我说的是听起来同样真实。

请讲,他说。

她:如果有一个你怕什么而他恰好不怕的朋友,那该多好。

他:继续说。

她:有想法就告诉我,那就是看不起我。阁下,您现在别去检验这是否符合您的经验,您只需看看这是否跟意思相反的句子听起来同样真实。

乌尔莉克,他说,您以一种让我求之不得的方式对我构成了威胁。您别把这句话倒过来说。今天够了。

您不高兴了,阁下?

乌尔莉克,他说,现在我有可能认为自己虚度了一生,因为我过去的生活里没有您。

乌尔莉克说,这话不一定真实,但是听着很开心。

歌德想起自己两年前到马林巴德的时候曾给乌尔莉克带了一本新出版的《漫游年代》,而且还题上了一行字:纪念1821年8月。

他们去年在这里见过面,今年又在这里见面,这本小说她连提都不提一下。他知道这意味着什么,可他不想明说。但是他心里很清楚。乌尔莉克不爱读《漫游年代》。如果乌尔莉克不爱读这本小说,就没有人爱读这本小说。他应该想到这点。

乌尔莉克说有句话她现在非说不可。她说,作为他的读者,有一点她很清楚,如果不总结一点经验教训,他不会放过自己的任何经历,所以她想模仿他,为了好玩给他提个醒。

他做了一个邀请手势。

她说她那个老是很调皮的妹妹阿马莉昨天犯了个错误,问他喜不喜欢她的连衣裙。

没错,歌德说,我对她说:很好看。

乌尔莉克接着说:您还补上一句,说乌尔莉克的裙子更好看。

歌德说:您妹妹马上说,我根本没有必要问,乌尔莉克穿什么都更好看。

您说这话没有必要,乌尔莉克说。

但我说的是实话,歌德说。

说实话?这可不是制造难堪的理由。

又是这么一个句林之王!他大声说道。

我有言在先,我是在模仿您。如果您现在批评我,您就是在做自我批评。

我投降,他说。

求求您,她说,别忘了阿马莉今年十六岁。

才十六岁还是已经十六岁,歌德问。

她才十六岁,她已经十六岁,乌尔莉克说。

他:乌尔莉克,您真让我佩服。

什么人不可以佩服,她说,但是您这话让我很高兴。当然。很高兴。再见。说罢,走了。

他依着窗帘,看她如何过街。看她走路的姿态。她仿佛每走一步都展翅欲飞。她仿佛在走上坡。但毫不吃力。她身轻如燕。他不能把自己的感受对着她的背影呼喊,所以他把几天前给她写的诗拿出来。他写这首诗,是因为他俩在林荫大道没找到对方。当他想把诗给她的时候,她说她想先听听他朗读。他开始朗诵。

你在温泉逍遥,
令我心生烦恼;
我时刻将你留驻心头,
你为何还能四处乱跑。

真好,她说。

他:什么?

她:这种称呼真好。

他在诗里面跟她以"你"相称。

然后她说:我们必须多制造一些错过对方的机会。

他坐到写字台边,写:最最可爱的形象。写完之后他有一种再度超越自己的良好感觉。

三

现在人们看见他的身边总是少不了她。她的身边也总是少不了他。众人都看见了。歌德看见众人在看他。看乌尔莉克挽着他。旁人的目光和低头私语的样子都给他带来莫大的享受,他则保证自己和乌尔莉克始终处于交谈状态。他和乌尔莉克俨然是讨论问题的一对,是醉心于某个话题的一对,是彼此之间话最多的一对。这一对手挽手地进行交谈,谁也不能打扰。端着矿泉水杯子在林荫大道四处找人攀谈的,全都明白这个道理。但是,歌德不仅要表示他们不可打扰,而且要留意闲逛者中间有哪位要人、名人可以介绍给乌尔莉克认识。原因很简单,如果介绍这么有名、这么重要的人给乌尔莉克认识,乌尔莉克就会对他更有好感。去年夏天他和斯特拉赫维茨伯爵夫人做过请勿打扰的游戏,他对她说,我们要一边走一边进行热烈的讨论,让那些闲得无聊的人不敢造次打扰。当初是假戏。现在是真做。

既然她这个来自斯特拉斯堡寄宿学校的女生对法国的一切都

感兴趣,所以当他看见圣-勒伯爵走过来的时候,他就给她开辟了一片谈话新天地。这是拿破仑的弟弟路易·波拿巴,他开始还是荷兰国王,后来和哥哥闹翻,然后变成圣-勒伯爵。最近几年他跟歌德很要好,因为他作诗,每年夏天都等着歌德对他的新作发表看法。歌德不觉得他的诗歌很次,所以他现在允许伯爵过来,称赞其诗歌写得好,希望允许他马上把诗歌给乌尔莉克·封·莱韦措小姐看,因为这位小姐是斯特拉斯堡寄宿学校的学生,对法国文学比对德国文学更有好感。但是歌德也不会让这些合法闯入者赖着不走。圣-勒伯爵告别之后,他对乌尔莉克说,书记员约翰正忙着给伯爵做1769年以来的歌德作品目录,然后伯爵会让人把这些作品翻译成法语。他很想听听她的评论。更令乌尔莉克感兴趣的,当然不是这个写诗的前荷兰国王,而是拿破仑。歌德可以为她效劳。在莱比锡大会战那天,挂在他魏玛书房里的拿破仑石膏像,落到地上,无缘无故地落到地上。他想说说拿破仑的眼睛,拿破仑的目光人见人怕。人们都说他目光犀利,令人胆寒。歌德跟这个科西嘉人见过三次面,但他根本没有这种印象。拿破仑总是目不转睛,歌德说着眼睛看着乌尔莉克。他不眨眼,从来不眨眼。他的眼皮就像是石头做的。您当然不是这样,乌尔莉克,但是您也目不转睛。您从不眨眼。据古人说,神人之别就在于是否眨眼。眨眼的是人,不是神。他盯着她看,她也望着他看。他们站在林荫大道,距离十字架水井一百步。

她打破了僵局。她说:但是他对您一直很友好。

是的,歌德说。他声称把《维特》来来回回读了七遍。当然他也发现一个让他不得不进行批评的地方。

我对这个可是非常好奇,乌尔莉克说。

他说我为了雪上加霜,把不同的主题混杂在一起,歌德说。维特不仅爱情受挫,他的事业心也受到伤害。一桩不幸加深了另一桩不幸。拿破仑认为这是一个错误。他觉得这不符合自然。维特这一形象因此受到削弱,因为他必须作为恋人陷入不幸。爱情,不幸的爱情,这本应成为他走向毁灭的唯一原因。

没错,乌尔莉克说。

他说他不仅反驳了拿破仑的观点,他还不得不告诉拿破仑一个道理:艺术家要的是艺术效果,制造效果需要夸张,需要雪上加霜。

但是拿破仑说得对,乌尔莉克说。职业也是维特不幸的根源,这只能说明,单单作为不幸的恋人,他的不幸还没有达到非自杀不可的地步。他的形象因此显得更渺小、更平凡、更乏味。

但是更加真实可信,歌德说。更容易被认同。

真可惜,乌尔莉克说。只有通过爱情,他才会成为一个由不幸造就的骇人听闻的奇迹。

在这五十年里,他说,除了乌尔莉克·封·莱韦措和拿破仑一世,整个欧洲没有第三个人看到这点。

拿破仑是个追求绝对的人,她说。他宁为玉碎,不为瓦全。

为了显示自己对拿破仑如何重要,歌德说拿破仑还跟他预定了一部刻画布鲁图①的悲剧。也许他希望他彻底丑化弑君者。

没有布鲁图他不也去了圣赫勒拿岛,她说。

---

① 布鲁图(前85—前42),公元前44年3月刺死罗马独裁者凯撒的密谋集团领袖。

歌德禁不住又吹嘘说,拿破仑授予他一枚荣誉军团军官勋章,这让正直的德国人很生气。

乌尔莉克想知道他为什么从不佩戴勋章。

要我戴吗,他反问道。

不,她说。

他们总是通过默默无言的目光交流达成一致。他感到自己不可能跟世界上第二个人产生这种默契。这时恰好有一个白胡子老人走过,并且跟他们打招呼,歌德告诉乌尔莉克,此人在法国香槟省做过军需军官,乌尔莉克的眼光和额头都透出疑问,他又补充说:1792年的远征。看她对这个消息毫无反应,他又补充说,远征法国期间一直在下雨。这话同样没效果。他又说:他本人目前主要忙于写日记。有时候什么也写不出来。后来他又说了两句话,把自己描绘成命运的宠儿,但马上又觉得这话太夸张,他听见自己毫无过渡地来了一句:我从来没有对手,反对者倒很多。当时的物理学家全都拒绝他的色彩理论,他们全是牛顿的应声虫。接着他不得不来一番讲解,说他的反对者们割裂眼睛和光线的联系,尽管实际上二者不可分离。他把光和眼睛当作其色彩理论的前提。他前一天在林荫大道上对乌尔莉克的眼睛大加赞赏,所以他认为可以争取她赞同他的观点。另一方面,当他听见自己抱怨色彩理论的遭遇时,他也知道,他给自己造成的最大伤害就是抱怨世人的不公。

幸好这时下起了雷阵雨,所以她从他这里得知,塞内加[①]说人遭

[①] 塞内加(约前4—65),古罗马哲学家,作家,雄辩家,政治家。

雷击之后总是仰面倒地。乌尔莉克对他如此博学大为惊讶,他告诉她,有关雷电劈人的知识是从埃格尔①的治安顾问格吕纳那里听来的。他每年在往返于魏玛和波希米亚的途中都要去看他。他和他一道爬过这一地区几乎所有的山峰、丘陵、大山,去拍打过奇石。除了这位治安顾问,还有谁能告诉他路易十四曾禁止吹芦笛,因为芦笛唤起的乡愁会让瑞士人死去活来。每次踏进格吕纳的门槛,他的第一句话总是:我的好朋友,您最新的收获是什么!格吕纳会说:这里的一切都为阁下服务,我的一切收获都归功于阁下。啊,乌尔莉克,如果我们只跟对我们充满感激的人打交道该多好。

乌尔莉克:这有什么好处?

歌德说,可以这么讲,谁要是感激我,我就会因为他感激我而对他如此感激,以致他对我无论多么感激都达不到我的感激程度。

您总想超越所有人,乌尔莉克说。

这只是因为我不想被超越,他说。

这只是因为您知道自己总是超越所有的人。

乌尔莉克,他说,现在我在这儿跟您说话,您跟我说话,您想想看,去年和前年,我们在位于陡峭山谷当中的卡尔斯巴德②可以这样对话吗?

马林巴德有点像美国,她说。

他一下子听不明白。

---

① 今匈牙利境内。
② 今捷克城市卡罗维发利。

您看，在这广阔的椭圆形草场四周，在四周毗邻的原始森林的高坡上，宾馆一个接一个。三四个大宾馆矗立在这片绿色的蛮荒之地。四年前这里还是一片绿色的蛮荒之地。她觉得这有点像美国。

克勒贝尔斯贝格宫就有些咄咄逼人，他说。三层楼上分布着一百个房间，正立面很气派，五十米宽。能做好吗？

阁下，必须做好的事情，就会做得很好，她说，带着严厉的教训口吻。这其实是他的口气。

歌德感到诧异。然后问，既然她用这种口气说话，现在对他说话的又是谁？

是我，她说。但正如您有关雷击和塞内加的知识来自埃格尔的治安顾问，我对马林巴德的了解也有赖于我未来的继父克勒贝尔斯贝格伯爵和外祖父布勒西奇克男爵。我认为枢密顾问应该在哪天晚上去听听这两个人聊天。马林巴德是欧洲最绿的荒原，以前去卡尔斯巴德的欧洲首富们总是马不停蹄、匆匆驶过。现在富人们会在马林巴德驻足歇息。主要做奥地利财政大臣的克勒贝尔斯贝格伯爵和我外公布勒西奇克都很精明。外公也在这里出资建房。顺便说一下，他是普鲁士国王腓特烈大帝的教子。您得知道我们家老早就出了达官贵人。

啊，歌德说，从腓特烈大帝到具有美国风情的马林巴德，二者之间有一座美丽的桥梁。

她说她知道，如果歌德什么时候表示想看看她外公保存的教子接纳证书，她外公一定很高兴。

歌德说：我真想看看。顺便说说，我曾经在一本小说的结尾描写捏着钱找投资对象的主人公面临去俄国还是去美国的选择,我替他做出了选择:去美国。

阁下,她大声吆喝道,换个话题!

他:为什么要换话题?

她说她本想借美国这一话题来炫耀一下,没想到在他这里美国不是什么新鲜话题,而是早就过时了。

但只是在小说里面,歌德说,说话语气无比忧伤。

乌尔莉克当然看出歌德和她一起散步很得意。她也明白,他们必须用最热烈的交谈、最投入的表情向马林巴德的公众表明他们不可打扰。乌尔莉克每天出门都换一件连衣裙,歌德看在眼里,喜在心头,仿佛乌尔莉克的衣服是他的发明。她的衣服可能全都直接来自维也纳,来自她母亲的男友,也就是克勒贝尔斯贝格伯爵。莱韦措家的女人比别的女人打扮得更活泼,其实更有内涵。她们身上的衣服没有哪件会把她们变成展示衣服的人。他儿媳奥蒂莉倒是可以得点启发。但是他现在就知道,如果他在魏玛描述莱韦措母女的衣着,不管讲的是丝绒还是丝绸,是羊毛还是真皮,奥蒂莉都会做出激烈反应,就是说,她会生病或者生气。或者又生病又生气。他刚刚接到奥蒂莉的妹妹乌尔莉克·封·伯格威施的信,知道目前魏玛是什么形势。她在信中写道,她听说歌德特别青睐一个与她同名的妹妹。这位妹妹叫乌尔莉克,她觉得这不好。如果他回到魏玛之后再听到这个名字,他就会想到人在远方的姑娘,那个漂亮的、可爱的姑娘。他在给儿子的信中用友好的字句提到莱韦措一家。反正他在奥蒂莉面前必须如履薄冰,仿佛她是他的妻子而不是他儿子奥古斯特的妻子。他很清楚,从汉堡到苏黎世,谁都知道他和这里的乌尔莉克是一对,他们已经成为流言蜚语的源泉,成为人们写信的谈资和日记的内容。他太了解这个社会了。这么一个温泉疗养地就是一口大锅,里面熬着谣言的高汤,熬好之后再分送到各地。他可以想象置身这个林荫大道世界的哪些女人会向身在别的地方的哪些女人写信议论他和乌尔莉克。外面那些女人阅信后继续给这些谣言添油加醋。贝蒂娜·封·阿尔尼姆会确保柏林不会出现知名人士收不到信的情况。歌德,七十四岁,一个叫封·莱韦措的姑娘,十九岁,她的母亲两次守寡,现在又在追求一个在维也纳政界飞黄腾达的富人,此人还会给自己来点钢琴伴唱。卡罗利妮·封·沃尔措根,她是席勒遗孀封·伦格费尔德的姐姐,她的手法会细腻一点点,但的确只是细腻一点点,她写过几本很吸引人的小说。她会致信与她同名的卡罗利妮·封·洪堡,也就是声名显赫的威廉·封·洪堡的夫人。她将以自己一以贯之的多义性风格告诉对方,一方面可以看出歌德的脑袋已经不太正常,另一方面,他的头脑还能活跃到产生恋情的地步,这的确令人赏心悦目。歌德想要的不是女人,他需要的是可以用他的想象来为其梳妆打扮的女人。至于莱韦措家那几个女人,这些散布闲言碎语的信会说她们找到了大出风头、大捞好处的窍门。然后会有这个或者那个女人别出心裁,在道德上标新立异,认为在歌德遭到铺天盖地的闲言碎语的攻击时充当其保护人更有创意。她会把保护歌德变成一种习惯。在法兰克福也许有某个女人把他视为没有性格的自然现象。这个或者那个卡罗利妮的回信会写得更加含蓄,但不会有根本的不同。

他没法跟人说自己在体会蔓延在他社交圈子里的那些可想而知的思绪时感觉多么舒服。无论是在德国的文化重镇,还是在这神奇而炎热的波希米亚盆地,他们都没有必要因为他而保持克制。他们应该高喊:丑闻!低级趣味!可耻的老色鬼!一个伟大人物的可悲结局!一切和乌尔莉克有关的事情都让他精神抖擞。他感觉乌尔莉克是他的生命给养。已经有不止一个目击者直截了当地说他现在气色很好,说他光彩照人、精力充沛,甚至显得很帅。既然有这样的效果,他怎么可能不崇拜产生这些效果的原因!就是要崇拜!也有很多人干脆表示赞同,对此,他和乌尔莉克也同样干脆地加以接受。这是他们之间讨论过的那些效果。您看到那个胖女人没有,阁下,她让她的三个孩子朝我们这边看,还一直冲我们挥手,直到她的几个孩子也跟着挥手。甚至有人给他们鼓掌。就跟看剧一样。但其他人又觉得这么做太过分,愤然望向别处。马林巴德的林荫大道还从来没有如此热闹过。

如果他把乌尔莉克送回宾馆,他们就在克勒贝尔斯贝格宫的露台上小坐一会。露台簇拥着鲜花。对石头不感兴趣的乌尔莉克被鲜花深深地吸引,仿佛鲜花就是她失去的家园。她不得不顺着露台四周的鲜花跑来跑去,贪婪地吸着花香,然后又闭上眼睛说出花香来自什么花。这都是绽放的花中之王,她重新坐到他身边之后说。

我最喜欢的花中之王是鲁冰花,他说。

我最喜欢的是金车菊。

因为他坐在她的正对面,在她的注视之下,他就说,由于马林巴德有美国风情,所以他现在需要反其道而行之,需要再拿宫廷仪式做一场游戏。她点点头,他觉得她非常高兴。

他说:女王陛下对臣下恩宠有加,令臣下感激涕零;臣下顿生奢望,恳请陛下关注这朵诞生于神秘的种子、再由臣下精心培育的娇嫩的小花。望陛下用关爱浇灌小花,使之茁壮成长。

乌尔莉克:我喜欢盛开的鲜花,我也祝愿这朵花儿快乐地成长。我对一切获得生命的事物都怀有无尽的爱。最杰出的人应该能够得到我发自内心的关爱。

教堂敲响了六点的钟声。教堂建在半山腰,坡下是十字架水井大道,坡上是刚刚开始环绕成圈的巍峨宾馆。在这片孤寂的绿色当中,教堂依然显得过于雄伟。教堂敲钟的时候,露台上鸦雀无声。

他说话有些动情,至少他没能保持在这种时间和这种场合所应有的克制:和您一道去埃格尔才是我最大的心愿,乌尔莉克。没有观众。和您一路往西,去哈斯劳,然后顺着山坡走。过了哈斯劳,就有一片人们称之为天国的森林来迎接我们,那里的公路边上有巨大的石英石,我专门坐在上面看风景。和您并排坐在那里,乌尔莉克!如果我有贪得无厌的倾向,就请您原谅。他突然起身离去,但又转身说了声:晚上见,尊敬的姑娘。说完便略微欠身——意思多于动作。他走向金葡萄饭店。他迈着稳健的步伐。对于他,走路困难纯属道听途说。但是一想到乌尔莉克也许在他身后观看,他的脚下就开始发飘。所以他每走一步都要刻意强调自己的步伐是多么的稳健。但他的模样也可能因此显得滑稽。他迈进金葡萄饭店的大门时,几乎是偷偷地往后看了一眼。露台上没有人。乌尔莉克并没有站在原地目送他。这照样不合他的心意。

他知道他现在必须写点东西。他感觉自己无比强大,可以在这一刻向最有敌意的世界展示乌尔莉克,所以他就给奥蒂莉写信。虽然乌尔莉克不能在信中出现,但是在这封字字句句都显示出他的强大的信里面,乌尔莉克的身影就晃动在字里行间。他感到自己无比强大,同时又渴望缔结和平。与奥蒂莉讲和!写一封信来消除流言蜚语所制造的战争气氛。

我这里一切都好,好得让我喜出望外,就像人们常说的,我的心灵、大脑、感官都同时得到满足。

这不是他的风格,但是根据他对奥蒂莉的了解,她本来就不会读写在纸上的东西,她只读他避而不谈的事情。他还没有真正体察到自己对乌尔莉克的感情的时候,她就有所察觉。两年前,当他从烈日炎炎的波希米亚回到秋高气爽的魏玛的时候,奥蒂莉的脑子里就已经塞满了谣言。当时这的确只是谣言。她不敢当面告诉他这个或者那个卡罗利妮都跟她讲了什么,但是在一封汇报家务的信中,她完全用谈论家务的口气补充说,他千万别再去发展这种关系,他年事已高,发展这样的关系不会有什么真正的结果。读到这番话,他不禁哈哈大笑。这是他当时的反应。

四

雷布拜恩大夫走到刚刚建成的美味餐厅大厅中央,宣布他和卡蒂·封·格拉芬艾格的订婚庆典开始。他首先对卡尔·奥古斯特大公表示欢迎。然后她把目光转向歌德。尊敬的阁下,尊敬的枢密顾问兼国务大臣封·歌德男爵。话音刚落,掌声四起,比送给大公的掌声还要响亮。歌德自然跟莱韦措母女同桌,正对着乌尔莉克。欢迎辞提到他的时候,他看着乌尔莉克。当她注意到人们给歌德的掌声超过了给大公的掌声之后,她才鼓掌。她为这掌声鼓掌。然后她也朝歌德这边看。大厅里面不是特别的亮,所以她的眼睛呈绿色。

雷布拜恩大夫脸上洋溢着真挚、感激、喜悦,因为他有幸请来了拿破仑的继子欧仁·德·博阿尔内,曾经的意大利第二国王,如今是洛伊希滕贝格大公,同时被封为艾希施泰特亲王;他还请来了拿破仑的弟弟,路易·波拿巴,曾经的荷兰国王,如今是圣-勒伯爵。尤丽叶·封·霍亨索伦也肯赏光,我已说不出自己有多高兴。大家在外面的世界不闻不问,到马林巴德却搞起了历史大联欢。话音刚落,掌声如潮。雷布拜恩大夫请卡蒂·封·格拉芬艾格到他身边去。她走了过去。歌德头一次见到她。这是一个身材高大的女孩。一头浅黄色头发奔流直下,搭在她裸露的双肩上。她的头发从未受过卷发筒和烫发钳的折磨。她身着黑色连衣裙,圆形领口上配有尖角装饰,诱惑人去想象她敞开衣襟之后一对丰满的乳房是什么模样。歌德驰骋自己的想象,但马上发现自己的想象力有限。他只是感觉到自己的心思全部用在了乌尔莉克身上。如果能够更加清楚地向她表明这点该多好。

沉浸在幸福中的人怎么说话,雷布拜恩大夫就怎么说话。他竟然把这个女孩子弄到了手!大家看看她,再看看我。我是歌德的中篇小说《五十岁的男人》里的人物形象,但卡蒂不是希拉丽亚。希拉丽亚先是投向那个五十岁的男人的怀抱,后来却坠入桀骜不驯的弗拉维奥的情网。卡蒂赶紧插话:我这辈子只有一次坠入情网。她说话还带巴伐利亚口音。大家报以热烈的掌声。她没有行屈膝礼,而是像演员那样鞠躬行礼。他们手拉手站在那里。真是绝配。他,一头鬈曲的黑发,她,满头金色的波浪。两人的脸上洋溢着幸福的光芒。

歌德观察乌尔莉克的表情。他看到的只是她的侧面,因为她转过身去看大厅中央。她总是给人正襟危坐的印象。总让人觉得她往上看比朝前看来得更轻松。她在想什么?他没料到这一对的年龄差别会成为订婚典礼上的话题。他又一次把目光投向那一对,他为他们把纯粹的幸福淋漓尽致地展现在众人眼前而倾倒而感动。

他不怕有人观察他。即便大厅的众人突然转过身来看他和乌尔莉克,那也可以理解。随他们便。他可以把自己此时此刻的心态称为超凡脱俗。乌尔莉克是否有点过于正襟危坐？唉,如果她现在迅速扭转一下身子该多好,他就可以让她看看他刀枪不入的超脱状态。就可以鼓励她跟他一样超凡脱俗。只要她还近在眼前,还看得见,他就刀枪不入。是的,有人老想伤害你。但是不可能在这里。马林巴德,这不是他们为所欲为的地方。马林巴德有冷杉覆盖的群山环绕,不会受到来自魏玛即外界的进犯。赶紧转过身来,乌尔莉克,让我看看你的表情,看看这场订婚大戏对你意味着什么。这是在上演一场以我们为原型的戏剧吗？他希望她脸上挂着一丝笑意去观察大厅里发生的事情,因为这一丝笑意总是表明她不反对眼前的事情。您说是不是,乌尔莉克,过一会儿等大家去对面的克勒贝尔斯贝格宫通宵达旦继续热闹的时候,我们会仔仔细细地讨论我们在此共同经历的每一秒钟。我们会相互问：您觉得如何？您呢,您是什么感觉？他在这里和乌尔莉克共同经历了一个公开的、用优美的方式强调其意义的活动,他从心底里感到高兴。跟她们一家人坐在一起热热闹闹聊天的时光是多么的美妙。最令人陶醉的,是他和她在林荫大道上面、在众目睽睽之下进行的对话。但最终也得有一个让他们共同体验的活动！这场订婚仪式像是为他们安排或者由他们安排的活动。别把决定别人事情的数字跟你的数字混为一谈。如果乌尔莉克能够欣赏这个活动,她也能够……也能够……啊,乌尔莉克,转过身来,就一秒钟。

当雷布拜恩大夫结束他那轻松的、因为来自现场感受而显得真实可信的讲话时,大厅里再度响起热烈的掌声。没等他搂着卡蒂回到座位,两个扮成木匠的侍者抬着一个摇篮走进来。摇篮里堆放着琳琅满目、也许还充满暗示的礼品,公爵马上走过去祝贺这对新人,他指着塞得满满的摇篮,表示这是他赠送的礼物。接着,他把俩人的手叠放在一起,再把四只叠放在一起的手像战利品——歌德不得不联想起大公最喜欢的猎物是鸭子——一样高高举起,同时大声宣布,他的一大心愿就是让他的贴身医生找到一个好的伴侣。众人鼓掌。歌德跟着大家热烈鼓掌,脸上露出会心的微笑。乌尔莉克转过身,面朝餐桌。歌德点点头,表示自己对这里发生的一切非常满意。然后开始上菜。雷布拜恩大夫再次请求大家听他说两句。他说他的未婚妻吃素,所以没有荤菜,但是他可以负责地告诉大家,主厨沙尔科先生给大家准备了来自欧洲各地的美食佳肴,每一道菜都体现了他独一无二的烹调手艺,这些菜甚至有肉的味道,但就是没有肉。有几个人大胆叫好。乌尔莉克是其中的一个。

　　在歌德看来,卡蒂·封·格拉芬艾格有两个显著特征或者说魅力:一是巴伐利亚口音,二是她吃素。他可以自视为通晓表达效果的专家。这个女孩举手投足之间都散发出肉体的魅力,可是她偏偏吃素。他扭头对乌尔莉克说,他不知道她有素食倾向。她皱起眉头,高举双手,说:我是一个有倾向的人,阁下。从这一刻起,她只称他为阁下。随后他们的确品尝了五花八门的素菜,荤菜为主的宴席不可能做出这么多花样。封·莱韦措夫人很高兴看到雷布拜恩大夫在讲话中如此风趣地提到《五十岁的男人》,便提议大家用来自法国卢瓦尔地区的白葡萄酒为《五十岁的男人》干杯。坐在近处的客人听到这话以后都诚心诚意地举起了酒杯。但乌尔莉克是个例外。歌德看着她,她摇摇头,无声地用嘴唇表示:不喝葡萄酒。什么酒都不喝。他放下酒杯,说他感谢所有为他或者说为他的《五十岁的男人》干杯的人,他很乐意跟大家一起喝这杯酒,但既然他现在不做任何乌尔莉克·封·莱韦措不肯做的事情,既然她今天滴酒不沾,他只好拒绝葡萄酒。明天呢,一个看样子像是远道而来的年轻人问。歌德看他一眼,然后又看着乌尔莉克,说:明天的事情只能由高贵的封·莱韦措小姐决定,先生。我很想为您明天的决定干杯,可以吗,乌尔莉克。她将双手往上一抛,对着他大声说道:同意,我举双手赞成。歌德喝了一大口。

随后,众人移师克勒贝尔斯贝格宫。中午刚刚从维也纳赶到的主人在红色拱形门厅迎接大家。弗朗茨·封·克勒贝尔斯贝格伯爵比雷布拜恩大夫还要英俊,他张开双臂欢迎歌德,用歌唱家才有的嗓音说:虽然枢密顾问不再可能听谁说我已经四十九岁,我一月份就满五十了,我从您那本充满优美的细节描写的书中已经得知自己将面临什么问题。反正我想在生日来临之前丢下我的阿马莉·封·莱韦措,一人逃往北极,我希望北极把时光冻僵。他走到歌德跟前,垂下双臂,深深地鞠了一躬,只说了句:致以最高的敬意,阁下。弗朗茨,眼观六路的乌尔莉克的母亲说,别过分。大家这才进入斜对着门厅的活动大厅。

一年前落成的活动大厅是一幢具有极端浪漫风格的建筑,别出心裁的装饰比比皆是。巨大的窗户上是波希米亚的能工巧匠们磨制的明暗不一的玻璃花朵图案。在每一个角落,在每两扇窗子之间都矗立着两根红色大理石柱,它们唯一的使命就是托起叶状装饰花纹柱头。整个大厅都充满嬉戏意味和深沉的梦幻气氛。初次来访的客人都对伯爵表示祝贺。疗养地乐队一开始奏乐,人们便宛若置身维也纳。在维也纳会议之后,想摩登的,想年轻、漂亮、幸福的欧洲人都跳华尔兹。封·莱韦措观察歌德对华尔兹的反应。枢密顾问先生,她说,这对于五十岁的男人来说不是问题。她说歌德从来不因为灵魂而委屈肉体,这是她在歌德的书中反复得到的启示。但是在《五十岁的男人》里面出现了登峰造极的描写,主人公得到一个能够妙手回春的佣人,一个美容顾问,书里就是这么写的,听起来是如此地就事论事,信心百倍。美容顾问,然后还有能够妙手回春的佣人,枢密顾问先生,为了感谢您的发明创造,我想给您一个吻。说着就从侧面给他来了个吻。他只看见乌尔莉克用严厉的目光观察母亲的一举一动。还皱起了又高又圆的额头。但是她母亲还有更多的情感要宣泄。您创造的最优美的词,她说,是驻颜术老师。用美丽的词语组成的花束!所以,粗浅如我辈就想直截了当地问问此处有多少自传成分……

妈妈,乌尔莉克的说话语气很严厉。够了。您过来,阁下,说着她站起身。很明显,她想跟歌德跳舞。他指着乌尔莉克,为自己突然告辞向她母亲表示歉意。对于他,现在走开是一件求之不得的事情。走向舞池的时候她紧贴着他,挽上他的胳膊,跟他挽着胳膊走,在马林巴德,不管他俩在什么地方出现,她都挽着他的胳膊。他几乎用力地将她往自己身上拽。她扭头看他,她的眼睛呈现绿色,她说：请原谅。阿马莉·封·莱韦措夫人，parfois elle est un peu volubile①。

在过去的几年里，歌德避开了各种跳舞茶会和跳舞晚会。维也纳会议之后，三拍子成为一种表达信仰的方式。他当然也想知道人们表达什么信仰，想知道人们通过什么方式表达信仰。几年前他就请人来演示舞步。在宾馆的房间里。是一个舞蹈教师。以防万一。现在他就遇到这万分之一的情况。一个古老的许可保留下来。击掌换人。男的女的都可以通过击掌拆散舞伴。他过去一直喜欢跳舞。夜里玩得尽兴的时候，他常常松开舞伴，独自狂舞，他也的确疯狂。现在是跟乌尔莉克上场。她马上成为他的一部分。她身轻如燕，跟着他翩翩起舞，她在旋转中展翅欲飞，然后又跟他合而为一，他一点不担心会出点什么事儿。他们四目对接，他和她都没有出现头晕。但是他被人击掌换下。是一个年轻人，就是在下面的美味餐厅问明天喝不喝酒那个年轻人。本来歌德也可以通过击掌得到一个新的舞伴。但是他只能跟乌尔莉克跳舞。这个道理满世界的人都应该明白。等他回到座位之后，大家都对他的舞蹈艺术和身体素质赞叹不已。他觉得这么说话等于看不起他。他也说出了自己的感受。

他问封·莱韦措夫人击掌将他换下来的是谁。

德·罗尔②先生。也许是希腊人，肯定不是土耳其人。通过东

---

① 法语：有时候她有点话痨。
② 罗尔写作 Ror，与 Rohr（管道）同音，有"大家伙"等暧昧内涵。

方贸易发的财。是个颇有传奇色彩的富人。他只做高档买卖。不做香料，只做首饰。欧洲没有一个女王、也没有一个侯爵或者伯爵夫人的头上或者脖子上没有他亲手戴上的首饰。不管巴黎、伦敦还是维也纳，淑女们都跟他打得火热。他业余还做翻译。翻译诗。而且翻译好几种语言，主要是东方语言。据说他掌握十七种语言。

他问她从哪里听来的？

弗朗茨说的。今天就是弗朗茨把他请来的。他住在这里。他住的套房第二大。这句话的意思是，魏玛大公住在最大的套房。值得注意的是，他这人有姓无名。引来诸多猜测。

请允许我在您身边稍坐片刻，话音刚落，洛伊希滕贝格伯爵坐到乌尔莉克起身之后空出来的座位上。我们约好的，他说。

我知道，歌德说。

那就好，伯爵说，那么我从罗马坐马车赶到马林巴德就不算白跑。您还记得此事，枢密顾问先生，我有理由充满希望。我们的谈话刚好是一年前，就在这幢房子里面，当时我们还抱怨装修工人搞得叮叮当当，现在彻底完工了，一座童话般的宫殿出现在我们眼前。克勒贝尔斯贝格真棒。夫人，祝贺……既然您还记得我们的事情，枢密顾问先生，我们就继续做下去，修建连接莱茵河和多瑙河的运河！我是奥地利人，别急，我是巴伐利亚人的女婿。封·歌德先生，您和我共同负责孕育修建运河的思想，动手修建运河由其他人去做……

歌德打断这个健谈者的话头。他说，虽然这很不礼貌，但他没有办法，眼下他必须看看人们如何按照维也纳的指挥跳舞。因为魏玛人还在跳法国大革命之前的舞蹈。作为魏玛公国的退休国务大臣，他觉得自己有义务在这里做些考察工作。说话时他的眼睛紧紧盯着乌尔莉克和德·罗尔先生。洛伊希滕贝格伯爵只好开始对舞蹈感兴趣。歌德继续假装好为人师。他说，出于不值得承认的原因放弃学习机会，是一件非常愚蠢的事情。看，您看看那边。

现在大家都朝那边看。德·罗尔不折不扣地拎着乌尔莉克飞转。有时候他只抓着她一只手。她另外一只手臂便在空中自由地飞翔。她的关节再度显示出神奇的独立性。就连长在她细长脖子上的脑袋似乎也循着一条特殊的轨道飞翔。德·罗尔先生就是那位让她飞上飞下、自己却相对稳如泰山的男士。现在有越来越多的人观看这一对跳舞。连在跳舞的一对对舞伴也纷纷停下脚步做观众。这时有一个应该说是矮墩墩的年轻人出来拆台，他拍拍巴掌。但是德·罗尔先生没有反应。矮个子青年伸出一条腿去阻挡德·罗尔先生，德·罗尔先生越过障碍，还非常神奇地揽着乌尔莉克轻松过关，以此避免了俩人摔倒。他的左手继续拉着乌尔莉克，右手却给捣乱者一记勾拳，将他打翻在地，捣乱者躺在地上动弹不得。乐队奏起轻快的、具有皇家庆典气派的进行曲，一对对舞伴踩着闲适的进行曲舞步回到座位，四个侍者已经把那个被打昏在地的青年人抬出大厅，雷布拜恩大夫紧随其后。

真可怜，乌尔莉克的母亲说。

是熟人吗，歌德问。

我丈夫今天才从维也纳把他带过来。是他提携的一个年轻作家。

作家,歌德说。

布劳恩·封·布劳恩塔尔,她说。

歌德弹跳起来,目光转向把年轻的作家抬出去的那道门。布劳恩·封·布劳恩塔尔,就是那个狂热崇拜他的年轻人,他今天刚刚把他那篇赞美诗一般的记叙文重新读了一遍。他想把乌尔莉克夺回来。为了我们。歌德坐下来,责备自己没有为这个被打倒在地的年轻人做任何事情。德·罗尔先生和乌尔莉克回来了。拿破仑的继子没有注意到他坐的是谁的座位,所以乌尔莉克就坐到德·罗尔先生旁边的一张椅子上。

乌尔莉克说:我觉得太遗憾了。

德·罗尔:让你想击掌替换的人跳完正在进行的曲子,这个规则仍然有效。或者说这条规则已经废除。

大家都向他证实这个规则依然有效。

乌尔莉克又说她觉得事情很糟糕。

幸好克勒贝尔斯贝格伯爵坐到钢琴边上,用几段老练的刮奏把众人的注意力吸引到自己和钢琴身上,他用悦耳的嗓音告诉大家,他想在这里演奏用我们大师最美的一首诗歌重新谱写的歌曲,他相信,其实他也很清楚这里还没有谁听过弗朗茨·舒伯特用歌德的《渴望》谱写的东西。没准儿我们的大师本人也不知道自己让一个维也纳的天才产生了什么灵感。他开始自弹自唱:

体会过渴望的人,
方知我心头的苦难!

我独自一人，
又落落寡欢，
我仰望星空，
企盼我的恋人出现。
啊！我的爱人，我的知音，
岂料你远在天边！
我头晕目眩，
我焦躁不安。
体会过渴望的人，
才知我心头的苦难！

一开始鸦雀无声，随后就像是某个指挥给了启奏手势，全场爆发出潮水般的掌声。掌声送给克勒贝尔斯贝格伯爵。先给他。但随后又给了歌德。歌德站起来，欠了欠身，举起交叉的双手，以此感谢歌手。他无法抗拒这嗓音的魅力。他看见乌尔莉克的眼里闪着泪花，她的母亲也一样。他想到策尔特给这首诗谱的曲。舒伯特，他从那些从维也纳过来或者去过维也纳的人嘴里越来越频繁地听到这个名字。他对策尔特谱写的曲子非常满意。但他觉得没有必要给他的诗歌谱曲。现在他却陷入了困惑。用他的诗歌制造的艺术效果非同寻常。

克勒贝尔斯贝格伯爵宣布自己要接着唱《魔王》。听这首歌又无动于衷的人，完全可以心安理得地去博物馆里的金字塔石块展厅安睡。

众人大笑。演出开始,他唱了起来。歌德发现自己无法抗拒这歌声。他并不满意,因为音乐彻底征服了他的诗词,他的诗词只是诱发了这些强烈的、其实是疯狂的表现形式。音乐的表现形式。痛苦引发的疯狂。他又想起策尔特那种单纯的服务姿态。策尔特想突出诗词。这个舒伯特想让人灵魂出窍,诗词无非给他提供了一个由头。正中其下怀。

我再来一遍,克勒贝尔斯贝格大声喊道,这是回应几位女性听众的恳求,她们还从来没有听过:渴望。

歌德觉得这是妙招。现在的效果比第一次强十倍。有几位女士相互搂着脖子哭成一团。歌德又一次举起交叉的双手,衷心地向克勒贝尔斯贝格伯爵摇手致意。掌声经久不息。

现在效果如何,阁下?阿马莉・封・莱韦措问。

歌德点点头。他朝乌尔莉克那边指了指。她现在坐的位置比刚才离他还要远,但是她眼里噙的泪花清晰可见。但是他的嗓子可以跟在天堂里展翅奋飞的七窝蜜蜂发出的轰鸣声媲美,歌德又说,他想驱散这沉重的气氛。

听到这话我真高兴,她说。我会说给伯爵听,也许他会得意死了,也高兴死了。

霍亨索伦公主站在桌子边,把她那把金光闪闪、名声在外的日本扇子压在嘴边说,如果再来一个舞曲,就请他赏光,让她享受一下和他跳华尔兹的快乐。

他用他擅长的表情表示赞同。这是上个世纪的表情。

拿破仑的继子说他会跟枢密顾问先生形影不离,说着便起身离去。歌德本应做出反应但却未能做出反应。他太想知道桌子的那一头在说什么。乌尔莉克没有利用椅子空出来的机会重新坐到歌德对面。她依然面朝德·罗尔先生还有跟他辩论的那些人。就连紧挨着歌德坐的阿马莉·封·莱韦措也明显把注意力转向了德·罗尔和与他说话的人。再看乌尔莉克！她仿佛变成一朵向日葵，不仅把她的头部，而且将整个上身，甚至将其整个的存在都转向那初升的太阳。他从后面刚好还能看见她半个人。他听见他们在讨论文学。不管在维也纳还是马林巴德，只有两个名字还挂在人们嘴上：拜伦和司各特。大家看法一致。拜伦和司各特是仅存的两个还拥有读者的作家。

阿马莉·封·莱韦措对着辩论者们喊道：先生们，别忘了拜伦说过的话，他评论过我们的歌德，说他是无可争议的欧洲文学君王。

德·罗尔先生认为，这句恭维话是一把双刃剑。所谓君王，就是那些在拜伦奔赴希腊的时候在宝座上打瞌睡的人，拜伦去参加反抗土耳其人的解放战争，虽然——不对——恰恰因为堕落的英国政府在维罗纳会议上行使否决权，阻止了欧洲各国支持希腊人反抗奥斯曼帝国统治的解放战争。

拜伦恰恰还把他的《萨丹纳帕路斯①》献给了歌德，阿马莉·封·莱韦措勇敢地说。

这根本不成问题，阁下，您是古往今来主宰一个时代的最生动的丰碑。德·罗尔这句话赢得了众人的掌声。

---

① 传说中的亚述国王，以奢侈糜烂的生活方式著名；又译"撒丹纳巴勒斯"。

歌德觉得有必要就人们的司各特崇拜发表一点看法。司各特的魔力,先生们,来自三个不列颠王国的辉煌,来自其多姿多彩的历史。从图林根的森林到梅克伦堡的沙滩,我们又有什么?什么都没有。在德国,一本好的小说总是一个例外。我给《威廉·麦斯特》只找到可怜巴巴的素材,一个专门为乡村贵族演出的流动剧团。

他的话没人反驳,但是也没人接茬。歌德马上感到懊恼,因为他把司各特小说的名气和辉煌归因于不能算作司各特功劳的社会状况。同时他又非常可笑地试图抬高自己的小说:你们看,我用德国提供给我的可怜巴巴的素材也写出了这样的作品。他根本就没有找到恰当的说话口气,别人不能像接皮球一样接他的话。

德·罗尔先生不用任何过渡就讲起他前天在维也纳看戏的经历,说主角走上舞台,慢慢悠悠地摘下令人赞叹的头盔,放到桌子上,扮演主角的演员已经上了年纪,可以看见他摘取头盔的手在颤抖,随后他却把双手高高举起,他的手当然还在颤抖,站在他左右两侧的情侣也把双手高高举起,这俩人的手在做什么,也在颤抖,别急,精彩的还在后头,主角的亲信从后面溜到前面,跟这三个人站成一排,把他的双手高高举起,这双手当然也在颤抖,现在就有八只手高举在空中颤抖。

满桌的人都哈哈大笑。德·罗尔先生一脸的无辜,仿佛谁也不能责怪他制造了笑声。从头型看,他像东方人,但又无法把他当成东方人。一张青春尚存的脸,首先是有汉子气质,大鼻子,嘴巴几乎不存在,短发紧贴头皮,一双黑眼睛,眼光拒人于千里之外,他整个人显得很单纯,即便充满了力量。这个青春尚存的男人不会跟着别人的感觉走。他会保持自我。歌德在脑子里进行争辩。他无法抵挡这个想法。他马上就沉湎于这一感受。他必须走了。目光最说明问题,他还必须研究他的目光。但不是现在。现在赶紧走!!!

歌德凑在乌尔莉克母亲的耳边小声说道:明天见。今天很愉快。谢谢。说完就轻轻按着她的肩膀,让她坐在椅子上别动,别惊动他人。没等众人把那八只举在空中颤抖的手笑个够,他就走了出去。乌尔莉克也笑了,跟着别人一起笑,她可以说笑得天真无邪。难道他应该规定她什么可以笑什么不可以笑吗?是的,他心里头自动给出了答案。他想收回这答案。但是又觉得自己太虚伪。出门之前他还看到一幕:德·罗尔先生把手臂搭在乌尔莉克坐的那张椅子的靠背上。因为他觉得现在有必要赶紧走,所以他没看清楚德·罗尔的手仅仅放在椅背上或者已经揽着她的背或者腰。但是他还听见德·罗尔旁若无人地大声对她说: Il y a quelque chose dans l'air entre nous①。说着就把脸伸过去,仿佛她是医生,必须给看看他的炎症严重不严重。她也真给他看,仿佛她是他的医生。他的伸脸哑剧有一种挡不住的魅力。他最后听到的一句话又出自德·罗尔先生之口:最次的戏剧也总比最好的无所事事好。这又是维也纳人的想法。歌德走出门,马上走到对面,回到他的房间。

现在做什么?怎么办?去哪儿?不能留在这里吧。施塔德尔曼在睡觉。约翰在睡觉。自己动手装箱子?

---

① 法语:我们之间的气氛有些不寻常。

明知自己该做什么却又迟迟不做,这就是灾难。

他在捕风捉影。这点他一直很清楚,但他从不承认。没影的事。绝对没影的事。第一年就败局已定。这丁点有等于无,又化为无,这丁点有作为无的时间越长,就变得越重要,就变成最重要和最最重要,直到它充实你的心灵、主宰你的头脑,让你飘飘欲仙,把你抛向九天,终究只是为了让你摔得更惨。他的心怦怦直跳。他捶击自己的胸膛。他不得不推开一扇窗户,呼吸一点新鲜空气,活动一下胳膊,他感觉有些想法能让人窒息。他不能需要多少空气就吸进多少空气。他只能哈气,只能浅呼吸,只能用胸腔呼吸。他有一个早就得到验证的生活规律:如果感觉自己站在斜坡,如果感觉自己站不稳、向着深渊摇摇欲坠——你就会不知所措,根深蒂固的恐惧就会涌上心头,你会恐惧自己坠入赤贫的深渊。没有什么比不幸的爱情更让人可怜。写下来。别人有苦说不出,我却神赐天赋,能够说出自己的痛苦①。这是什么好处:你必须做到能够一枪打死自己。必须说出自己如何痛苦,这是遭受酷刑。绿蒂为你的维特取下挂在墙上的手枪,然后擦得干干净净,递给她的阿尔伯特,让阿尔伯特把枪递给维特,以便维特用那把让绿蒂擦得干干净净的手枪结束他肮脏的生命。痛苦很肮脏。痛苦使人肮脏。走投无路的时候,除了死亡,没有别的净化方式。你去写作中避难……你还从未有过痛苦,从未有过。贝勒普施夫人。她给你写一封封长达二十页的信。二十年了。她的信你已经好长时间读不下去了。一个可怜的、烦人

---

① 语出歌德诗剧《托尔夸托·塔索》(1789) 第五幕第五场。

的、让痛苦弄得肮脏不堪的女人。她来到人世,就是要爱你,就是等着你听她倾诉——哪怕就一秒钟,这是她的原话。怜悯与厌恶为邻。你现在可以给乌尔莉克·封·莱韦措写二十页的长信,你可以威胁她,说她会源源不断地收到长达二十页的信,因为你不会开枪自杀,你不得不拼命写作。那个无名青年说十七种语言。哪方面他都得俯视你。近卫军的身材。估计一米九一。瘦削,但一点不显干瘪。他的脸既不嫌窄,也不嫌宽,骨骼比肉明显。他的下巴很宽,但是,偏薄的嘴唇上方有一撇飞扬的小胡子,足以和这宽阔的下巴分庭抗礼。他的鼻子偏大,但没有因为出现弯曲而增添生气。充满嘲讽意味的高挑眉毛。紫罗兰色围巾上面有一颗钻石。也许是绿宝石。她眼睛的颜色。这样很搭配,他们俩单独在一起的时候就会发现这点,他们会为此庆祝,为此欢呼。今天您看着很帅,昨天他接她去林荫道散步的时候她这么对他说,她没有说:您很帅。他保养得好。看着很帅。无数的报纸都说他看着很帅。他们对他的帅气大惊小怪,这明摆着是看不起他。夸他帅气的赞歌压不住一个声音:看在你是老头子的份上,我们夸你帅。在你这种年龄,议论你的外貌的话都不是什么好话。不仅仅是议论外貌的时候你听不到好话。看看拜伦和司各特,他们才是风云人物。vieux jeu①。但这不是新鲜事,也不是坏事。也许是坏事,但并不致命。成为老人不是一件要命的事情。写下来。糟糕的是你不可以再恋爱。你可以去爱,只是你要习惯不再被人爱,永远不再被人爱。给贝勒普施夫人写信,她

---

① 法语:你过时了。

名叫伊索尔德,告诉她,现在你理解她,现在你知道你当初如何用置之不理、如何用转变为厌恶的怜悯折磨她。我爱别人,别人不爱我,不能发生这样的事情。在此之前他还没有领教过命运之神如何粗制滥造。乌尔莉克来到人间,接受培养,就是为了让他有这么一次经历。这不是她生命的唯一意义。她会作为德·罗尔夫人名扬欧洲。成为德·罗尔夫人之前,她只是顺便行使了这一功能,让你体验许多人在你这里得到的体验,让你知道我爱的人不爱我是什么滋味。你曾毫无体验地写下这么一句话:现在是人不爱我,我不爱人,只有死神站在角落等着我。只有当你爱上别人、别人却不理睬甚至拒斥你的爱的时候,无人爱你才成为命运之神的无耻安排。如果创世活动旨在让世界、让世界上的生活变得可以忍受,造物主通过摩西传给人类的指令中就缺了最重要的一条:你不可去爱。这是第一诫。可能因为摩西爬上海拔两千两百四十四米的立法山的时候太累了,根本就没有听见主宣布的第一诫。这是一个悲剧性的错误,永远无法弥补。如果摩西从西奈山带回这第一诫,除了悲剧,人类什么都不缺。任何悲剧的起源都逃不脱爱情。本来人类可以轻轻松松过上没有爱情的日子!人类的繁衍从来不需要爱情。既然如此,爱情何用?爱情让我们注意到我们不再生活在天堂。爱情让任何人都无法逃脱痛苦。谁也无法逃脱。主有足够的智慧。我是一个有妒忌心的上帝,这是他说的话。

歌德不得不脱下他的衣服,一把扔得老远。他不得不把他今天在乌尔莉克面前穿的这身衣物全部烧掉。今天您看着很帅。三年里面就这一句话。他们每次见面他都会欣喜若狂地向她承认,她穿这件或者那件连衣裙多么漂亮。在1821年和1822年,他在着装上面花费的心思就已空前。他以恋爱中的人特有的细致,精心搭配自己的马甲、围巾、礼服、外套。她从来都视而不见。现在还说这句以不变应万变的话:今天您看着很帅。对对对,她不仅说您看着很帅,她还说了今天您看着很帅。他根本就不可能相信自己看着很帅。更不可能相信自己长得帅。但七十四岁的人绝不可能帅气。如果他不帅气就没法活,如果没人觉得他帅气他就没法活,他就不应该去写作,就不应该去诉苦中寻求庇护,他就应当乖乖地一枪打死自己。

他站在衣帽间的落地穿衣镜前。镜子两边的六盏灯又送来最佳光线。镜子里面这个赤条条的男人不可能让他产生反感或者哪怕一点点厌恶。他无法阻挡自己对这个裸体男人产生温柔之情。勾起这股柔情的,不是这个人,纯粹是这个裸体。然而,随后他心里却产生一股风暴,一阵紧张,一种几乎让他浑身发抖、至少是要把他从镜子前撵走的急躁。他渴望乌尔莉克来到他身边。让蹦蹦跳跳的乌尔莉克跟这个裸体男人、跟这个被人——他想不起是谁说的——称为青春老头儿的男人并排在一起,哪有比这更荒唐的愿望。她和他走路时偶尔也哼点歌曲,她的动作随之跟上这种近似歌声的节奏。其实她一直都在跳舞。现在她躺在床上,那个有姓无名的近卫军躺在她身边或者压在她身上。他不相信她在第一天夜里就会献出自己的处女身子。虽然天晓得会怎样。这个东方人不必遵守本地习俗。他可以开导她,说他们俩生来就是要一起跳进东方式的爱欲之河,在里面欲仙欲死。既然他的箱子里面总带着各式珠宝,他们进入他的套间并关上房门之后,他肯定要拿出来比试,看哪一件适合她戴。乌尔莉克不戴首饰,修长的脖子没有佩戴任何东西,耀眼的耳垂同样如此,在这个有着东方人相貌的非东方人眼里,这是一个挑战。您需要点色彩,小姐。或者说火焰,也就是宝石。很明显,他不会跟乌尔莉克去她的房间,他会带她去他的套房,克勒贝尔斯贝格宫的第二大套房。他们已经接过吻。您真了不起。有一次他们站在柱廊底下的时候,她对他这么说。但这话有可能是指他的作家身份。现在她说这话可以带更多的感情。你真棒。第一个吻过去之后她就会这么说。对面大厅的窗户已经暗下来。个别窗户还透着光。不再有灯火通明的房间。只有若明若暗的光线在为各种行动提供方便。我们之间的气氛有些不寻常。

等他又能自然呼吸之后,他走过去,再次站到镜子前面。够滑稽的,他竟然跟镜子里面这个裸体男人如此亲密。他恨不得对镜中人抚摩一番。但他还是强忍住了。但是他那玩意儿呆在他腰部的松软部位,这家伙一辈子都雄心勃勃,想成为他生命的全部。他一辈子都被迫压制其称霸的野心。但并非每次都成功。有时候这种野心对他的控制远比他敢于承认的要严重。野心自然是被女人唤醒的。这时候他的愿望和行为完全听命于这玩意儿。直到今天依然如此。生命在语言中才回归自我,这玩意儿在语言中却不可以出现——除非是高雅的拉丁语或者粗俗的俚语,这真是耻辱。完全可以说是文化耻辱。你没有做任何有助于消除这耻辱的事情。你可以道歉,你可以吹嘘自己在解放语言方面有过怎样的壮举。如果这玩意儿依然在呆在穷乡僻壤,依然在胆怯的土牢里继续艰难地要求得到表达权，也就是它的生存权，那么这就是一大缺憾。他再次向他那玩意儿道歉。他熄了灯。他坐在幽暗之中。不能上床睡觉，这是一个可以察觉的愿望。现在哪儿都可以去，就是不能上床。去书房？不，去客厅。他坐到他接待客人时坐的沙发。有一次，乌尔莉克没等他示意就走向沙发，一屁股坐上去。她如此不拘小节。如此随便。他把脸贴到绣着浅红色鸟儿图案的金黄色沙发靠垫上。这些鸟儿只能在童话里飞翔。她把手放到这靠背上。她的动作却令人赞叹。一个来势迅猛的软着陆。他想到《漫游年代》中的刘契多尔。当他为柳琴德悲哀的时候，他把脸贴到沙发靠垫上。完全沉浸在悲痛之中。但柳琴德随后又出现在他跟前。他以为他失去了她。我只想和您一起生活，他说。她回答说：刘契多尔，您是我的，我是您的。说着就拥抱他，同时也请他抱抱她。文学，文学，纯粹的文学！

他拿起靠垫，扔到最远的角落。以后只读、只写故事跟现实生活里一样残酷的书。他渴望一本充满绝望的小说。维特！不对，维特毕竟选择了自杀，得到了解脱。他却没法入睡，睡一个小时也不可能，连一个小时的解脱也无法得到！醒着就是酷刑。醒着就不得不想她。歌德是洛可可。谁说的？也许是他的宝贝儿子奥古斯特。他不成器的儿子。歌德是洛可可，他是十九世纪。他的宝贝儿子说的。啊，真是洛可可该多好！啊，如果洛可可从未终止那该多好！这莺歌燕舞的乐园，这条由玩笑和任性组成的警戒线，让世人奈何不得。因此世人要摧毁它。因为只有人们可以忍受的东西才能通过这条警戒线。然后就是这场愚蠢的革命，满嘴都是造福人类的空话，这些空话只给空话的制造者带来幸福，但是它们把人类送上了通向不幸的希望之路……

他不得不去回忆1821年和1822年在他记忆中留下的一个个瞬间。然后又想想和现在这个夏天留在记忆里的瞬间有什么不同。结论是：如果今天的乌尔莉克还跟当初的乌尔莉克一个样，他现在就不会黑灯瞎火地坐在这里，把过去的瞬间像史前出土文物一样分门别类。乌尔莉克在去年和前年夏天赢得他的好感，是因为她天真活泼，敢想敢干，在两个妹妹面前扮演母亲的时候脸上还带着一丝讥诮。如果她又说了一句感觉很得意的话，她常常都会带着近乎戏仿的表情把头转向他，因为她想听听他是否觉得她刚刚说的话很妙。这变成了一个令人着迷的习惯，她把脸转向他，向他提出一个纯粹的哑剧问题：怎么样——您觉得如何？有时她也直接问话：枢密顾问先生觉得如何？有时还带点刺儿：如果枢密顾问先生刚才有专心听人讲话。我们这些普普通通的女孩子没有那么大的面子。不管讨论什么事情，她都要制造机会表明在场的人当中他在她眼里最重要。他在哪儿都遇到这种情况，但是这个女孩不仅想对他表示敬意，她还有一种又可爱又好玩的心理需要，想跟他来点惊险接触。但这毕竟是一个女孩。她显然觉得必须保证他在她们家不能感受片刻的无聊。有一次她母亲告诉她，歌德希望有一个儿子，这样他就可以把乌尔莉克培养成他儿子的理想妻子。再次见面的时候，她就告诉歌德她在思考一个问题：为什么枢密顾问不想把他儿子培养成她的理想丈夫，为什么枢密顾问只想把她培养成他儿子的理想妻子？您说呢，他问她。有两种可能，她回答说，要么枢密顾问先生相信自己的儿子对任何一个女人、任何一个家庭而言都是理想人选，要么……这时她看着歌德,张开双臂,用最快活的语调说:要么是枢密顾问先生很乐意引导我这样一个不安分的女孩。歌德没有问答。他先朝母亲那边看,好像他没料到她马上就把他随口说的话讲给她女儿听。乌尔莉克利用这个间隙继续说:大家都说您是一个狂热的教育家。谁不想成为您的培养对象?第三种可能:枢密顾问先生认为,莱韦措家的姑娘要想配得上歌德的儿子,就必须接受特殊培训!众人大笑。然后歌德开始小声坦白,他也说是自己在坦白。我为什么不可以坦白呢,他说,我之所以想出给儿子培训媳妇的事情,无非是想给自己创造跟你长期相处的机会。他相信母亲和乌尔莉克听到他的坦白都非常感动。快嘴快舌的阿马莉妹妹立马跟上一句:乌尔莉克的培训结束之后就该轮到我了。贝尔塔又问:我呢?休假结束时大家相互告别。On s'est promis de s'écrire①。

  共同经历的这些美好时光使他对夏天翘首以待。有点翘首以待的意思。随后却是这道闪电。乌尔莉克焕然一新。她的目光。她的举止。他确信能够从她的一言一行中感觉到她在继续做去年开启的事情。她表明自己在这么做。只不过她现在变成另外一个乌尔莉克来做同样的事情。和去年一样,她又在谈话中向他发话,要他下判断,要他做出反应。但是她仿佛在引述自己去年说的话。他忽略了什么?错看了什么?他怎么会产生乌尔莉克和他在相互接近的印象?他怎么可以不把数字当回事儿?他竟然不肯想想他和乌尔莉克一起抛头露面有可能成为丑闻。难道别人一直在限制

---

① 法语:说好了,我们相互写信。

他、拒绝他,他却毫无察觉吗?他不仅对这个或者那个细节的感觉出了问题,他肯定整个的感觉都出了问题。他们的生活南辕北辙。如果她和她母亲知道他产生了什么幻觉,她们会大惊失色。他不知道如何摆脱这幻觉。几十年来他一直如此,他的色彩理论如此,他的反牛顿主义立场也是如此。这个时代所有的物理学家都嘲笑他,或者对他的固执表示忧虑。但是他无法抛弃他那与其说建立在计算基础,不如说建立在感觉基础之上的色彩理论。但是他今天宁愿向牛顿投降,承认自己的理论是一种冥顽不化的幻觉,也不肯承认他有可能对乌尔莉克产生另外一种感觉。如果她不是他想象的样子,他就生活在幻觉之中,他对这幻觉无能为力。他称之为爱情。这可是被烧伤的感觉。或者像一声喊叫。或者就像一场灾难。谁都不知道是什么东西垮塌了,爆炸了,崩溃了,天塌下来了,谁也看不见谁。他站在那里,攥紧拳头,顶着自己的眼睛。他哭了。哭了一阵。好一阵。他听见自己在唱歌。他唱了起来。唱的是用他的词谱写的舒伯特歌曲。

> 体会过渴望的人,
> 方知我心头的苦难!
> 我独自一人,
> 又落落寡欢,
> 我仰望星空,
> 企盼我的恋人出现。
> 啊!我的爱人,我的知音,

岂料你远在天边！
我头晕目眩，
我焦躁不安。
体会过渴望的人，
才知我心头的苦难！

"我焦躁不安"他唱了两遍。他像克勒贝尔斯贝格伯爵那样，把"方知我心头的苦难"扯到高音，高到不能再高的地步。他发现自己在模仿克勒贝尔斯贝格，而且在竭尽全力地模仿。

他走过去，穿上白色法兰绒晨服。他仍然无法上床，尽管睡一觉就可以让他摆脱挥之不去的念头。但是他没法想象自己现在躺下去等着入睡会怎样。躺在床上就等于给最可怕的想象敞开大门。他必须坐着。最好站着，最好来回走，倒背双手来回地走，这是他的标准姿势，凭借这个姿势，他克服了迄今为止的一切困难。他踏着沉重的步子来回地走。相对他的来回走动而言，这几个房间还太小。他在魏玛有六个连在一起的房间，必要时可以敞开房门，变出一条跑道。在这里，只能戴着镣铐踱步！请问他何曾如此软弱无力？他不得不受自己思想的摆布。他愈是坚决地抗拒这些思想，这些思想对他的控制就愈是彻底。所以，你别再死命抵抗了。这个道理你早就冒冒失失地写进了小说，譬如你曾写道：出现任何妨碍我们刚刚萌发的激情的情况，都不会冲淡我们的激情，而只会火上浇油。果真在现实生活中遭遇这种事情的时候，你却无能为力，你只会哭泣。太惨了。

他必须调动全部的思想力量和意志力量才能下定决心不再朝对面看。但他突然间又站到窗前,打开窗户,他几乎把身子探了出去,为的是把对面发生的那些他看不见的事情看得更清楚。他直起身子,离开窗户,告诫自己别再招惹专门为他准备的失望体验。他终于明白一个道理,强己所难是愚蠢之举。他练习如何拉长从一个窗户到另外一个窗户的时间距离。他希望以这种方式做到什么时候不必再走到窗户边。要求自己做自己感觉可以要求的东西,这只能怪他。下决心"永远不再"去窗户边上是错误的,是不自然的,这种决心就是谎言。这个"永远不再"把你变成了撒谎者。但是每一次都坐久一点,这是一套有望成功的训练方案。别忘了,迄今为止你可总想看清楚自己的境遇。也许儿子奥古斯特是对的。他是洛可可。现在突然之间成了洛可可的反面。像掐灭灯火那样掐灭自己的生命。如果这样就好了。自杀表演所要求的道具。手枪,毒药,绳索。像掐灭灯火一样掐灭自己的生命。人没了。你再也听不见众人的嘲笑。他终于成功地模仿了他的维特。你可以确信那些没有体验过的人会嘲笑你。逃脱了,躲进了树丛,躲到了鱼儿堆里,躲到不可企及的星球。最让他们恼火的,就是你到了高不可攀的境界。下雨吧,主,哪怕是熊熊天火。往我身上浇。

施塔德尔曼在敲门。那么现在就是五点。施塔德尔曼打来了新鲜矿泉水。他习惯把水送到主人床边。歌德大声吩咐他把玻璃杯放在门外。

如果她现在是个女人,这意味着什么?他心里产生一种对女人的强烈猜疑,他的猜疑源于经验。你从那个有姓无名的人身上看到自己犯的错误。其实你也知道女人需要被人征服。女人想被占有。对女人要随心所欲。女人以这种方式把自己交给你，并非对你俯首称臣，并非讨好你。这对她本身就是一种享受。女人的这种彻底奉献你体会过一次了。那是克里斯蒂安娜。她把自己彻底奉献给你。你由此变成了男人，而别人天生就是男人。你需要一个克里斯蒂安娜，不不不，你需要的不是一个克里斯蒂安娜，而是这个克里斯蒂安娜，这个独一无二的克里斯蒂安娜。可是，当她和法国人跳舞，当她和法国人不止是跳舞的时候，你没有痛苦，你只是调动起那本来就等着被调动的忧郁情绪。

但是他不得不又一次走向窗户，现在他可以去窗边而不用责怪自己了。这时施塔德尔曼在门外禀报说早餐已备好。早点是从美味餐厅买来的。他几乎用生气的、反正大得毫无必要的声音对门外的施塔德尔曼说，把所有的东西都收走。吃饭，喝水，做白天该做的事情——不，他必须坐在那里，努力排除一切念头，排除一切念头。他现在还只做一件事，那就是站在窗子边。他现在无法抗拒。所以他不想抗拒。他感觉自己处于危险之中，但是他不知道如何躲避危险。本来他将站在敞开的窗户前面一动不动，两眼死死盯着克勒贝尔斯贝格宫看，直到他们把他运走，随便他们把他运到哪儿。

但随后有人在底下喊。他大吃一惊。往下一看。是尤丽叶，霍亨索伦家族的公主，他昨天还欠她一曲舞。由于她做出一个表示请求的动作，他就用一个优雅的习惯性动作回答，意思是：请上来，您来看我，我非常高兴。他很惊讶自己自然而然地做出了这种姿势。她上来了，跟她一同上来的还有一个叫莉莉的女人。

公主一上来就用快活的口气抱怨歌德,说他上周有一次向她预报要出太阳。他被视为云团和气象专家,所以她信了他的话。后来是什么天气?她被雨水浇透了。

歌德说:上周的事情,当时我还年轻,所以心狠。

跟我来的这位年轻女士来自柏林,她给您带来了问候,问候者是……她用问询的目光看着这个还不到二十五岁的漂亮女人。

策尔特,漂亮姑娘回答,他教我唱歌。

对,就是策尔特,公主说。

他可能是我过去唯一的朋友,歌德说。

他很喜欢您,被称为莉莉的姑娘说。

我更喜欢他,歌德说。

策尔特,舒伯特,等不了多久,您的诗都将变成歌,公主说。但是您抗拒舒伯特,她继续唠叨,我也知道为什么。

歌德来了个哑剧动作,表示自己很好奇。

因为他戴眼镜,可怜的弗朗茨,多厚的镜片啊。

歌德说:尊敬的公主,您戴上十副眼镜也不会让我产生哪怕一丁点厌烦。

谢谢,她喊道。她总是更喜欢喊叫而不是说话。

歌德请她们就座。坐沙发或者是圆桌边上的椅子。被称为莉莉的姑娘立刻坐到沙发上。刚好是几天前乌尔莉克坐的位置。但是她没法将手放在绣有浅红色童话鸟儿图案的金黄色靠垫上面,因为他把这东西扔到了对面的角落。他想坐在椅子上。被称为莉莉的姑娘大大方方地说,他必须挨着她坐。他非常老练地回答说:他没想坐别的地方。

她显然想强调自己来访的身份不是学声乐的学生，而是歌德的崇拜者：我只是名叫莉莉，但是我没有动物园。

会有的，歌德说，就像在演爱情剧。如果有人暗示他很久以前写的东西，他总是很高兴。莉莉的动物园。

恋人中间没有歌德，一个崇拜者的公园于我何用，她说。您还记得《莉莉的动物园》的最后一句吗？

他：有时候我相信世界和时间抹去的东西比实际上的还要多。

莉莉声情并茂地朗诵起最后一句，只有学声乐的狂热崇拜者才能读出这种效果：我感觉到了！我发誓！我仍然有力量！

他：太棒了，莉莉。听您朗诵的时候，我可以相信我不必为死后的事情忧虑。

您还活着，枢密顾问先生，她大声说道，我完全感觉到这点。

他说策尔特老是在信里提到他教的漂亮女学生，现在他明白这是什么意思了。

莉莉转过身子看着他，说：您比人们根据劳赫①创作的半身塑像所猜想的要帅气许多。

歌德说：没错，绝对没错。这是饱受折磨的语气。

这总比相反的情形好，莉莉说。

这话从您嘴里说出来就是对的，尽管这话也不一定完全对，

---

① 克里斯蒂安·丹尼尔·劳赫（1777—1857），德国古典主义艺术时期最重要的雕刻家。

他说。

您的口头表达和书面表达一个样,我觉得太妙了,她说。

他说他还什么都没说。

不对,她说,您刚才说了:上周我还年轻,所以心狠。这么一个句子,由您来表述,听着让人非常舒服。

这是文化人的交谈。歌德听见自己说话,听见并看见这两位女客人心花怒放。通过交谈,她们发现他还从未到过柏林,他答应很快就去。他说他的儿子奥古斯特和儿媳妇奥蒂莉现在只想在柏林过冬。他们每次都要讲述坐马车经过勃兰登堡门是什么感觉,而且一次比一次兴奋。

但他呢?

好吧,他承诺如果明年冬天有心情出门……现在他还是有点犹豫,莉莉再次转过身,看着他,甚至抓着他的手大声说道:

请原谅,但是您必须来,为了策尔特,为了柏林。为了我。她眼里闪着泪花,突然又松开他的手。她吓了一跳。她怎么如此放肆!她只知道说:请原谅,千万请您原谅。边说边哭。然后又弹跳起来,摆出歌手的架势,唱起:体会过渴望的人,方知我心头的苦难。是策尔特作的曲。通过她的演唱,策尔特的简单调式比舒伯特的喧宾夺主的音乐表达出更加丰富的感受。

他坐不住了。尤丽叶·封·霍亨索伦也站起来。他们站着听她唱。然后俩人都拥抱歌手。他低头亲吻她的手。当他重新抬起头的时候,她一把将他拉向自己,在他嘴上亲了一口,然后发出一串几乎清脆的笑声,说:

这是策尔特的命令。他说了,给歌德问个好,然后按照押韵规则来一个动作。他的意思只可能是:给歌德一个吻——吻和问押韵①。她的眼里带着疑问,一会儿看公主,一会儿看歌德。

俩人都点头。歌德走到莉莉跟前,以尽可能轻松的口气说:

如果我,亲爱的莉莉,没爱过你,
这美景应给我何等的乐趣!
可是,如果我,莉莉,没爱过你,
我能在这里、那里感到幸福?②

莉莉做了个旋转动作,然后大声说:多谢阁下。

歌德用最响亮的声音回答:这是1775年。

一点没错,女侯爵喊道。

莉莉冲到门口,再次转过身来,说:趁我还没有一败涂地,再见!然后悄声地、几乎像在发誓一样地说:柏林见。甚至还添了一句:代我向乌尔莉克问好。说完就出了门。

女侯爵点点头,说:这是莉莉·帕尔泰。说着就把字母拼给他听。然后她说:生活并非小事一桩。

歌德补充道:是吗。

---

① 德语的"问好"是 Gruss,"亲吻"是 Kuss,分别念作"格鲁斯"和"库斯"。
② 歌德:《歌德抒情诗新选》,钱春绮译,上海译文出版社,1989年,第53页。"莉莉"原译文中译作"丽丽"。

您有这本事,公主说,评论什么事情您都只说"是吗"。

歌德用仿佛很吃惊的语调说:是吗?

她:这恰好证明您这"是吗"万能。

是吗,他几乎叹息道。

公主走了,他走到窗前,向两位朝这上面挥手的女士挥手。然后她们就没影儿了。现在他眼里只有克勒贝尔斯贝格宫。这个风风火火的女人,这个莉莉,还有……没什么。社交谈话。客套。她唱歌的时候,他脑子里只有乌尔莉克。他输了?如果乌尔莉克在他脑子里挥之不去,他就输了。因为他输了。把她输给了一个有姓无名的人。白天比夜里感觉损失更加惨重。黑夜对他很仁慈。但是现在,在光天化日之下,那是盆地四周的高山,那是通向十字架水井的林荫大道,那里的每一棵树都见过他和乌尔莉克散步的情形,如果他现在走下去,每一棵树都要问:出什么事了?她在哪儿?他再也不去走那林荫道了。再也不去十字架水井了。他不想忍受散步者对他挤眉弄眼,不想忍受他们关切的或者幸灾乐祸的窃窃私语。坏事情只有通过周边环境才尽显其坏。他仍然站在窗边。

她的确出现在克勒贝尔斯贝格宫的露台。乌尔莉克。他一动不动。反正她已经看见他了。她朝这边,朝这上面看。然后慢慢抬起她的胳膊。她把胳膊举到她可以轻松举起的高度。由于她的四肢具有独立性,所以她的胳膊天生不是用来垂立左右的,而是在高高举起的时候才到达大自然所希望的位置。这两条胳膊不受重力的制约,这是根本。这是一切之根本。她身轻如燕,风大一点都不忍让她呆在户外。现在她让自己的双手在头顶挥舞。仿佛这不是她的意愿。她的手在自行挥舞。也许是随风飘荡。现在他举起他的双臂、双手,缓慢而且沉重,好像还不能肯定他的双臂和双手是否又会立刻下落,随后他却坚定地把双臂和双手举在空中。她用一只手指着自己,另一只手指着他。他懂了,用手势回答:请,您过来好了。她过来了。她几乎在跑。他还听见她跑步上楼梯。她进门就说:

您不辞而别,阁下。一不留神您就不见了。

是吗,他说。我可不想继续打扰。

打扰谁,她说。

您,他说。

是吗?她的话里带着疑问。

是的,他说。

打扰,她说。阁下,您根本就没有学过如何打扰人。

对呀,所以我才走了。我不走就会打扰别人。接着他说出了他不想打扰的那个人的名字。不管她爱不爱听。

德·罗尔,她重复说。他动作很快,这个德·罗尔先生,她说。接着她又解释说,这个有姓无名的人只是在子夜前有姓无名。到了子夜,不管人在哪里,他都会透露他的名字。

有意思,歌德说。

我们别再想这个行动神速的家伙了,她说。她重读神速二字,好让他听出她在使用一个从他这里学到的词。她还说她非常非常喜欢这个词,神速。别误会,她喜欢的不是她称之为神速的那个人,而是这个词本身。她喜欢那些光是发音就可以让人明白其意思的词。那些可以让人发挥点想象力的词。

他请她坐下。她坐到圆桌边上的一张椅子上。现在他确实可以问那个有姓无名的人在哪里,天亮之后他肯定又是有姓无名。

走了,她说,谢天谢地。

歌德看着她,她知道必须跟他解释一下。

他说德·罗尔先生想带她走。去他的套房。他先说他要把自己的名字告诉她。然后他就把名字告诉了她。然后他说,他把名字告诉了她,就等于把自己完全交到她手里。如果没有她,他就不知道自己今天夜里怎么过。现在必须走人,她非常清楚,她开始挣脱,然后挣脱开了,但他肯定是不假思索地大声喊:这可不行!说着就伸手抓她,把她逮住,朝自己这边拉,拉来贴近自己,他的两手已经抱着她的脑袋,自己再往上凑,他要脸贴脸,嘴贴嘴,情急之下,她爆发出第一次挣脱的时候所没有的力量,她跑了,回到自己的房间,关上门,浑身发抖,她不知道抖了多久,她还站在门后侧耳倾听他跟来没有,她不知道自己是怎么上床的。她无法入睡。她很想跟枢密顾问先生问点事情。

请问。

她做的一切都是错的。她把德·罗尔当作疯子或者野蛮人对待。这才把他变成了疯子和野蛮人。难道她一开始不应该跟他配合一下?洛可可,阁下!洛可可!不应该一上来就是贝多芬。

歌德没说话。他试了好几种表情。没找到一个合适的。

阁——下,她大声说道。我还没走。

他脑海里在回想那一幕幕场景。他不放过一字一句,也不放过任何一个重音,跟她讲述的一模一样。她也用动作描述了她的处境。但是他现在必须知道是否允许他问那个在午夜来临之前有姓无名的人的名字。

这就是我想说的,她说。他让我发誓不把他的名字告诉任何人。只有等我在众目睽睽之下成为他的妻子之后,我才可以把他的名字向众人宣布。所以她现在不可以滥用他在激情澎湃中给予她的信任。她感觉破坏其信任将对他本人造成伤害。他让她感觉到这点,破坏信任意味着对人乃至对身体的伤害。她本应当场拒绝背上这种信任带来的沉重包袱。面对他那非同寻常的状态,她无法当机立断。现在该如何摆脱这噩梦,阁下?我感觉我需要您,阁下。

他站起身,倒背双手走来走去。他的右手紧紧抓住左手的关节。想给人昂首挺胸的印象时候,他总是这样走路。需要展示他那远近闻名的挺腰姿势时,他就这么走路。他现在不可能做出别的反应。这点她必须理解吗?她能够理解吗?他看着她。他很诧异。她的心情跟他完全两样。

她又一次大声喊道:阁——下!她在戏仿呼唤耳背的人的声音。她也站了起来,挡着他的路。他们面对面站着。歌德说:

是呵。

她说:今天早晨他留下一封信,说他在去巴黎的路上。他希望我愉快地生活,也希望跟我愉快地重逢。Et il y a quelque chose dans l'air. Entre nous①。德·罗尔。幸好没写名字。

---

① 法语:而我们之间的气氛有些不寻常。

歌德突然变得斗志昂扬,他说:乌尔莉克,欢迎您。

我得救了,她的话音显得兴高采烈,简直得意忘形。她的样子令人着迷。

她抓住他的手。往上一拉。拉近了他和她的距离。这也许不是刻意为之。如果他现在吻她,他就在模仿那个人,就在跟他展开竞争。他就有了可比性。跟那人相比。他把她朝自己这边轻轻一拉,如果她愿意,她都不一定能感觉到,但是她又将他朝自己这边轻轻一拉,结果使他们挨得如此之近,她不用松开他的手也能用她的嘴贴上他的嘴。俩人的嘴贴在一起,停留片刻,就像是两个还不知道用何种语言进行交谈的人。

她说话的时候仍然捏着他的手:阁下。

他只会说:我代莉莉·帕尔泰向您问好。

哦,她说,她真好。

然后她就到了外面,到了底下,到了对面。他及时走到窗前,她挥手的时候,他也挥手。他永远不会忘记今天上午她走的时候他及时赶到了窗边,他挥手,她也冲他挥手。相比之下,埃及金字塔算什么!然后他长久地坐在那里思考。他们的嘴不断接近、然后贴在一起的时候,她闭上了眼睛。这是最美好的事情。他从未经历过比这紧闭的双眼更为动情的亲密动作。

除了这紧闭的双眼,现在他不允许其他任何想法进入他的脑子。但他不得不给一个简直是大叫大嚷的思想敞开大门:作为亲吻者,他从未遭受拒绝。他从来没有抱住一个女人或者女孩就亲、就啃。不管接吻之前俩人谈得怎样火热,接吻的时候他总有点初学者的羞怯乃至虔诚。两人的嘴自然合拢,没有意志的参与,没有任何做戏的意味。无名先生扮演感情冲动者。乌尔莉克是什么感受?现在她又觉得如何?现在她觉得他如何?他没法问她。只能观察。她还是发生这一幕之前的那个乌尔莉克吗?他第一次吻封·施泰因夫人之后,封·施泰因对他说:先生,您的吻很有水准。他的嘴和乌尔莉克的嘴高水准地接近时,乌尔莉克紧闭双眼。这是对无名先生上演的狂热戏的最美妙而真挚的应答。如果没有前面那场粗暴的戏剧,歌德和乌尔莉克也许根本不会走这么近。他将和乌尔莉克一道把德·罗尔那一幕再演一遍,如果他们俩的嘴像在德·罗尔式的场景中那样激烈碰撞,他们会立刻松手,倒退两步看着对方,然后哈哈大笑。伊夫兰德式的喜剧[①]。巴黎通俗喜剧的翻版。这家伙是从巴黎学来的。他们会哈哈大笑。一起笑。想着这一场景他非常开心。从现在开始,他对乌尔莉克不说"啊呀",他只说"啊"。而且要说得让全世界都听见。高亢,响亮,快活,一个永不消失的快乐信号!啊,乌尔莉——克!"莉"字被扯得又高又长。

[①] 奥古斯特·威廉·伊夫兰德(1759—1814),德国演员,戏剧家兼剧院经理。

五

事情大抵如此。他跟乌尔莉克又是难舍难分,乌尔莉克对他又是难舍难分。第一次接吻那天,他望着她离去的身影,她冲他挥手,他也冲她挥手。然后他坐到写字台前,他知道,这澎湃的心潮只有用写作来平息。他一上来就驾轻就熟,就是说只管押韵。纸上写着:

> 深藏的爱情火种,
> 刹那间熊熊燃烧:
> 你的小嘴惹的祸,
> 用它的吻,用它的微笑。

他打算马上把这信手拈来的小玩意送给三个人:给莉莉,她还没走;给远在魏玛的儿媳奥蒂莉。然后再亲手交给乌尔莉克。至于为何寄给这三个人,他对自己解释说,这只是一首应景诗,这类诗歌成百上千,它们召之即来,它们非来不可,它们本来就属于这里。但只有那些知道自己为什么得到这首诗的人才得到这首诗。他和奥蒂莉之间也有一个吻。那是乘坐他飞快的新马车做处女行的途中发生的事情。现在她恰恰应该回忆这一经历。是的,他心里想,若论左右逢源,梅特涅也不过如此。

他在给奥蒂莉的信中添写了几句话,说这里一如既往,一切安好,施塔德尔曼在山上敲石头。他还需要参加一场由符腾堡国王举办的舞会,然后就得把跳舞的装束装箱,他正在寻找不让他的礼帽在运输途中变形的办法。到时候,这里童话般的生活就算落幕了,他会待到二十号,孤独有助于他弥补一些因为频繁的社交活动而耽搁的事情。他给儿子奥古斯特东拉西扯地写了一封不疼不痒的信。一会儿说站在窗外看对面露台发生的一切都是享受,一会儿说大公刚刚打鸭归来,一会儿说天气特别好,一会儿说施特恩贝格伯爵去了匈牙利,但几天之后就回来,一会儿说约翰做了气象记录,一会儿说美味餐厅的六道菜让他心满意足,一会儿说特种饮食很管用,一会儿又说他也尽量避免过多地去公开场合露面,说自己去了就会身不由己。他希望用这种方式让各种令魏玛方面提高警惕的消息和谣言不攻自破。

他的嘴和乌尔莉克的嘴一度挨得如此之近。对于他,这仍然是一个轰动性事件。但是他不喜欢自己新做的咏吻词。他脑海里上演着那一幕,她挣脱身,他逮住她,往自己身上拉,然后猛地用他的嘴亲她的嘴、拱她的嘴,现在她真的挣脱了身。他把他的咏吻诗寄给了莉莉和奥蒂莉,但是他没法将它寄给乌尔莉克。这首打油诗将把她彻底推回夜晚遭遇激情扮演者那一幕。

他不得不致信洛伊希滕贝格伯爵兼艾希施泰特亲王。他非做不可。信函内容如下：他不得不为自己在雷布拜恩的订婚仪式上怠慢了高贵的伯爵表示歉意。没法想象有谁比洛伊希滕贝格伯爵经历过更多的历史。父亲上了断头台，母亲成为拿破仑的妻子，自己跟随拿破仑南征北战，然后成为意大利的第二国王，娶巴伐利亚国王马克西米里安的女儿为妻，然后被拿破仑皇帝认为继子，意大利成为皇帝的馈赠，他为这份馈赠又付出了怎样的心血，他在灾难性的俄国远征中，特别是在维也纳会议上又为继父挽救了多少损失。一个性格和阅历都如此丰富的人物，却在喧嚣的舞会上被他严重怠慢，现在回想起来他就满脸通红。他又太过频繁地回想起这一失误。所以他郑重其事地申请两人尽快见面，以便深入讨论伯爵动人的和平构想——开凿连接莱茵河与多瑙河的运河，为日后的决定奠定基础。

他做这一切，都是为了不让乌尔莉克的形象占据他的头脑，萦绕在他心头。一切与她无关的事情都让他觉得无聊、荒唐和难受。转移自己对她的注意力总是一件痛苦的事情。但他们最多再过几个小时就能重逢，这可以减轻她的缺失给他造成的痛苦。这些痛苦是为重逢的盛宴准备的调料。

来自魏玛的信也来自一个他不想再回去的世界。他必须回去的那个世界。不管多么难以想象，返回魏玛势在必行。他拒绝相信返回魏玛具有可行性。即便回去，他也是人在心不在。他构想出模棱两可的氛围，让从中去研究他的人找不到他。逃之夭夭，他的想象。构想出让他显得神秘莫测的调式。他不能承认什么，也不能否认什么。承认和否认都有致命后果。除非乌尔莉克到场，堵住一张张有谴责冲动的嘴。他必须带着乌尔莉克，必须带着一本小说返回魏玛。小说必须马上写，至少马上动笔。一部无论是男人还是女人都无法提出质疑的小说。一部让他和乌尔莉克的关系合法化的小说。不仅在魏玛合法，而且在世界上的任何地方都合法。小说的标题已赫然写在纸上：

《恋爱中的男人》。

他无法口述这本小说，就像他无法口述《少年维特的烦恼》。但是这部小说将以大团圆结尾。把对生活的艰难否定变成可以享受的语言，他做这样的事情由来已久。现在终于可以来一个前所未有的音。没有廉价的、寻求解决的冲突。没有和声，也没有非和声。一个独立的、靠自身存在的音。没有借用被诡计和痛苦扭曲的半音音阶。没有编排。只是一个音。他文思泉涌，把第一股灵感化为如下文字：

恋爱中的男人

他又可以相信夏天告诉他的事情。他又可以与蝴蝶为伍，跟盛开的鲁冰花混淆。幸好这一天不会结束。一件事情比另外一件事情重要的时代已经过去。疑问终于逃到否定的大陆。对乌尔莉克的依赖使他内心非常充实。别人的建议他全都洗耳恭听，但是他听不明白。他的固执是纯金制作的。应该实现的事情，由他和乌尔莉克来实现。只要乌尔莉克属于他,他就会缔造世界和平。敌意,这将成为死去的语言。这个世界的万恶之源,在于他还没有得到乌尔莉克。他这一生还没有一刻感觉过无聊。而现在,只要看不见乌尔莉克,他就会因为无聊而疯狂。谁想拯救世界,谁就必须把乌尔莉克给他。一经他触摸,万事万物都将如鲜花一样盛开。而且是永远地盛开。生活是绫罗绸缎,世界是和风细雨。鸟儿为其嘹亮的饰物沾沾自喜,现在它们只会讴歌她的名字。我不想再像现在这样虔诚了。柏拉图失去了美,所以发明了记忆。我将失去记忆,因为我找到了美。如果你在我身边,未来和过去都一文不值。贫穷,你千万别逃脱出来。留住我,我的梦。坐在她对面将使你变得跟她一样轻盈。她的目光支撑着你。没有什么东西比她的目光更可靠。我不再喊叫。我只会流出幸福的眼泪。我会小心翼翼地突袭你的嘴。我用虔诚的双手来发现你的双乳。你的轻巧战胜一切。如果你在我们开始用餐的时候把双手从桌子对面递过来,我的双手会迎接你的双手,一种新宗教的饭前祷告。我们彼此之间没有任何事情不想知道。如果拥有你的爱,我将获得永生。有了你的爱,我才永生。现在我知道自己为何恨谁也恨不起来。我的心中生活着一种爱,它生活了一辈子,它睡觉,做梦,偶尔出门逛一逛,它给自己一会儿取这名字,一会儿取那名字,然后又逃回家来,其实它一直都在等待。这给了我无所不能的力量。现在我知道:我的爱在等待你。如果你不想要它,它会毁了我。我也不会进行反抗。
我的爱不知道我年过七旬。我自己也不知道。

他发现自己在写作中找到了自己所希望的语调。
对于这个恋爱中的男人而言,符腾堡国王邀请他参加的化装舞会是一次公开大彩排。请柬上说,从混沌不清的史前时代到一清二楚的当代,各种装束都可以上场。他没把请柬读完就知道自己的上场服装:浅蓝色燕尾服,黄马甲,筒靴。但必须对所有人保守这一秘密。只有施塔德尔曼和裁缝布拉斯提米尔可以知道。

施塔德尔曼乐不可支,因为他又能参与一个冒险。听了施塔德尔曼的描述,以前只给歌德改过衣服的布拉斯提米尔大声说:维特。这就对了。青色燕尾服,黄色马甲,浅色长筒皮靴。

乌尔莉克问他装扮成谁上舞会,他说他要保密。

好,她说,我跟着你故作神秘。她母亲将作为蓬皮杜夫人上场,克勒贝尔斯贝格伯爵扮路易十四,雷布拜恩和卡蒂·封·格拉芬艾格扮罗密欧和朱丽叶,洛伊希滕贝格伯爵扮普罗米修斯,他不仅给人类带来了火种,而且带来了蒸汽机……霍亨索伦公主和圣-勒伯爵跟歌德和乌尔莉克一样拒绝透露他们装扮成谁。舞会将在对面的克勒贝尔斯贝格宫举行。

舞会之前,尽管他俩还常常一起散步,但是因为他不说他装扮成谁,她也拒绝透露自己装扮谁。

我可以猜一猜吗?

可以,但我什么都不会说。

奥尔良的姑娘,他说。她几乎带着诧异的眼神看着他,他相信自己一下子猜中了,所以他说这不难猜。席勒可是她钟爱的作家,而他的作家同行席勒创造的女性人物适合搬上舞场的寥寥无几。伊丽莎白和玛利亚·斯图亚特可以排除,这两个人物政治性太强。没有谁想扮演《强盗》中的阿马莉。说来说去,非奥尔良的姑娘莫属。谁扮演她,谁就会成为舞池里的核心人物。乌尔莉克举手投足之间都透出天生的勇敢,奥尔良的姑娘也有这种气质。她笑了,在他看来,这种微笑前所未有。他猜中了。

您呢,然后她说道。

不是席勒笔下的人物,他说。他很高兴她没有装扮成纺车旁的甘泪卿①。奥尔良姑娘的品质她一样不少。

举行舞会那天恰好下雨。马车开到克勒贝尔斯贝格宫的门口,下车时他们全都披着风衣,身上围着毛巾。歌德只需要过街,所以他披着风衣、头戴礼帽走在路上。他的深色风衣有高高的竖领,竖领的衬里是红色丝绒。由于领口翻开了一指宽,所以丝绒得以泛着亮光。歌德把自己打量一番,感觉很舒服。他很高兴天公作美,让他得以把维特的装束藏在轻薄的风衣底下。他对着施塔德尔曼欠欠身,好像他在练习旧制时代的鞠躬动作。施塔德尔曼大声喊道:

阁下,s'il vous plaît!② 说着就跑去拿粉扑,用一层赭色粉压压他

---

① 《浮士德》中的女主人公。又译为格蕾岑。
② 法语:请吧!

满头的白色。太刺眼了,他嘟哝道,太刺眼了。

歌德说:啊,施塔德尔曼。谢谢。再次鞠躬,这一回更活泼,走了。

男人和女人在克勒贝尔斯贝格宫里面分成两队,等待乐队给信号,然后从不同的门同时进入大厅。男士背靠一面墙站着,跟背靠落地镶花玻璃窗的女士们面对面。他看见了乌尔莉克。这一瞥犹如一道闪电。乌尔莉克穿着朴素的白色连衣裙,袖口和狭窄的领口绣着淡红色的蝴蝶结。说狭窄,是跟站在乌尔莉克-绿蒂两侧的女士们奉献的领口盛宴比较而言。

主人已经举起金杖,往地上顿了三下,乐队开始奏乐。舞伴们分别走向对方,有的鞠躬,有的搭手,有的轻搂,有的紧抱,全看跳什么舞,表演什么角色。乌尔莉克-绿蒂,从头到脚朴素无华。白色的袜子,黑色平跟鞋,旧时代的环扣。她把平时散披的头发扎成一丝不苟的钢丝卷,这是她的舞场装扮。她天天传递来自维也纳的最新服装信息,今天参加庆典活动却穿着最朴素的白裙。这是她的戏装,或者说是绿蒂的装束。他可以想象当乌尔莉克扮成绿蒂走到几个妹妹跟前问感觉如何的时候,阿马莉和贝尔塔会笑成什么模样。母亲扮成贵妇人,女儿扮成永远的少女,没有比这更刺眼的反差了。

乐队的演奏戛然而止。主持人宣布,现在由一对对的舞伴轮番上演他们今晚想表现的东西。由卡尔·奥古斯特大公殿下领导的评委会将用忒尔西科瑞[①]的金色月桂冠表彰最优秀的一对。先是尤

---

① 忒尔西科瑞,希腊神话所说的九位缪斯(文艺女神)中的一位,主管抒情诗和舞蹈。

丽叶·封·霍亨索伦旋风一般来到大厅中间,扮演马拉的圣-勒伯爵没有获奖机会。他的夏洛特·科黛①突然拔出闪着血光、在她双乳之间晃动的匕首,从他衬衣的开襟处扎向已经涂红的地方。洛伊希滕贝格伯爵那艘被命名为普罗米修斯的蒸汽船一分为二,他和他妻子各有一半。跳舞的时候,蒸汽船的两半自然合拢。主持人用有趣的评论助兴。

然后是维特和绿蒂上场。这无需解释。所有人都看出他们装扮的是谁。但从主持人的评论听得出来,他认为该节目是歌德的创意。只有歌德和乌尔莉克知道他们是不约而同。他们不约而同地选择了对方,这是他们的一次美好体验。她选择了绿蒂,他则选择了维特,这使他们两个在这五彩缤纷、乐声震耳的舞场上变成了幸福的一对。乌尔莉克判若两人。她扮演绿蒂。绿蒂在无聊的乡村舞会上被一个激情满怀却又笨手笨脚、名叫维特的瘦长青年拖来拽去,轻舞飞扬。乌尔莉克陶醉于自己扮演的角色,她用大嗓门与他对话,满大厅都听得见,她对他忘情地喊道:当我年纪还小那阵子,我什么也不爱读,就爱读小说。他则提高嗓门儿,一字不差地照作品回答:我从没跳得如此轻快过②。的确如此。自从他们相识以来,他们从未感觉彼此是同龄人。现在他们成了同龄人。他感觉到这点,她的身子往后仰,他的手揽着她,俩人飞旋起来。他们向众人展示,全世界的人加起来也不可能打扰两个在一起的恋人。很显

---

① 夏洛特·科黛(1768—1793),法国大革命期间刺杀马拉的共和派女子。
② 歌德:《歌德文集》第六卷,杨武能译,人民文学出版社,1989年,第17和19页。

然，他们摆脱了自己的真实身份，完全进入了角色，变成了他们在舞会上装扮的角色，变成了绿蒂和维特。由于音乐也来推波助澜，这很快变成感人的一幕。随后，他们又为刚刚共同创造的作品而彼此感谢，这同样成为感人的一幕！

然后是罗密欧和朱丽叶上场。也是一段悲情的表演，演员的化妆明显考虑到悲剧性结尾：雷布拜恩大夫和卡蒂·封·格拉芬艾格，他们的脸一半红润，一半苍白。他右脸红润，她左脸红润，互不搭理的那两半边脸当然苍白。他们的演出始于苍白，终于红润。接着是阿马莉·封·莱韦措上场：裙装的蓬皮杜夫人，裙子是闪耀着绿金色光芒的丝绸波浪，天晓得她如何避免裙子滑落。一对大耳环几乎触及她裸露的双肩。两只光脚踩着一双金色拖鞋，鞋带细得几乎看不见。一头蓬勃的浓密黑发被一支金色的蝴蝶形发卡镇住。阿马莉·封·莱韦措！她肯定是今晚最美丽的女人。伯爵扮演她的路易，虽是一身黑色盛装，与她相比却几乎显得朴素。他最多凭借袖口的白色花边和头上的发套跟这位散发出肉感光芒的生活伴侣抗衡。但是他的表情和举止却很有王者派头。这是训练的结果。看得出舞蹈教师的功劳。有什么关系。他必须扮演一个不得不把欲望藏起来的男人，直到蓬皮杜夫人让他堕入情网，迫使他承认被她征服的感觉多么好。

舞伴们退场休息，评委们开始磋商。阿马莉·封·莱韦措对乌尔莉克，也对歌德说：

这真是一场阴谋。绿蒂和维特！

蓬皮杜夫人的角色已经被占了，乌尔莉克说。

母亲说：但是奥尔良的姑娘还空着。

是呵，歌德大声说，这几天我一直这么猜测。

乌尔莉克：我不想摸武器。

她母亲还是不相信这两人的选择纯属不约而同。

乌尔莉克说：没有什么比事实更令人费解。

母亲：如果这是事实，那么……她没往下说。

歌德看见她以陌生的目光打量自己。为了打散她的视线，他用手在空中一抹。有效果。她突然凝重起来的面部表情瞬时化为摇头和大笑。在歌德用手干扰她的视线之前，克勒贝尔斯贝格伯爵已经在喊她：阿马莉，我们上哪儿？伯爵说话还带着软绵绵的维也纳口音。

过了一会歌德问乌尔莉克，他们是否应该去自助餐厅拿一份美味餐厅做的美食。说话时他看着她，她明白这只是一个借口。她跟着去。自助餐厅给享用美味糕点的客人备有桌椅，可以站着吃，也可以坐着吃。乌尔莉克拿了她喜欢的白兰地酒心巧克力，歌德拿的是蛋奶烘饼。但是，他们刚刚找到一张小桌子坐下，边上就来了其他人。罗密欧和朱丽叶也来了，但小桌子边的座位已经全部占满，歌德就说：请坐。他这话是朝高个子金发女郎卡蒂说的，卡蒂半边脸苍白，半边脸红润。卡蒂手里端着好几个盛着美味的小盘子，她充满感激地坐下，大声说：这才叫老派绅士。歌德看着乌尔莉克，甩甩头，再用大拇指朝甩头的方向戳戳，乌尔莉克心领神会，他们不受干扰地去了户外。克勒贝尔斯贝格宫背后是一面草地斜坡。防风灯给道路带来微弱的光线。歌德一开始走在前面，后来被乌尔莉克撑上来。然后他们在黑暗中面对面站着。他知道他不可以做任何再让他们接近的事情。一切都是那么的美。一段陡坡把他们引向一片老树林。

在《维特》的第一稿里面,绿蒂的裙子上没有那浅红色蝴蝶结,只有一个肉色蝴蝶结,他说。

如果用肉色代替浅红色,乌尔莉克说,我会非常喜欢。

他说他不喜欢。浅红色不好听,但是肉色听起来更别扭。至少她刚刚还作为素食者鼓掌。

她说她不是素食者,她永远不会变成素食者,啊,她哪知道自己将来是什么人或者不是什么人。

乌尔莉克,他说,走吧,我们回到人类中间去。

他盼着她说:还不行,我们再享受一会儿这雨后的清新空气。因为她不说话,他只好走,而且走得比自己所希望的要快,结果绊着一根粗大的树枝。他的双臂、双手在空中挥舞,寻找着失去的平衡。没有成功。他摔倒在地。倒地之前他保护性地伸出了右手,也弯起了右腿膝盖,但是两个动作都慢了半拍。他在最后一刻想避免正面冲撞。也只成功了一半。他的额头和鼻子撞到地上。他撞到右侧鼻翼,还有额头正中和右侧太阳穴之间的那块地方。乌尔莉克一声尖叫。然后站在那里,低头看着他。她不住地说:不,不,不。她边说边哭。一阵恐惧袭上他的心头。这恐惧一直萦绕着他。千万别摔跤。在魏玛过冬的时候,他常常被迫洗耳恭听,听人讲谁谁谁又摔了,谁谁谁摔成什么样,什么大腿骨折啦,什么髋部脱臼啦。他给自己反复打气:你绝不会摔倒。现在他摔倒了。他跟乌尔莉克走在灯光昏暗的路上不小心摔了跤。他刚才纯属情绪冲动,这种情绪是他们交谈的必然结果。他翻过身来躺在那里。乌尔莉克一定觉得他像一条被打捞上岸的鱼。他感觉到额头和鼻子上的伤口。也感觉到鲜血在他的脸上流淌。要站起来还真不容易。乌尔莉克想叫人帮忙。别,千万别,他说,他艰难地跪起来,然后更加艰难地站起来。现在他还是请乌尔莉克去克勒贝尔斯贝格宫悄悄把雷布拜恩大夫请出来。带上包扎用品,他冲她的背影喊道。雷布拜恩大夫来了,见状大吃一惊,他想架着歌德回到克勒贝尔斯贝格宫。因为那里面亮一些,但是歌德坚决反对,他说他没事儿,只伤着两个地方,请雷布拜恩大夫采取一点措施,把血止住就行了。雷布拜恩大夫给他清洗伤口,先擦后抹,然后观察效果,最后他说:我们很走运,不流血了。他想给歌德包扎,歌德拒绝。雷布拜恩大夫只好随他。枢密顾问先生,我在您这里派上用场,为此我感到非常遗憾,也非常高兴。他说他明天要看一下伤口。但是他现在要回大厅参加颁奖仪式。说完就走了。歌德和乌尔莉克面对面站着。乌尔莉克一再往上瞅他的伤口。失乐园,他想。一跤摔出了乐园。乌尔莉克不知所措。她显然不知道应该说点什么或者做点什么。也许他努力站起来那一幕很恐怖。他倒地之前挥舞双臂、双手的样子她也永志不忘。

他说他不再返回大厅。

忒尔西科瑞的金色月桂冠,她突然对他说,口气判若两人,忒尔西科瑞的金色月桂冠。走吧。树枝当道,路面湿滑,灯光昏暗,谁碰到这种情况都可能摔跤。她在撒谎。她心里很清楚,这种事情只可能发生在他身上,原因很简单,他七十四岁了。

所以他斩钉截铁地说:我是七十四岁的人。

她激烈地反驳说:您又言过其实了,阁下,您七十三岁。

不,他说,我总是在每年的一月一日就变成了我将在八月二十八日变成的样子。

乌尔莉克:但是您在我这里是七十三岁。不管您信不信,七十三是一个神奇的数字。数字也分好看的和不那么好看的。七十三是一个适合接吻的美丽数字。她把双手搭到他肩上,让她的嘴接近他的嘴,碰上之后再前进一点点。然后静止不动。他把手放在她肩上,把她朝自己这边拉近一点点,但真的只是一点点。他们就这样站了不知多长时间。

跟我来,阁下,她说。

主持人正在大厅里宣布颁奖仪式即将开始。他请国王殿下履行职责。大公的夹克没系扣,他那宽大的白色马甲就从敞开处往外挤,所以乌尔莉克说他像个面包师傅。现在他在台上宣布,由五个人组成的评委会一致投票决定把忒尔西科瑞的金色月桂冠授予绿蒂和维特这一对舞伴。四起的掌声证明这不仅仅是评委的意见,而且是观众的意见。歌德和乌尔莉克走上前去。乌尔莉克挽着他的胳膊。伤口再痛也得忍住。他们登上颁奖台,大公先把金色桂冠放在乌尔莉克的头上面,然后他准备以同样方式给歌德加冕,但是他捧着金色桂冠的双手停在了半空,他大声说道:尊敬的朋友们,高贵的来宾,你们的评委会主席差点忽略这一对舞伴最值得奖励的地方。当这一对舞伴用深情的舞蹈深深地打动着我们每一个人的时候,我在很受欢迎的朦胧灯光中没有看见塑造维特的作家如何给再现维特的想法画龙点睛。现在,在这一刻,在我站在他们跟前的一刻,我才看见——也许我们中间有人跟我的体验一样——现在我才看见是什么让维特成为维特:是额头和太阳穴交界处的枪伤!好,我亲爱的朋友,我尊敬的诗人,太好了!众人鼓掌。公爵把桂冠端放在歌德的头上,说:我们不庆祝我们的伤口庆祝什么!祝贺你,我也祝贺你,迷人的美人,没有你就没有维特。掌声四起。乌尔莉克挽住她的朋友的胳膊,挽得空前地紧。音乐。乌尔莉克和歌德鞠躬致谢,回到座位。乌尔莉克给母亲和克勒贝尔斯贝格伯爵讲了歌德摔跤的事情,二人都大惊失色,但是歌德几乎是得意忘形地说:我不过是给了大地母亲一个吻。

舞会继续进行。尤丽叶·封·霍亨索伦想拉歌德跳对舞,歌德指指自己的枪伤。她说,歌德为了避免和她跳舞显然不惜采用任何手段。

这一夜他不得安宁。额头和鼻子都痛。施塔德尔曼很高兴自己的地位从未像现在这么重要。他必须给主人头上冷敷。歌德睡不着。他请施塔德尔曼把书记员约翰叫醒。约翰带着一脸的殷勤赶到,但并非毫无怨言。枢密顾问可不是头一回非夜半三更口授其灵感不可。

陛下,国王陛下,他开始口授,然后直奔主题:他冒昧地恳求他的朋友,恳求最仁慈的君主以前所未有的方式证明他们的友谊,即以歌德媒人的身份恳求封·莱韦措夫人将其大女儿乌尔莉克嫁给他。臣知奢望,倘若陛下以为不妥,尽可置之不理。君为主,在下为仆,但是仁慈的君主常常友善地呼臣仆为友。臣仆可否得到意外的恩赐,全由英明的君主决断。臣下恳求之事可为不可为,全由最仁慈的君主明断。叩谢。您的歌德。

然后他说:上午抓紧誊写,亲爱的约翰,以便中午送到对面。

如果她的吻是怜悯,他写这封信就等于丢丑。忒尔西科瑞的桂冠,乌尔莉克-绿蒂,她的吻,她给这一吻轻轻施加的力量!摔这一跤足以毁掉这一切。夜色,下雨,树枝,全完了。七十三,多好的数字。但是她动了感情。这不是怜悯之情。她大惊失色,手足无措,惊魂未定,然后——这就是现在让他热血沸腾的事情——她禁止他逃跑。她想和他一起进大厅。她知道,他也知道,忒尔西科瑞的桂冠非他俩莫属。他们在跳舞的时候,在跳绿蒂-维特双人舞的时候成为了同龄人,这个时候大局已定。

随着这滔滔雄辩,他心头的想法被逐一毁灭。他必须防止毁灭得逞。这并不新鲜。他这一辈子都让毁灭的文本何来何去,也就是送到被挫败的营地。

来自额头和鼻子的疼痛像一顶制造疼痛的头盔紧紧箍着他的头,让他通宵达旦激情澎湃。

第二部

一

　　他必须让自己相信自己在一如既往地做事情。但是他问自己，既然知道根本不是这样，为什么一定要逼迫自己相信。他为什么不能承认事实？事实上他一个钟头之内要从写字台边跳起来五次，跑到窗前，希望乌尔莉克马上出现在对面的露台，向他挥手，好让他也挥手，向她表示，有兴趣就赶快过来。他觉得向自己承认这点非常危险。弱点之所以为弱点，就在于你越去想它，越是承认它的存在，它就越是成为你的主宰。

　　化装舞会过去两天了，他还没有见到乌尔莉克。雷布拜恩大夫对他的伤口进行了很好的护理。

　　大公立刻回了信。他说他会赶在去柏林参加军事演习前替他的朋友说媒。他信心百倍，他写道。他是一个办实事的人，所以他马上阐述他对彩礼的设想：在魏玛送母亲一幢房子。乌尔莉克成为宫廷第一夫人。给乌尔莉克准备一份遗孀养老金，以防不测。每年一万塔勒。这种安排让歌德感到难堪，但如果卡尔·奥古斯特这么看问题,那肯定不会全错。已派人向莱韦措母女预报他将登门拜访,他写道。反正他也住在对面的克勒贝尔斯贝格宫,只比她们低一个楼层。

随后就传来风云突变的消息:莱韦措母女已在整理行装,她们要离开马林巴德,去卡尔斯巴德。乌尔莉克塞给施塔德尔曼一个薰衣草蓝色的小信封,歌德把里面的信看了不止一遍。母亲想在卡尔斯巴德结束暑假,乌尔莉克写道,她经常这么做,其实一直都这么做。这是事实。去年他也在卡尔斯巴德结束了暑假。跟莱韦措母女一起。卡尔斯巴德远比马林巴德历史悠久,他到卡尔斯巴德去过十二次,在那里愉快地消夏、社交、疗养。他感觉以后不会有这样的事了。他眼前再次浮现出封·莱韦措夫人那张表情很复杂的脸——那是她听说并且相信女儿和歌德不约而同地化装成绿蒂和维特那一刻的表情。歌德从她的脸上读出两个信息:一是她将他们的不约而同视为两人情投意合的象征,她没料到他们如此情投意合;二是她相信必须尽快把两人分开。

然后乌尔莉克本人也来了。她第一眼先看他的额头。她想摸一摸。看得出来。她十分拘束。还痛吗,她问,用手指指上面。

他摇摇头。大公的求婚信送到莱韦措母女手里没有?或者说最仁慈的大公已经当面宣读婚书内容?他没有说他怎么做。但如果乌尔莉克知道求婚的事情,她进门的时候会是另外一种表情。但她会是什么表情呢?

现在她把信的内容又重复了一遍:莱韦措母女去卡尔斯巴德。二十号以前动身。她说话的口气很随便,听起来像是小事一桩。她这种大事化小的努力引起他的注意。他曾建议她朗诵的时候要更加有力,更加生动。现在她通过她的传话方式清楚地表明她所说的事情不是她的决定,而是她母亲的决定。她只管背诵,她自己没表态,她只是在重复别人交代给她的事情。

他被感动了。他将双手搭在她肩上,但也绝对避免把她朝自己身上拉。他这个求婚者竟然秘而不宣地让人把那沉甸甸的求婚书送到莱韦措母女手里!他真希望莱韦措母女还一无所知。如果乌尔莉克见过求婚信,她进来的时候不会是这种表情。这是明摆着的事情。

听着,乌尔莉克,有个事情我不得不告诉您,现在非说不可,也许此时此刻殿下已差遣使者向您母亲通报他将登门拜访的消息,也许他已经登门,此时此刻正在宣布他代表封·歌德先生向您求婚。

这些话他终于说出了口。用的是最好、最沉着、最肯定的口气。没错,他真诚地希望自己注意观察这是多么精彩的一刻。现在看看乌尔莉克的眼神。这是一双藏不住思想的眼睛。也许并非她注视的每一个人都会这么说。对于他,这是一双会讲故事的眼睛。现在她的目光过于清楚地告诉他:我当然感到惊讶。您看,我很诧异。我压根儿不想掩饰一个事实,那就是您的话如喜讯一般进入我的心灵。我不知道这喜讯是什么。我太过诧异。我满心欢喜,但根本不知道为什么。也许我也在做梦。做事的时候我们没有必要知道自己在做什么。现在我知道我在做梦。但这是一个美好的梦,阁下。

她什么话都没说,但她却用讲述故事的目光看着他,所以他说:幸好我们俩都没有悲剧冲动。

是的,她说。这是如释重负的口气。她的脸,这可能是她表达喜悦的方式。而且显得无所畏惧。她总是喜欢往上看。现在正适合。

突然间他不得不告诉她,那位在信中常常称他为朋友的最仁慈的君主坚持在向她母亲提亲的时候下聘礼。他这个求婚者永远不会把话说得那么直白。总之,他请她把这番话视为他真实心态的表露,这整个的求婚事件是一次前往错误区域的远游,对她和他都一样地不合适。他知道,婚姻是一种把不可能变为可能的形式,可谓无上光荣,但是有情人不必终成眷属。对有情人而言,没有什么事情像婚姻这样多余。您看,即便在这极其艰难的、但因为您的目光而彻底失去悲剧色彩的时刻,他也无法彻底放弃沉思者的弦外之音。只有当一方的感情不如另外一方认真的时候,婚姻才成为必要。我的话讲完了,亲爱的乌尔莉克。您现在看我的眼神,也许就是几百年前人们头一回听说地球不是一个圆盘而是一个圆球的时候的眼神。

他把手从她肩头拿下来。她望着他。我不到一米七八,他想。她撅起嘴,她的脸凑近他,两张嘴再次发生接触。不知持续了多长时间。但是,当他的嘴感觉到她的嘴的时候,她闭上了双眼。

然后她就出去了。他竟然没有阻止她!天啊,现在她不见了。只要她在,只要她站在他跟前,只要她还看得见,摸得着,他就根本说不出话来,他就根本无法想象如果她走了,出去了,看不见也摸不着了,会是什么情形。如果你能先知先觉,你就不能让她走,你就应该把她……唉,你又能怎么样……

但是她还在附近。你马上又能看见她……他走来走去,紧张地思索。这可笑的求婚。最笨拙的表达真情的方式。但也许一个母亲需要这种辅助手段。她只比克勒贝尔斯贝格伯爵小十五或者十六岁。他们之间似乎不会谈婚论嫁。是的,求婚是一种倒退,画蛇添足,不合情理,不合时宜……

他还在当天晚上就收到他的君主和朋友的信:莱韦措一家以最友好的态度接过求婚书,封·莱韦措夫人本人受过婚姻的伤害,她永远不会强迫女儿结婚,母亲找乌尔莉克促膝谈心,结果如下:如果乌尔莉克对歌德先生有用,她会立刻表示同意。唯一的顾虑:他的家在魏玛,他有儿子儿媳还有三个孙儿。他们有可能感觉自己受到妨碍,这是一个妨碍一切的问题。

歌德把这封信读了不止一遍。显然地,对于如此形式化的接近尝试,人家只能给予如此形式化的答复。信中唯一引起他共鸣的,是"有用"这个词。如果《五十岁的男人》的女性读者在一个具有命运转折意义的情景下使用这个词,她们就知道里面有这么一句话:从有用到真实再到美。他没有别的目的。现在他已经用雄辩把婚姻形式主义从乌尔莉克和他的生活蓝图中勾销。这个情况她肯定跟对面进行了通报。如果她母亲需要扮演母亲,这封回信就是典型的母亲风格。这不是阿马莉·封·莱韦措,不是走到哪里哪里亮的华丽女人。这更不是乌尔莉克的风格。他就这样小心翼翼地修复他的感觉,他的视角,他的处境。

他们在1823年8月18日午饭之后告别。马车已经等在门口。母亲和几个女儿全都整装待发。大家还会见面,这是肯定的,一言为定,不能反悔。母亲的热情活泼使场面显得非常热闹。彼此的拥抱超出了客套范围。他没有滥用和乌尔莉克拥抱的机会,没有热烈地紧紧拥抱。唯有阿马莉提到他额头和鼻子上那块已经缩小的橡皮膏。如果您跟我一起去树林里散步,您就不会出事。乌尔莉克走路总是展翅欲飞。这时贝尔塔还得插一句:再见,枢密顾问先生,后会有期。

由于大家在宾馆的露台也就是露天告别,所以不可能行吻手礼节。她们快上车了,这时乌尔莉克又一次转过身,又一次走到露台边上,说:

K V d O o M。

有种预感告诉他,他必须理解这个。但他一时反应不过来。乌尔莉克显然假定他知道 K V d O o M 代表什么或者指的什么。她看他压根儿不明白,就像提示他原本就知道的事情一样对他说:

我们的省略说法。然后对着家人喊:你们给枢密顾问先生说说 K V d O o M 是什么意思。

阿马莉和贝尔塔立刻说:Keine Veränderung des Ortes ohne Mitteilung①。

她小声地、几乎深情地对他说:明白吗,阁下。

他:明白。他的幸福溢于言表。

她戏仿客套,对他说:Au revoir②。

---

① 行踪无不相告。
② 法语:再见。

几只手伸出车窗挥舞。最后剩下乌尔莉克一人的手在挥舞。当他回到房间眺望的时候，露台给他一种荒凉感。他在这里还剩下这几天，他要拉上窗帘过日子。他给自己下达了命令。是他的心做出的应答。他必须紧挨窗棂十字梃架站着。他的心。冲击他的胸腔。冲到他的嗓子眼儿。他的心像一个疯狂拍打牢门的囚徒，囚徒想获得解放，因为他含冤受屈。他试图通过运动和小心呼吸让他的心平静。白费功夫。如果越来越厉害，肯定马上就完了。呼吸完了。一切都完了。他喊施塔德尔曼。施塔德尔曼来了。海德勒医生，他说，施塔德尔曼一看就明白了，他跑出去，跑下去。他依然站在窗边。离沙发两步远。然后坐下来。他不能躺。而且呼吸局促。他的疗养保健医生来了，歌德不用解释什么，但必须跟着过去，躺床上，海德勒医生先给他听诊，然后说：情绪过于激动。放血会管用。说着就动手。歌德睡着了。他醒来的时候，施塔德尔曼坐在床边的椅子上。他感谢施塔德尔曼。施塔德尔曼可以走了。

回想告别那一幕。以为自己能够想象什么事情是一件非常可笑的事情。如果你想象的事情过后出现在你眼前，你会发现它不是你所能想象的。她走了。现在才走了。告别那一幕这才重新浮现在他眼前，莱韦措家几个女儿的缩略语他时常领教，我的上帝。两年前她们初次朗读司各特小说的时候他就领教了。贝尔塔从太靠后面的某个地方开始朗读，阿马莉立刻大声说：S w s w n n。然后她们给他翻译：S w s w n n 就是 So weit sind wir noch nicht①。这是我

---

① 我们还没到这一步。

们的缩略语。没错。我们是十九世纪的孩子。不久人们就会只用缩略语言进行交谈。阿马莉和贝尔塔叽里呱啦地说了一通,乌尔莉克则平静地、不带任何传教激情地对缩略语的使用进行了严肃认真的论证。这种语言明显是她的创造。

他想二十号走。他的确在二十号走了。他在这里无事可做。如果无所事事,他就会沉浸在他无法抵御的思想当中。他的决定可谓油然而生。他没法想象自己明天在明知马车即将驶往魏玛的情况下还能从这里启程。所以明天他显然只能去埃格尔。每次从魏玛去波希米亚再返回魏玛,他都要在埃格尔停留,去拜访治安顾问格吕纳。治安顾问是既往事物的发现者和收藏者。也是他的崇拜者。但他不会对你顶礼膜拜,让你产生自我怀疑。他们俩有共同嗜好。格吕纳总是带着他四处郊游,和他一起去探寻地貌形成的历史。格吕纳可以阅读风景。石头,树木,溪流,墙壁。眼前的一切都是他的研究对象。语言,居民,家具,风,天气。必要时他还作诗,让歌德看。他很清楚,这只是捕捉瞬间印象的诗歌,或者说是用押韵的方式记录非语言事件。治安顾问虚怀若谷,对于被自私自利者层层包围的歌德来说,这种谦虚犹如清冽的甘泉。露台上的辞别让歌德心乱如麻,他感觉自己根本看不见埃格尔以外的地方。去埃格尔,去拜访已经得到通知的格吕纳。他无法忍受其他方向。

但是,在启程的前一天他还找到一个事情做,或者说事情找上门来。他奋笔疾书。天黑之后,他白天的劳动成果留在了施塔德尔曼弄来的上等纸张上。他一边阅读一边欣赏。他所观赏的,就是如下诗句:

您对拙诗的兴趣

令我充满感激,

让我们把美好的时光

化为友好的记忆。

《爱情痛苦二重唱》,别后匆匆写就。

他:

我曾认为我没有痛苦,

可是我却忧心忡忡,

我觉得额头扎得很紧,

而脑子里面却是空心,

直到最后眼泪像涌泉,

吐出抑制的临别之言。

她虽坦然镇定地诀别,

现在也会像你一样哭泣。

她:

他已走了,也无可如何!

亲爱的你们,请勿管我。

你们如觉得我奇怪,

可不会永远如此!

我现在难跟他分离。

因此不由得哭出来。①

  他很愉快。这一天符合他心愿。他沉湎于一种感觉,这种感觉还无法用语言来形容,但却是他寻觅词句的可靠向导。一切不符合这种感觉的东西都没有留在纸上。写作,尤其是写诗,给人一种无比美好的体验:胸有成竹。不管别人怎么评价他的写作成果,让他无比愉快的是,留在纸上的东西完全符合写作时引导他寻觅词句的

---

① 歌德:《歌德抒情诗新选》,钱春绮译,上海译文出版社,1989年,第181—182页。钱译诗歌标题为《风神琴》。

那种感觉。他的心情就是一个永不迷路的导游：诗文仿佛早已存在，他只需找到它。如果找到了，就算进入完美境界。一个词也不能动。没错，经验告诉你，明天或者一个星期以后你可能有另外一种眼光，可能有另外一种感觉，但是今天不可能，今天你跟这首写在纸上的完美诗歌融为一体。诗文所表达的内容让诗文锦上添花。担任其向导的感觉最初是一种痛苦，一种无可名状的疼痛，一种讨厌的非分要求，一种惨遭遗弃的感觉，一种痛不欲生的感觉。你被抛下羞耻的深渊之后产生一种感觉，它可以引导你找到一个又一个的词，找到结尾，这是写作创造的快乐奇迹。乌尔莉克，您听我说！你听见我说话了吗？如果你现在听见我说话，你我就是心领神会。心心相印的纽带把我们联结在一起，这条纽带的名字叫不可分离。乌尔莉克。

  写好的东西他不仅要默读，还要给自己大声朗读，他比快乐还快乐。他和治安顾问格吕纳打过许多交道，他知道，如果治安顾问通过阅读去挖掘文本，他肯定能够体会诗文所表达的感觉。如果写下这些诗句却不知道马上有谁来阅读、来体会，这样的事情不可想象。最好立刻就去埃格尔。他了解自己，知道他的诗歌比其他类型的作品更为迫切地需要听众。诗歌，这是快件，是心灵的快件。这是快乐的一天，因为他和绝望进行了一番周旋，迫使它承认自己用语言表达出来之后比在粗糙的自然状态中更美。虽然他还不知道怎么做，但是他将保证乌尔莉克今天就跟治安顾问一样读到他写的东西。他预见到自己未来面临着什么：如果他哪一天看不见乌尔莉克，如果这强加给他的痛苦又没有变成诗歌，他这一天就很难熬过。

今天，他的痛苦成功地变成了诗歌。今天，他获得了拯救，准确讲，他今天一天获得了拯救。

仿佛这还不够，大下午的又传来消息：施特恩贝格伯爵回来了，如果伯爵能够跟他伟大的朋友哪怕见上一面，他也非常高兴。一件高兴事还不够吗？显然不够。啊，有一个记忆在持续几周的感觉风暴中沉没了，伯爵启程前往匈牙利的时候还高声喊道：再见，希望很快再见。伯爵带着笑声走进来。歌德想以特殊方式拥抱他，好让他变得若有所思。他甚至应该受到触动。你可以掰着指头数一数，看看这个世界上有几个人像他这样对你无条件地好。这种走遍全身的感觉：你可以放松，不必紧张地等待对方的反应。然后你发现他的感觉跟你完全一样。你们很少见面，你们写信探讨所谓学术问题时彼此感觉一拍即合，但是他们的一拍即合更多地体现在表达方式而非具体看法。7月11日，你们走在林荫大道上，远远看见莱韦措母女，你看出她们的集体剪影，你不想破坏你们围绕心爱的石头展开的谈话，你悄悄把自己和伯爵引向莱韦措母女组成的队列，相互问候，一起吃饭，后来只有伯爵知趣，去年和前年有多少人都坐在那里不走，他们又聋又傻，没有发现自己充当了讨厌的电灯泡，但是伯爵以最优雅的方式告辞了，因为他感觉你现在需要单独跟莱韦措母女在一起。现在他大大方方地向伯爵解释只是还留在额头上的那块橡皮膏是怎么回事，也是为了增添笑料，他又讲述了他这摔伤的额头如何让卡尔·奥古斯特浮想联翩。他想不出自己有什么事情不乐意找伯爵谈。如果两人不管谈什么话题都一样投机，这本身就表明他们很投缘，这本身就是令人高兴的事情。然后他又听说：伯爵也要去埃格尔。伯爵一向为科学和文艺慷慨解囊,使波希米亚的珍宝在布拉格的博物馆和大学得以珍藏,他当然认识治安顾问格吕纳。歌德和伯爵都同样喜欢格吕纳,他们又一次看到彼此是多么接近。

他们出发时天下着雨,严格讲是下着瓢泼大雨。路上出现了许多让人看不出深浅的大水坑。歌德注意到他的朋友如何忧心忡忡地观察车夫施塔德尔曼的一举一动。伯爵不仅赞助博物馆和各种收藏协会,他还确保波希米亚的大学和中学的工程学具有欧洲范围内的竞争力。所以歌德开始吹嘘自己的马车。他认为,至少就萨克森和图林根而言,他这辆车属于最佳设计、最佳打造。在魏玛公国,没有一辆同样坚固的马车有类似的减震效果。没有第二辆马车跟他的马车一样轻巧,快捷,安全。为了保持自己的灵活机动,歌德可谓不遗余力,如果让他呆在魏玛不动,他会憋死。只要他乐意,他很快就可以抵达法兰克福、德累斯顿或者别的什么地方。尽管他承认自己多数时候不想出远门。但是他喜欢在这个弹丸之国疾速周游。

伯爵说自己又见识了歌德性格的一个侧面。

这时歌德按捺不住,有点得意忘形地讲起这辆车的处女行。车上只有他和奥蒂莉,因为奥蒂莉要求单独坐在他身边享受马车的处女行。她的丈夫,他的儿子奥古斯特只好乖乖呆在家中。他们的处女行风驰电掣,左摇右晃,有时也感觉很危险,他和儿媳也的确因此挨得太近了点。他们回到魏玛,驶进位于弗劳恩普兰街的院门。他伸手搀扶奥蒂莉下车的时候对她说:这真是 veloziferisch。一个崭新的德语词就此诞生，并作为歌德的发明创造不胫而走。这个词他不必给伯爵翻译，但是奥蒂莉需要翻译。拉丁语 velocitas 意即快速，Luzifer 是魔鬼撒旦的别称，二者组合起来就是"魔鬼速度"，也就是神速。奥蒂莉这才听懂了。

这个词造得好，伯爵说，这也已经说出我们即将经历的事情。我们必然要经历的事情。他说只要他还坐在这车上，他就不想诅咒它见鬼去。

歌德说，如果没有施塔德尔曼这样一个车夫，他可不想乘坐这辆轻巧的四轮马车出门。有一次他对施塔德尔曼说，如果他想讨好拿破仑，他就把他作为贴身车夫送给他。施塔德尔曼则说，他宁愿找棵树吊死也不愿跟歌德分离。

说着他们到了埃格尔。天气有些好转，在太阳旅馆的房间已经订好，治安顾问格吕纳来了，大家愉快地过了一个晚上。格吕纳走的时候，歌德把《爱情痛苦二重唱》装在信封里给他，接着对他说，既然治安顾问对他歌德的专业如此熟悉，阅读的时候就不要陶醉于感情，要陶醉于艺术。

第二天早晨，治安顾问给歌德来了个近乎矜持的拥抱，以此表示他多么感激歌德对他敞开了内心世界。他可以这么直截了当地说出来，歌德说，他的夏日花朵也在埃格尔绽放。

随后的三天他们一直在野外活动。歌德的精神很好，他全神贯注，仿佛在他眼里只有灰岩采石场，只有泥灰岩，片麻岩，花岗岩，在本地有着不同叫法的符山石，烟晶，方铅石，紫晶，这些全部来自周边地区。歌德为自己在魏玛的收藏预订了格吕纳的几件复制品。

许诺要回赠他一大块西伯利亚麻粒岩,他家里有三块。上路之后,他突然让停车,然后下去找那些收割庄稼而且正好在磨镰刀的农夫。他问他们的磨刀石是哪儿弄来的。农夫们只知道在埃格尔的市场可以买磨刀石。歌德说这种磨刀石在魏玛周边也能派上用场,治安顾问便答应给他弄几块。

歌德对什么东西都表示出夸张的兴趣。他必须向自己证明他可以几个钟头不去想乌尔莉克。如果做不到几个钟头,几分钟也行。

第三天晚上他们又坐到一起,一边夸埃格尔啤酒好喝,一边天南海北,比谁讲的故事精彩,他们在最友好的气氛中展开竞赛。这时治安顾问透露说,他现在成天都在搞嫁接,他之所以产生这一癖好,是因为他发现不论你在哪里触摸这个世界,你都会发现它充满历史,我们的世界就是一个小说家,他高声喊道,啤酒也导致他兴奋。他说目前他正在把一个崭新的知识枝丫嫁接到他郁郁葱葱的生命之树上——这就是民歌。他请帮得上忙的人都帮他忙。这事情一个人做不成。譬如有一首民歌,他甚至可以哼出调子,但他只记得歌词的开头。

把开头唱出来,歌德说,剩下的由施特恩贝格伯爵和我来解决。

治安顾问半说半唱:斯特拉斯堡的战壕,勾起我心头的悲伤……

歌德立刻用右手压着左眼,像是必须对它加以保护。当他注意到格吕纳在看他,他才把头转向伯爵,但没有把手从左眼上拿开。

伯爵说:这首歌大家都知道,很自然。说着也哼了起来。对了,他大声说,这肯定是瑞士人,肯定是在异乡当兵的瑞士人唱的歌曲。他接着唱:我听见对面响起阿尔卑斯山的号角……

两人继续找词儿。

由于今天的天气再度恶劣起来,有时东面来的风不折不扣地对他们发出怒吼,所以歌德现在可以告诉二人,他的左眼违背一切对称法则,坚持比右眼更加敏感,左眼可能发炎了,现在他只好失陪了。走的时候他的右手依然捂着眼睛。

他对自己比较了解,知道今晚不能要求自己做任何事情。不能要求自己朝某个方向思考问题。绝对不能想魏玛。他通宵达旦茫然不知所措。如果陷入茫然,黑夜就会漫漫无边。他的头沉甸甸地靠在枕头上,仿佛他在使劲把自己的脑袋往枕头里按。但是他的脑袋本身就这么沉重。斯特拉斯堡的战壕,勾起我心头的悲伤……

出现在早餐厅的时候他一脸的平静。施特恩贝格伯爵说他今天也要继续赶路。其实歌德还没说他要走。但是施特恩贝格伯爵已经从朋友脸上看出来了。格吕纳进来,递给歌德一个信封,说里面装着他誊写的《爱情痛苦二重唱》,也许阁下用得上。格吕纳告辞。他最后说:再见。伯爵问下一班车什么时候去卡尔斯巴德,歌德不假思索地回答说:一个小时以后。施塔德尔曼和我恭候您。

坐上车后,歌德一开始还拿一块布护着左眼。左眼发炎了。有一点炎症。他在镜子里检查过。他们一点从埃格尔出发,不到四点就已抵达卡尔斯巴德。马车停靠在金色花束宾馆,他的眼睛不再发炎。歌德祝贺施塔德尔曼。施塔德尔曼哈哈大笑。

伯爵在路上含蓄地告诉歌德,莱韦措母女已经得知伯爵要去。

听他的语气,似乎他知道莱韦措母女并不知道歌德要去。歌德没心情像伯爵那样细心呵护自己。他实话实说。他的话没有让伯爵感觉有义务对他表示同情和安慰。他恰恰需要通过冷静的叙述来防止伯爵对他表示同情和安慰。他一点不觉得自己值得同情。他的施特恩贝格伯爵跟他一起去卡尔斯巴德,这是最奇妙的命运安排所产生的世界奇迹,这证明他歌德是命运的宠儿。没法想象假若他今天一个人从埃格尔去卡尔斯巴德会是什么情形。本来这种事情也有可能发生。他也有可能就这么去了。而且是只身一人。他必须把乌尔莉克从家庭的牢狱中解救出来。他和乌尔莉克的生活不能成为狭隘的母性思维的牺牲品,不管这种思维多么高尚。乌尔莉克期待他这么做。

由于他和伯爵一同抵达,到达场面就有了社交氛围。没想到吧,咋的。不过,就这个圈子,就喜欢心血来潮的歌德而言,这是可以想象的。他松了口气。他几乎如释重负。如果今天他是一个人出现在这里,他就是一道划过万里晴空的激情闪电。本来他倒很乐意把这样的经历强加给他们。他们是谁?所有人。总是好奇的世人。

在位于维森旧街的金色花束宾馆,他俩都是常客,这里有他们的房间,就像他们预订好似的。没等歌德说话,人们就告诉他,和去年一样,他住莱韦措母女楼上。这难道不令人感动吗!这家宾馆跟你打交道的方式堪为典范,大家都应该来这里学习如何跟客人打交道。客人总有心灵的创伤。店主知道。店主是心灵的急救医生。如果你必须跟他解释:事情如此这般,请把我安排到这儿或者那儿,那就很可怕了。这种事情不会出在——没有比这更恰当的名称——金色花束。他们去拜访莱韦措母女,受到欢迎,两人都站在门口,都请对方先走。伯爵感觉他的出现比歌德的出现更无关痛痒,他向站在桌子和椅子前面的莱韦措母女走去,向她们问好。伯爵做得完美无缺。他从他的匈牙利之行带来许多问候。来自这个或者那个宫殿的问候,来自这个或者那个表亲的问候。她们提高嗓门一一回应。然后伯爵跟这一家子站在一起,仿佛他也属于歌德的问候对象。

歌德从最矮的一个开始,因为她们按高矮顺序排列。他走了两步又停下,他说的第一句话是:我很想念你们。

阿马莉立刻问:想我们还是想乌尔莉克?

想莱韦措家的每一个人,他一本正经地说。他感觉这听起来太一本正经,所以就换上轻松得多的口气,而且只对阿马莉说:我想念你们每一个人。

阿马莉不肯罢休。怎么想我,她说。

歌德只看着她,说:就像一块石头盼着被小女孩拿到手里端详,因为它知道只有这个女孩理解它,理解石头的语言。

阿马莉似乎心满意足。但是现在贝尔塔不得不提出同样的问题:怎么想我?

就像一只快要渴死的鹿想念一股能够将它从渴死的境地拯救回来的泉水,他说。

贝尔塔惊诧无语。现在轮到母亲。她说:我们不会跟着凑热闹,要求枢密顾问说出如何想念我。

真可惜,歌德说。

那请讲,她说。

歌德说:我手忙脚乱,做了一件唯有其滑稽能够盖过其尴尬的事情。我想请您原谅。

真好,男爵夫人说,她走向歌德,大声说,拿破仑说得对: Voilà un homme①。

现在大家都围过来,又是握手,又是拥抱,但是乌尔莉克站着没动。等大家发觉这一情况、转过身来看她的时候,歌德朝她走去,她背过身去,说:我也必须听听阁下为何想念我。

众人变得鸦雀无声。

歌德说:为了爱。

他没来得及伸出手去,她就把手递给他。如果施特恩贝格伯爵不在场,也许他就不可能这么说话。他在这个男人跟前说的话,就像是豪言壮语。伯爵与他握手。

歌德说:谢谢。说完就走。从走路的姿势判断,他知道众人都在望着他的背影。

---

① 法语:这是一个人。

二

他很清楚封·莱韦措夫人想如何安排他的活动。他应邀与她们共进早餐。七点开始,有时拖到九点。他早晨六点就去水井喝水,允许一个波兰女诗人找他攀谈。近年来,这位女诗人每到九月就出现在卡尔斯巴德,伺机把自己的诗歌新作塞到他手里。三天之后她又来找他攀谈,想知道自己作诗是否有进步。或者她第二天就偷偷观察,看他是否急不可耐地要找她谈对其诗歌的看法。他还是老样子。很多年前,他没有做到拒绝读她的诗,而既然读了别人的诗,就不可能假装没读过。幸好六点钟的时候水井周围已聚集了许多人。所以他不必在毫无干扰的情况下发表对其诗歌的看法。他每评论一句,女诗人都要告诉他这句诗词用波兰语念出来是什么效果,她还说德译本只是波兰语原作投下的影子。

施特恩贝格伯爵总是在五点半就来到井边。如果歌德完全无法从谈话中脱身,他就给伯爵一个信号,伯爵马上就会过来,用最礼貌的方式将他解救出来。总是在卡尔斯巴德结束休假的尤丽叶·

封·霍亨索伦似乎也在等着歌德给她信号。卡尔斯巴德位于陡峭的山谷,这里没有宽阔的椭圆形草地,来来往往的时候彼此间的距离必然要小一些,所以相互攀谈也容易一些。但如果尤丽叶·封·霍亨索伦赶来帮忙,他就不可能再遭遇谈话骚扰。

伯爵只是在晚上而且是在饭后才参加封·莱韦措夫人允许的共同活动。

歌德说,有一个事情现在必须告诉几位千金,她们面前这位伯爵是享誉欧洲的古植物学家。古植物学家?!阿马莉和贝尔塔马上逮着这个词,就像鱼儿咬住钓饵一样。他知道她们会有这种反应。

伯爵很乐意配合。他说他的矿工发现了一个直立的、已经焦化的树干。他的工人全都训练有素,所以他们马上向他通报了这一发现。他让人小心翼翼地把这树干挖起来,他很快就会进行研究。为什么这棵树干没有变成煤炭?这已经有多长时间?他对这些问题感兴趣。古植物学家是一个历史学家,他的研究对象不是国王和战场,而是植物的演变史。

歌德总是坐在母亲旁边和乌尔莉克对面。他必须保证毫不费劲地看见乌尔莉克。他不得不寻找她的目光。只要他们看着对方,周围谈话的声音就仿佛来自远方。乌尔莉克保证让她和他的目光及时重新分开。伯爵讲到工程学的进步时,她表示出极大的兴趣。

由于伯爵也拥有几家工厂,所以他可以力所能及地促进相关的科学研究。

乌尔莉克问是否可以参观伯爵的工厂,最好是一家有女人和女孩子干活、也许还在机器旁边干活的缫丝厂或纺织厂。

一想到可以带乌尔莉克去他的企业参观,伯爵很兴奋。

乌尔莉克指着穿在自己身上的裙子,粗大的红色、绿色条纹纵横交错,形成一个个的菱形图案。苏格兰产的,她说,您摸一摸这毛料,手感好极了。我们也可以养羊,别的事情也都可以学。

伯爵转过身来对歌德说:我看您是非常的惊讶。可能的事物总是比我们以为的多。我从伦敦得到的一条消息也许会让在座诸位感兴趣。艾达·拜伦,著名诗人的女儿,在伦敦成了四处给人展示的神童。她不仅是数学神童,而且是物理神童。她谈到可以编程序的机器。人们可以教机器读数,然后让机器按照数字发出的指令工作。这是她梦寐以求的东西。

听到这个消息,乌尔莉克犹如触电一般。

伯爵答应把自己知道的有关艾达·拜伦的一切事情都告诉她,他还补充说,艾达·拜伦从小到大都没有父亲的陪伴。

歌德觉得自己在下坠。坠到无底深渊。他在《漫游年代》里面讴歌手工业,对缫丝和纺织工业津津乐道,还前无古人地使用了大量技术词汇。现在他也知道这种写法后无来者。他从不避讳自己对机器的强烈兴趣,但是步步紧逼的机器让他的小说人物感到恐惧。他们预见到机器抢走人们的工作、迫使人们逃离谷地之后出现的荒凉景观。他的劳动世界是一个博物馆。未来的名字叫艾达·拜伦!乌尔莉克和伯爵是他认识的最可爱的人,他们是未来。他现在没有哪怕一丁点儿为自己写的东西进行辩护的兴致。他爱乌尔莉克,他爱伯爵。他想成为他们的一员。为此他不惜出卖一切。生活。这两个人构成了他的生活。他就这样坐在那里。是他的感受。

这样他才可能不为自己写的东西进行辩护。

当他和伯爵在一起的时候,伯爵从他房间里取来吹管,瑞典化学家贝采利乌斯送的。他想让歌德看看,借助这个仪器在石头里寻找钛金属的痕迹多么容易。他知道钛金属的痕迹是今年夏天歌德喜欢的话题。所以当歌德请他最好去跟乌尔莉克演示这种研究方法的时候,他深感意外。伯爵愣住了。这可是一个相当奇怪的建议。歌德只是摇头。

第二天,他对伯爵说,封·莱韦措小姐占据了他整个的内心世界,他昔日如此多种多样的兴趣无一幸免于难。他心中仅存对乌尔莉克·封·莱韦措的兴趣。这话他可以对伯爵说,因为伯爵本来就知道。

伯爵握着他的手,说:我们的兴趣赋予我们活力。兴趣越大,活力越多。对什么感兴趣无关紧要,关键要看有多大的兴趣。

您跟我谈论我的事,歌德说,就和我平时跟别人谈论别人的事一样。

伯爵笑着说,现在我马上声明,文学君主殿下过分善待一个勤奋的工程师,虽然这位工程师一辈子都还没有写出一个押韵的句子。

他不失时机地告诉伯爵,这种情况随时可以改变。他毫无顾忌地讲述他把《痛苦二重唱》递给乌尔莉克的情形。给的是誊写稿。他检查了一遍,确认与手稿一字不差。然后又把二重唱背诵了一遍。但是对机器非常着迷的乌尔莉克做出了什么反应?她用最快活的语调说:虽然她比他少了两行诗句,她还是觉得充分表达了她的内心世界。但是她有权利得到没有给她的这两行诗。所以她进行了有生以来的首次文学创作。接着她就念出她写的两句：

> 我把盛着泪水的花瓣寄给他，
> 望他日日呵护这朵思念之花。

伯爵说：您把我们全都变成了诗人。

歌德：因为我们全都是诗人。

封·莱韦措夫人非常高兴。伯爵很健谈，一位母亲暗地里所期望的东西他全都能满足。每天晚上的聚会都在她的掌控之中。即便大家一边坐在门外喝茶，一边欣赏逐渐消瘦的月牙从骷髅山升起的时候，也不会出现不合母亲心意的气氛，因为伯爵不会把这轮在上升过程中越变越细的月亮视为给恋人制造情调的亮光，而是把它作为一场精彩的、具有物理学意义的太空戏剧给在场的所有人解释。

歌德非常清楚而痛苦地感觉到自己置身于一场精心导演的戏剧之中，但他无可奈何。他请求封·莱韦措夫人允许他和乌尔莉克在大白天去马路对面的泰佩尔河边草地走一走，就像请求缓期执行死刑一般。在马林巴德的时候，封·莱韦措夫人曾经扮演过华丽女人和蓬皮杜夫人，现在她却让他为这草坪散步许可付出代价，要他答应晚上去听瓦伦斯基伯爵讲述波兰人民遭受的可怕苦难，而且希望这位世界著名的诗人听完报告之后立刻发出他具有国际影响力的声音，以便波兰人民能够通过国际援助减轻乃至结束其苦难。乌尔莉克的母亲在马林巴德经常而且乐意扮演的一个角色就是：把她圈子里的人引见给歌德。因为乌尔莉克的缘故，歌德一次也没拒绝过。

在这次完全处于监控之中的草地散步途中，歌德不得不告诉乌尔莉克，他即将被迫用"73"这个好看的数字来交换"74"这个张牙舞爪的数字。可惜他现在必须制订演出计划。如果明天一整天她都能出现在他眼前，在这个不幸的日子来临之前他也许能过上一天好日子。但前提是她一直处在他的视线之内。他建议：明早七点出发去埃尔恩伯根。约翰和施塔德尔曼在那儿等，他和她们一家九点到，白马餐厅备有早餐。餐后去埃格尔河的右岸沿着新开的石板路长距离散步。那条路很窄，拐角多，弯道也多，即便是封·莱韦措夫人也无法让所有人每时每刻都处在可监控的奴隶状态，但是，在她的视线之外呆上十九秒也是不可能的事情。散步之后去参观"王子"，也就是那块从天上——伯爵会说太空——直接落入埃尔恩伯根城堡水井的陨石。过后去吃午饭，然后往回赶。有言在先：这一天他来做东。乌尔莉克答应一直呆在他的视线之内。还有，谁也别提生日这个词，也别说有可能影射其生日的数字。

是吗，乌尔莉克说，明显是在模仿他，戏仿他。

一言为定，说着他伸出手。

一言为定，她说。

松开手之后他说：过去之后您赶快向肯定在观察我们一举一动的母亲大人说明，我们握手只是为了信守一个有效期不超过明天的诺言。

这一天的活动按部就班地进行。但是在埃尔恩伯根吃午饭的时候,餐桌上放着一个水晶玻璃杯。是贝尔塔递给歌德的。杯子上有一圈常春藤图案,三个姑娘的名字由常春藤串在一起。歌德一个挨一个地读,读到谁的名字就用眼睛看着谁。先是贝尔塔。然后是阿马莉。然后是乌尔莉克。然后念日期:1823年8月28日。然后念地点:埃尔恩伯根。然后他看着母亲,用尽可能快活的口气说:

现在只差联句作诗了。

好,贝尔塔大声说道,在埃尔恩伯根相聚。

他接着:我感到无尽的善意。

好,贝尔塔喊道。

阿马莉接着说:我最喜欢自由体。

乌尔莉克接着:整齐的韵脚让骇浪平息。

母亲:我无言以对。

乌尔莉克:这总算给了我们欢呼庆祝的机会。

他们一路歌声,翻越汉马山,回到城里。下车之前他们就看见金色花束门口密密麻麻站着人。管乐队奏起了音乐。众人齐声欢呼,一遍又一遍地欢呼。封·莱韦措夫人带着女儿倏地消失在人群之中。歌德还有些本能地去抓乌尔莉克的手,他抓住了她的左手,一只薰衣草蓝的真丝手套留在他的手里。他赶紧塞进兜里。他不能跟着她们跑。他根本不能让人看出他想跟着她们跑。他必须原地不动。突然间他有一种感觉,突然间他很乐意原地不动。他的胳膊、他的手举起来,既然他不能一声不吭,他就字字句句地高喊,汇入由管乐和欢呼声组成的声浪之中。他感觉自己在随风飘荡,随波逐流,他自己也高喊:万岁,万岁,万万岁。人们的情绪更加高涨。乐队奏起一只大家熟悉的曲子。乐队只是起了个头,然后由五个圆号接管,号手是五个年龄二十岁、皮肤晒成古铜色的天使。这支让他们吹得温柔而缠绵的歌曲,是《男孩看见俏立的小玫瑰》①。人群变得鸦雀无声。五支圆号尽情地吹,夕阳无限好,只是近黄昏。人们全都落下眼泪。歌德也落泪。他不掩饰。他用饰有尖角的手帕擦掉眼里的泪水。他擦了不止一次。人们跟着他哭。男人也哭。他经历任何事情都能想出相应的词,所以他现在也想起一个词:合群。他感觉自己很合群。有生以来第一次。合群。这种感觉让他变得刀枪不入。此时此刻他知道:一切都会好。阿马莉、贝尔塔、乌尔莉克,他说道,他喊道。但是,现在管乐队已经确保人们再也听不见除管乐之外的任何声音。指挥给了齐奏手势,乐队吹起来自维也纳的最新的进行曲,开向十字架水井。人们纷纷让道。他真是了不起,歌德想,这个指挥真了不起,刚才还把满广场的人弄得眼泪汪汪,现在又让他的队伍在欢欢喜喜的进行曲中列队离开。还是音乐厉害,他想。他避免做摇头动作。

歌德还是在两个侍者的护送下走完到宾馆门口台阶的那几步路,走上台阶之后,他再次转过身来,面带谢意接受人们最后一轮发自内心的欢呼,然后走了进去。

他在房间里问自己:这不也是一种精神支撑吗?无论什么事情,他都首先看这是否有助于减轻思念乌尔莉克给他带来的痛苦,

---

① 歌德名诗,写于 1771 年。

这已成为他内心独白时的套路。他希望,他也必须跟乌尔莉克一同体验金色花束门前广场发生的事情。只有这样,他才能完全陶醉于如此波澜壮阔的友好风暴。没有乌尔莉克,这就是一出缺少女主角的戏。

他把捏在手里的薰衣草蓝真丝手套抽出来。这只手套他不会交出去。为了坚定信念,他在手套的手背部位描上一行字:卡尔斯巴德,1823年8月28日。

他这才看见桌子上有一包东西。他拆开了。是绿蒂那件朴素的白色连衣裙上的粉红色蝴蝶结。上面还附有一张纸条:我以可爱的前任为榜样,献上粉红色的蝴蝶结作为生日礼物。乌尔莉克。

没错,绿蒂在维特的生日送给维特一个蝴蝶结,粉红色蝴蝶结。啊,乌尔莉克!现在怎样才能让她明白其实不存在绿蒂其人。怎样才能让她明白绿蒂是他自己的化身,就跟维特是他自己的化身一样。这是一个讲述自己跟自己搞恋爱的故事。是一个病人的故事。乌尔莉克,这样你就超越了过去有过和过去可能有过的一切。乌尔莉克。他亲吻蝴蝶结。然后把一个垫着黑色丝绒,装着胸针、别针、饰针的盒子清理干净,把手套和蝴蝶结安放在里面。这个容器用一把小钥匙来锁。他锁上了。可是这钥匙放在哪里才能保证不丢失,才能保证需要的时候立刻知道去哪里找?最近他非常苦恼,因为他常常找不到或者很长时间都找不到他想细心保管、实际上也细心保管的东西。他把施塔德尔曼叫来,让他去陶夫基尔辛伯爵在小城的另一头开的商店拿一根最细的金项链。这项链必须在他脖子上绕两圈,然后还能挂在他胸前。做这样的事情施塔德尔曼乐此不疲。

两小时后,歌德的脖子就挂上了一根细得不能再细的金项链,项链的下端吊着那把金质的小钥匙。

第二天早餐的时候,水晶玻璃杯摆在桌上。杯上刻有名字、常春藤图案以及时间地点。是啊,他对封·莱韦措夫人说,谢谢您允许我和你们一起心照不宣地度过了这令人难堪的一天,我们就称之为"公开秘密日"。谢谢。也谢谢你们送我这个水晶玻璃杯。

封·莱韦措夫人说,我们来看过您,您也来看过我们,这水杯就是明证。常春藤代表回忆。我们不想被遗忘。

歌德几乎是轻声说道:我也不想被遗忘。说话时他看着她,他希望这是一种好斗的目光。如果不是乌尔莉克开口说话,他会多看一会儿。

我也不想被遗忘。

所以他看着乌尔莉克。

封·莱韦措夫人又给他安排了会晤。一个年轻的英国贵族必须找歌德谈谈维罗纳会议,因为英国在会上一意孤行,阻挠欧洲各国支持希腊人反抗土耳其占领军的斗争。他认为歌德和司各特应该给英国国王写信。

因为他看见乌尔莉克在用什么眼光看他,所以他就答应了。今天就写,晚饭后写。乌尔莉克,虽然我知道这类表态多么徒劳无益。

乌尔莉克说:英国人有最现代的政体和最落后的政府。

这话肯定是从施特恩贝格伯爵那里听来的,阿马莉说。

真倒霉,你就爱多嘴多舌,乌尔莉克娇嗔道,伯爵说这话的时候,枢密顾问先生在场。

母亲禁止她们继续争论。我们五点钟在萨克森大厅的告别音乐会上见。

安娜·保利娜·米尔德。受到策尔特朋友赞美的伟大歌喉。就像昔日的维也纳为之倾倒一样,今天的柏林也为之倾倒。一环套一环,莉莉·帕尔泰把米尔德女士奉为榜样,米尔德女士又希望为歌德一展歌喉,莉莉·帕尔泰把她这一愿望带到波希米亚,而且找对了人:克勒贝尔斯贝格伯爵。他和她来到卡尔斯巴德。音乐会不对外。一道精美的文化大餐。一场献给歌德的告别音乐会。

萨克森大厅用屏风分割成几部分,所以中间出现了一个能够容纳四十或五十人的小厅。大家围坐成半圆,中间是女艺术家和她的钢琴伴奏。乌尔莉克坐在半圆的末端。仿佛她早就知道,只有这样坐,才能让居中的歌德不用扭头张望就可以看着她。有了这样的格局,音乐会才有意义。

他知道,人们期待他在音乐会之后发表一个简短讲话。在为他举办的活动上讲几句话是应该的。他不用侧耳倾听也能听出这是一副所向披靡的嗓子。他想先给他的讲话找到一个关键词。他看见了乌尔莉克,看见她挺直腰板坐在那里,但是有点向前探头的意思,她被米尔德的嗓音深深吸引。她还从来没像今天这样披头散发。她身着深蓝色连衣裙,上面饰有亮闪闪的黑色条纹。黑色大翻领衬托着她的脑袋和脖子。他不得不一次次地把视线从她身上挪开,不得不抬头仰望声音富有穿透力的女艺术家,但是他感觉看着乌尔莉克比看着女歌手的欣赏效果更好。

他开始发表妙语连珠的简短讲话。这种时候他总是不负众望。他说,克勒贝尔斯贝格伯爵跟他讲过,不管是谁,只要能够亲眼目睹、亲耳聆听这位女艺术家的演出,都会喜出望外。克勒贝尔斯贝格伯爵是这么说的,他歌德现在就是这种感觉。十一年前他曾坐在这个大厅里面聆听贝多芬演奏自己创作的第一首伟大的钢琴奏鸣曲。那是绝对音乐。今天他第二次坐在这个大厅里面体验绝对音乐。贝多芬对安娜·米尔德又佩服又感激,因为在贝多芬和世人眼里,她是《菲岱里奥》中莱奥诺雷的原型,我们这些凑热闹的也因此变成高雅听众。当初安娜·米尔德在维也纳美泉宫为拿破仑演唱,听完之后,拿破仑只来了句: Violà une voix①。

有几个人发出内行的笑声,他对着他们说:身为皇帝可以言简意赅,我辈却免不了长篇大论。

我们的想象为何总是被现实超越!他一边讲,一边思索这个问题。他突然感觉自己心不在焉。随后他就毫无过渡地开始自由发挥。他承认自己知道大家在这种场合期望他进行这样的反思。这只是因为人们虽然不能做到每一次都被征服,但是可以做到每隔一次就来个聪明的发言。他突然有了刚才观察作为听众的乌尔莉克的时候所产生的感受。现在他让这种感受充当他的提白员。他相信,真实的事物即便看似令人生厌,但也的确是唯一具有谈论价值的东西。我在听我们的艺术家演唱的时候,我的目光曾在封·莱韦措小姐身上停留片刻。虽然我非常得体地转移了目光,去仰望这位

---

① 法语:这是一个声音。

才貌双全的女艺术家。但随后我有一个令人惊喜的发现：我的眼睛看着封·莱韦措小姐的时候，耳朵里听到的音乐可以说比我去观察音乐如何产生的时候更加纯粹。因为作为听众的封·莱韦措小姐给人一种印象，似乎当别人或者说众人的目光都集中到她身上的时候，她就必须展示倾听歌唱的标准姿势。她当然是在无意之中成为模范听众的。她一点没有转移我们的注意力，相反，她把我们的注意力引向我们这位伟大的女性艺术家和她的艺术。我不可能，我也不想把这副嗓子的影响力和乌尔莉克堪为典范的倾听姿态割裂开来。她之所以这样倾听，是音乐产生的效果，在我看来，音乐也通过她的倾听姿态才发挥出真正的效果。没有什么比这副有力的、华丽的、泼辣的嗓音通过这位女性听众所呈现出来的东西更直接。我一直反对人们因为印象和体验而疯狂。克勒贝尔斯贝格唱舒伯特，他就觉得有一种无法用原因来解释的效果。今天我们被歌喉所征服，但是我们没有魂不守舍，没有因为音乐造成的存在弱点而沉湎于音响。我们没有迷失自我。这必须归功于这位女性听众。她没有半点迷失自我，她是全神贯注的典范。她甚至非常好奇。米尔德女士在一位十九岁的姑娘身上唤醒了一个沉睡的、姑娘本人还未曾涉足的情感大陆。我斗胆预言。如果这位女性听众在真正由渴望主宰的非音乐世界见识了这里所讴歌的渴望，如果情况正如歌词所说的那样，在你生活的地方你活不下去，你渴望的世界又无法企及，这时候她就会逃往这音乐的大陆，让所谓的现实在美的世界中沉沦。我现在悟出一个道理：只要渴望存在于这种音乐当中，我们就不会被它打垮。我们不仅能够忍受渴望，我们还享受渴望。在飘扬着歌声的一个个瞬间，我们坚不可摧。在美的面前，现实没有得胜的机会。

说罢，他向女艺术家走去，抬起手递给她。对伯爵也一样。然后对着乌尔莉克的方向微微欠身。众人热烈鼓掌。他示意把掌声献给两位艺术家。然后他用一个惯用动作示意尤丽叶·封·霍亨索伦过来帮忙。她马上来到他身旁，领着他往外走，他露出的可怜巴巴的神情已超出其实际需要。刚才他对着乌尔莉克欠身的时候，不由自主地耸了耸肩，用双手做了一个表示无助甚至请求原谅的动作。乌尔莉克立刻心领神会，她那大翻领衬托的脑袋便随之来回点了点——的确只是点了点。完全赞同的表情。这意思是，他没有哪怕一丁点儿的理由需要表示歉意。一切都出乎预料地好。情真意切。心平气和。这充满和谐的一秒钟，够世人享用一千年。他带着这样的心情走了出去。

尤丽叶·封·霍亨索伦说：根据我对枢密顾问的了解，他现在想来一杯埃格尔淡啤酒。然后就以她随时随地都展现出来的热情奔放把她的保护对象引向君主酒家。

歌德汨汨灌下一口啤酒之后，然后对她说：公主，您还得救我多少次。

她说：拯救歌德是我的业余爱好。

他说：我担心您忙不过来。干杯。然后一气喝干。

晚饭之后阿马莉问枢密顾问先生为什么没有看她。

贝尔塔接着说：或者为什么没看我。

但是封·莱韦措夫人也来凑热闹：或者为什么没看我。

没等歌德回答，乌尔莉克说：你们紧挨着他坐，我坐在半圆形观众席的外端。你们想想,如果要看你们,他就必须扭头,不妥。所以只能看我。说真的,我的女士们,他看了你们就一定会产生看我的时候产生的那些想法吗? 这个我可不敢肯定。通过他的描述,我的确可以想象出我听音乐会是什么样子。

是吗,阿马莉说,你现在别装模作样,好像你没有注意到他不断朝你那儿看。况且他需要的那张脸是你提供给他的。

施特恩贝格伯爵表示反对。他说,其实不管坐在哪里,我们都会注意到乌尔莉克和米尔德女士在枢密顾问眼里同等重要。譬如我就跟随枢密顾问的目光,偶尔也朝坐在左侧外端的姑娘瞟上一眼,我理解枢密顾问为什么老往那边看。如果你们允许,我会说:乌尔莉克听音乐所表现出来的客观态度令人倾倒。

可是,这样死死盯着乌尔莉克看也有点让人难堪,阿马莉说。

我不觉得难堪,乌尔莉克快活地说。今年夏天我有了被人盯着看的体验。

你还很享受,阿马莉说。

D s d g,贝尔塔喊道。

乌尔莉克立刻给他嘀咕:Das sieht dir gleich①。

够了,封·莱韦措夫人喊道。然后她毫无过渡地说自己依然认为如下一个二分法最有说服力:像拿破仑这样的刚性男人喜欢感伤的、软绵绵的音乐。也许像我们共同拥有的歌德这样的柔性男人更喜欢活泼而愉快的音乐。

---

① 德语:你就是这么个人。

如果这句话在过去是正确的,伯爵说,从今天起就不再正确。同意,乌尔莉克说。

歌德最喜欢谈话不涉及他本人。回到房间后,他坐到书桌前继续写作:

恋爱中的男人

女人充满客观精神。男人把一切都纯粹当作心情来体验。当作他的心情。女人总是在体验事情。体验事情本身。她们对某个事情有所判断之后再与之打交道。决定其判断的,与其说是她们本人,不如说是事情本身。这就是她们的客观态度。男人则根据自己的心情下判断。男人的判断与其说与事情,不如说与他们自己有关。如果我们应该更多地按照世界的本性来管理世界,女人就必须成为总管。这何时才能变成现实?男人适合做沙盘游戏或者清谈。女人应该成为舵手。

因为他是男人,所以这番议论所要揭示的,与其说是议论对象,不如说是他本人。由于他还在努力让自己具有一点民事行为能力,所以他必须补充这么一句。

识别女人比识别男人容易。乌尔莉克很快就说出一个道理:越是读他的作品,就越不清楚他是谁。只有充满自信的人才会这么说话。总是在玩最花哨的把戏,这是她对他的写作的概括。可他是谁？她问。她问得非常客观。告别之前，也就是明天，他还要问她是否仍然觉得他人若其文，觉得他变化多端。他是否仍然只是他每一次所表现出来的样子。

人不负责了解自己。认识你自己：这是一个可爱的幻觉。或者说要求你去虚构自我。这样你就不是你，而是你的虚构。只有别人能够了解你。他们越爱你，他们就越了解你。

他看自己从未像现在这样清晰。因为乌尔莉克。在她这里，一切模棱两可的东西全都化为乌有。从她对他的反应，可以看出他怎么样，他是谁，他是什么人。在她面前，他会变得更加自由。更加不由自主。她看到的他，将是他通过她所成为的那个人。他将成为那个人。通过他对她的爱。

他现在就感觉到，他已经提前感觉到未来的世界是什么样的。充满和平，因为彼此需要的人已经彼此拥有。然后他们就无欲无求。我们的世界不再是一个布满神经的星球。如果相爱的人都能长相守，我们的世界就会成为一个充满同情和施舍的乐园。这样的事情哪怕成功一次，乌尔莉克，我们的世界就会焕然一新。无论树叶还是花朵，无论狱卒还是总统，都会旧貌换新颜。这世上的所有灾难都源自爱的匮乏。如果他和乌尔莉克因为相互拥有而无待于外，他们就会让世人脱离苦海。

他也注意到自己在慷慨陈词，乌尔莉克。他的调门儿听起来很夸张，因为人类经过训练之后习惯于克制、压抑、沉默。习惯于低调。

他的表述具有一泻千里的特征，因为他一辈子，在他度过的这一辈子都感到缺憾。他缺乏爱。现在有了爱。就是说世上有爱。爱不只是一个语言游戏。爱是最有可能拥有定性的事物。爱情最实在，最充实，最保险。

他对乌尔莉克的实事求是崇拜得五体投地。他已经五体投地。有一个明证：他可以放弃世上的一切，但不可能放弃她。他的定义来自他对她的爱。他是他对她的爱。他是这样表示爱：每当帽子出现的时候，每当他看见女人戴着非常张扬的帽子出现时，他总要在心里把这些帽子一顶一顶往乌尔莉克头上戴。任何一顶帽子，包括最疯狂的帽子，只有戴在乌尔莉克头上才美。

他在此收尾，坐在那里，体会到她要是不在他就必须写作。他一写作她就会出现。不写作的时候她就缺席。但她只是在早餐到来之前缺席，所以她的缺席还可以忍受。如果他总是知道何时与她相见，他就没有丝毫痛苦。这一个夏天他都在做这个试验。在见面的间隙蓄积的情感，总是在重逢之时一泻千里。

三

从卡尔斯巴德到狄安娜小屋。

乌尔莉克吃早餐的时候就用一种特殊的眼光看他,使他马上明白她已征得母亲的同意:他们可以在最后一天下午单独去山上的狄安娜小屋散步。

释放两人之前,封·莱韦措夫人不得不做一番交代。她强调,这回他们去单独散步是她批准的结果,她希望俩人珍惜她的信任。这是干巴巴的内容部分。但是她表达其道德忠告和措施的方式,她所采用的表情和语言却来自最优秀的法国喜剧。就是说,语不"逗"人誓不休。蓬皮杜夫人。肩负着母亲使命的华丽女人。

告诫者和被告诫者总是可以假装在做游戏。如果他们把游戏语调纯粹当作游戏语调,就说明他们深知事情的严肃性。歌德很乐意参与这场游戏。他扮演洛可可艺术大师,假戏真做的本领超过了蓬皮杜夫人。这家人把他那可怕的严肃态度当喜剧看,这让他感觉很舒服。所以他们的告别仪式是五幕喜剧《叔侄不分》①第三幕的完美终场。反正大家也就离别四个钟头,参观狄安娜小屋不应该、不必要、不可以用更多的时间。

他们真正单独在一起后,歌德感谢乌尔莉克在他生日那天送他那个使人想起维特生日的粉红色蝴蝶结,同时又为自己抢了她的薰衣草蓝真丝手套表示歉意,说自己是一半有意,一半无心。没等他说他喜欢保留这只手套,她就说:

它可是属于您的。她的语气带有一种罕见的严肃。

歌德接着说:谁要是过分地感谢别人给自己什么东西,谁就表明自己不配得到这东西。

我可以把这格言倒过来说吗,乌尔莉克说。

您说什么都可以,他说。

然后她说她想在这四个钟头里跟他用"你"来称呼。她继续称他阁下,但是对他说"你"。如果能够对一位"阁下"说"你",她将非常高兴。

他说他很乐意跟抬杠女爵莱韦措用"你"来称呼。

她接着问:多长时间?

多长时间……他做沉思状,计算状,然后用天底下最简单的口气说话,仿佛没有什么事情像他现在无忧无虑道出的话这么有意义,这么值得期待,这么平平常常:永远。

她接着说:S w s w n n。

---

① 席勒根据法国作家皮卡的同名作品翻译并改写的喜剧。

为了证明他学会了她们的缩写语,他说:So weit sind wir noch nicht①。随后又补充道:A b。

她:这到底是什么意思?

他:Aber bald②。

哦,阁下,说着她不由自主地加快了脚步。

如果不是跟他一起走路,她会越走越快。他首先必须在马林巴德的林荫道上教她如何在一条名流荟萃的道路上款步行走。后来她虽然多少算是挽着他的胳膊走路,但即便这样她依然不断给他施加前行的压力。他感觉到多少加速度压力,他就使用多大的制动力,这样做让他感觉很好。但是从林荫大道返回克勒贝尔斯贝格宫的时候,她又回到原来的步伐。他必须跟上她的步伐。这是一段上坡的路。在魏玛坐马车外出的时候,他总是很乐意长距离走路。在家里,他可以在六个房间连成的路段上来回走上几个小时,写东西也站着,只有接待客人的时候他才考虑坐长沙发还是短沙发。走路时乌尔莉克判若两人,她天性如此。她走路快不是因为她着急去做什么。她身轻如燕,展翅欲飞,看她走路真是大饱眼福,跟她步调一致却很难。他的体重比她大。

去狄安娜小屋的路虽然陡峭,她却撒开腿往上冲,她并非故意为之,她甚至毫无察觉。他却故作轻松,仿佛这恰好也是他的速度。即便她想走多快就走多快,即便她放开手脚,健步如飞,他也不会落

---

① 德语:我们还没到这一步。
② 德语:但是快了。

在后面。没法想象他如何落在她后面走或者在她身后喊她千万走慢点。相反,他不仅没落后,而且在速度相同的情况下领先她半步。这对她是一种体验。她扭头看他,由于他终究比她高出一头,所以她实际上是在抬头看他。他们跟在马林巴德的舞会上一样心心相印,步调一致。往山上冲的时候他们是同龄人。即便她现在引吭高歌,他也不会感到惊讶。但是她没有唱歌,而是背诵起一段他熟悉的文字。她背的是《维特》选段。她背诵了一整段,如行云流水,没有任何信心不足的表现。背诵的时候她一点儿没有放慢爬坡的步伐,相反的,背诵似乎只能让她变得更加轻巧。现在他更不可能落在她后面或者请求她走慢点。她背诵的是如下段落:

9 月 15 日

我真给气疯了,威廉,世上还有点价值的东西本已不多,可是人们仍不懂得爱护珍惜。你知道那两株美丽的胡桃树,那两株我和绿蒂去拜访一位善良的老牧师时曾在它们底下坐过的胡桃树!一想到这两株树,上帝知道,我心中便会充满最大的快乐!它们把牧师家的院子变得多么幽静,多么荫凉呵!它们的枝干是那样挺拔!看着这两株树,自然便会怀念许多年前栽种它们的两位可敬的牧师。乡村学校的一个教员向我们多次提到他俩中一位的名字,这名字还是他从自己祖父口里听来的。人都讲,这位牧师是个很好的人;每当走到树下,你对他的怀念便会显得神圣起来。告诉你,威廉,当我们昨天谈到这两株树已给人砍了的时候,教员都已眼泪汪汪的。砍了!我气得几乎发疯,恨不能把那个砍第一斧头的狗东西给宰啦。说到我这个人,那真是只要看见自己院子里长的树中有一棵快老死了,心里也会难过得要命。可也有一件,亲爱的朋友,人们到底还是有感情的!全村老小抱怨连天;我真希望牧师娘子能从奶油、鸡蛋以及其他东西上感觉出,她给村子造成了多大的伤害。因为这个新牧师的老婆(我们的老牧师已经去世),一个瘦削而多病的女人,她有一切理由不喜欢这个世界,世人中也没有一个喜欢她;而她正是砍树的罪魁。这个自命博学的蠢女人,她还混在研究《圣经》的行列里,起劲地要对基督教进行一次新式的、合乎道德的改革,对拉瓦特尔的狂热不以为然;她的健康状况糟透了,因此在人世上全无欢乐可言。也只有这样一个家伙,才可能干出砍树的勾当来。你瞧我这气真是平不了啦!试想一想,就因为树叶掉下来会弄脏弄臭她的院子,树顶会挡住她的阳光,还有胡桃熟了孩子们会扔石头去打等等;据说这些都有害于她的神经,妨碍她专心思考,妨碍她在肯尼柯特[1]、塞勒姆[2]和米夏厄里斯[3]之间进行比较权衡。我看见村民们特别是老人如此不满,便问:"你们当时怎么竟任人家砍

---

[1] 肯尼柯特(1718—1783),英国神学家。
[2] 塞勒姆(1725—1791),德国新教神学家。
[3] 米夏厄里斯(1717—1791),德国神学家和东方学家。

了呢？"

他们回答："在我们这地方，只要村长想干什么，你就毫无办法。"

可有一点倒也公平：牧师从自己老婆的怪癖中从未得到过甜头，这次竟想捞点好处，于是打算与村长平分卖树的钱；谁知镇公所知道了说，请把树送到这儿来吧！因为镇公所对长着这两棵树的牧师宅院一直拥有产权，便将它们卖给了出价最高的人。树反正砍倒啦！呵，可惜我不是侯爵！否则我真想把牧师娘子、村长和镇公所统统给……侯爵！……可我要真是侯爵，哪儿还会关心自己领地内的那些树啊！①

读到这里，她宣布背诵《维特》选段的节目结束，但是她不想停下脚步来聆听《维特》的作者对这一选段或者对她的背诵发表评论。当初他们刚一认识就相互朗读作品，她拜他为师，讨要提高朗读艺术的高招，她也得到了指点。现在她用一种全新的方式朗诵《维特》，这种方式不曾在那些切磋朗诵艺术的夜晚讨论过，因为谁也没有这么朗诵过，不管是他还是她们中间的哪一位。七月间在马林巴德的时候，心直口快的贝尔塔还幸灾乐祸地提起两年前他对乌尔莉克的批评最多。歌德说了，乌尔莉克必须有更大的力度和更多的表现力。乌尔莉克则心平气和、实事求是地回答说，反正她也不想变

---

① 歌德：《歌德文集》第六卷，杨武能译，人民文学出版社，1999年，第89页。

成蒂克。

现在他明白为什么乌尔莉克朗诵司各特小说既无力度,也无表现力。她的天性拒绝表现某种并非来自其内心的东西。她反对一切做作。哪怕是在艺术中做作。她实事求是。从不添枝加叶。她平平淡淡地读出这些句子。这些句子仿佛油然而生。她没有任何表达意志。但是她不掩饰自己对这些句子的兴趣。他清楚地感觉到她的兴奋。但是她的兴奋并非来自她自身,而是源于句子。这是一种只可意会不可言传的兴奋。

没等他们进行交谈,他们就穿越高坡森林,到了狄安娜小屋。这时他才说:乌尔莉克,幸好有你的倡议,我们今天下午得以用"你"相称,否则我可能没法告诉你,还没有谁用这种方式来朗诵这一段。而你选择这一段……

你得说背诵这一段,她说。

你把这一段背下来了,我很高兴,但不知道是为什么。

她随口说道:如果你知道自己为什么高兴,你就高兴不起来了。

我现在就很高兴,他说。

阁下,我的情绪感染了你,她说。

我的情绪感染了你,他说。

我们相互感染对方的情绪。

他轻声对她说:你总是有的说,这是最让我高兴的事情。

可是,她也轻声说道,不来一句评论你不放过任何事情,所以你才总是有的说。

他做了个哑剧动作,表示这话又让她说了。

往回走的时候,乌尔莉克说,在他们回归说"您"的区域之前,她必须讲讲她为什么必须背诵描写胡桃树那一段。她说她觉得歌德的形象在这个地方比在他作品中的任何地方都要清晰。有一次他自己不也说过吗,他在绿蒂身上的影子跟在维特身上的影子一样多。他的多义形象就来源于此,所以她觉得他这人捉摸不透。但是这一段不同。一个人为另外一个人哀伤的时候,我们不会跟他一样哀伤,因为我们不了解给他带来哀伤的那个人。但是我们了解那两株胡桃树!维特跟它们多熟悉,我们就跟它们多熟悉。我们不是跟着他哀伤,我们是跟他一样地哀伤。不管什么时候,只要这世界上有人砍伐胡桃树,只要有人砍伐树木,我们都会想起砍伐胡桃树给维特带来的悲伤,他在我们心中唤起的共鸣超过了其他任何一个文学人物形象。现在她终于对歌德有了完整的把握。他是谁这个问题已经从世上消失。

当他们从最后一片黑黢黢的林子走进由云朵镶嵌的暮色时,西边的天上划过一道无声的闪电。他们不得不停下脚步,观看这令人激动的闪电。

乌尔莉克走到他面前,抓住他的手,举起来,说:K V d O o M。

他说:S w s w①。

然后两张嘴巴相互靠近,它们前所未有地贴近,然后静止不动,直到一只喜鹊发出的尖厉叫声撕破了永恒。

啊,阁下,她说。

---

① 都到这地步了。

他：啊,乌尔莉克。

他们站在坡上,俯瞰卡尔斯巴德河沿岸鳞次栉比的房子。这时她说,趁着他们还没走出说"你"的区域,她必须掏出一句心里话。

他说她讲什么话他都爱听。后来她讲的东西比他所期待的要平淡许多。

她说,只有他承诺听了之后不采取任何惩罚或者教育措施她才肯说。

他答应她的条件。

她说,她认为歌德知道自己的神奇仆人施塔德尔曼在城里售卖他定期从阁下头上收获的头发。

歌德非常关切地点点头。他在魏玛制止了这类事件。但是他不知道施塔德尔曼把生意转移到波希米亚。

她在施塔德尔曼那里订购了头发,至少三根,得到七根,装在一个小首饰盒里,她很高兴拥有他七根好看的长头发。这事不得不跟他说。要说话算话:别惩罚施塔德尔曼。

歌德：说话算话。

他们通过了十字架水井,金色花束宾馆出现在眼前,她说:说"你"的区域到此为止。啊,阁下。

啊,乌尔莉克,他说。

但这是今年夏天最美好的一个下午,她大声说道,清脆的声音充满了快乐。

同意,他说。

他们交换眼神,走最后几米路的时候,他们仿佛同样地高兴。

回到房间后，他依然觉得自己快乐，所以他终于感觉有必要给伊索尔德·贝勒普施写信了，当然是一首四行诗：

> 平静的内心令我羞愧，
> 我甘愿在痛苦中挣扎，
> 您饱尝了痛苦的滋味，
> 痛苦也造就您的伟大。

约翰先生，拜托，您手头有二十封贝勒普施夫人写来的信，现在您把这封回信寄给她。

每次接到任务的时候，书记员约翰都不会让人看出他心里怎么想。

四

当他随后不无讽刺意味地去向督察长夫人报到时,阿马莉和贝尔塔代替母亲对他的归来进行评价。刚才大家都在等外出散步的这一对儿。大家约好晚饭之前去逛陶夫基尔辛伯爵的商店,这次来波希米亚还什么东西都没买。既然这样,大家就去城里逛陶夫基尔辛伯爵的店子。在他那里,人们并不需要但又特别想买的东西可谓应有尽有。歌德一同前往。他给阿马莉买了镶有波希米亚宝石的耳环,给贝尔塔买了瓷釉手镯,买了一片拴着细链的小巧玲珑的金质银杏树叶来送乌尔莉克。她则投桃报李,给他买了一片同样拴着细链的银质常春藤叶子。看着琳琅满目的积木玩具,他想起自己还没有给远在魏玛的孙儿买任何礼物。但是他现在不好意思以爷爷的形象出现在莱韦措母女中间,不好意思以爷爷的形象出现在乌尔莉克眼前。莱韦措母女的采购可谓五花八门,其中有玻璃杯陶瓷杯,有大水壶小水壶,有中式茶具和内侧刷金的日式黑色漆木杯子,有绣着波斯语字母的波斯桌布,还有衬衣、围巾、长筒袜和短袜,甚至还有波斯产的拖鞋。歌德站在一旁观看，如果问到他的意见，他也发表他的意见。

陶夫基尔辛伯爵把她们买的东西全部送到金色花束宾馆。可惜他来了就不走，他在这里呆了整整一晚上。他在这里见识过来自世界各地的游客，有很多的龙门阵可以摆。歌德寻找乌尔莉克的目光，但是他发现她听故事听得很投入，似乎今后还有几百个这样的夜晚。他也做到了没让人来问他哪儿感觉不舒服。

今天是最后一次共进早餐。早餐之后就真的告别了。他让施塔德尔曼驾着满载的马车去矿泉附近、去金狮宾馆门口等候，九点准备出发。歌德不想作为一只伸出车窗挥舞的手留在别人的记忆中。另一方面，他也没法想象他一人离开金色花束宾馆，她们一家人望其背影的情形。但是这个他也根本没有必要考虑。最后的早餐结束后，施特恩贝格伯爵第一个站起来，完全就事论事地说：我在下面等。对她们一家则说：我们还有机会见面。再见。

到告别拥抱的时候了。这只能是喜剧场面。《叔侄不分》。现在可以热热闹闹。可以背诵最难以置信的废话。两个妹妹乐在其中，但是她们可能对喜剧剧本的暧昧性质毫无察觉。对莱韦措夫人而言，这种欢欢喜喜的混乱场面真是求之不得。直到最后一刻，当歌德行过吻手礼、直起身子看着她的时候，她才变得严肃起来。尽管她模仿女儿的缩略语，说：ＫＶｄＯｏＭ，但这听起来更像是指天发誓而不是做游戏。歌德重复ＫＶｄＯｏＭ的时候也同样一本正经。他亲吻两个小的。他跟乌尔莉克握手，说：好吧。她也说：好吧，但她的"好吧"不是他的"好吧"的回音。说罢，俩人便转身走开，暗地里为如此告别竟然取得成功感到惊讶。到了门口又跟演戏一样大幅度挥手。

伯爵在底下等着。他总是把歌德——找不到别的表达方法——置于他的羽翼之下。伯爵跟那个有姓无名者至少一样高。现在歌德无法摆脱这突如其来的想象。这俩人都留着一小撇八字须。但伯爵的八字须不是玩世不恭的装点，而是一片规矩而温柔的小丛林。在马林巴德的林荫道散步时，歌德就老觉得自己处在伯爵的羽翼之下。今天，在卡尔斯巴德，在这阳光明媚的 1823 年 9 月 5 日早晨，如果没有伯爵，他都无法从金色花束走到金狮宾馆。他没有可怜巴巴地吊在这个高大英俊的男人身上，但是他把左臂借给他，好让他挽着，他们走路保持着平衡。他感觉到这点。他们不必通过交谈来保护自己不受路人打扰。谁也不能打扰他们。歌德有这种感觉，他知道伯爵也有同样的感觉。歌德甚至感觉站在窗边眺望其背影的莱韦措母女一定会不加评论地观看他们走路的情形。登上他的豪华座驾之前，他对伯爵说：随时欢迎您到我家做客。然后补充说：再见。俩人都颔首致意。谁也没有挥手告别。

天气好得不能再好。施塔德尔曼驾驶马车一路狂飙，路况不允许的地方他照样狂飙。因为过去几天一直非常干燥，所以在阳光中呈现为红褐色的尘土被高高扬起，在他们身后重新落下。

他现在应该允许什么东西进入他的思想？又应该将什么东西排除在思想之外？就跟这种事情可以由你自己来决定似的。但是你必须假装如此，否则你就是马车，你的思想就是一路狂奔、不停被吃喝的马匹。你很清楚结局是什么。

卡尔斯巴德从视线彻底消失之后,他的思绪又回到告别那一幕。他一遍又一遍地在脑子里回放这一幕,每次都只是为了听乌尔莉克说"好吧"。乌尔莉克的"好吧"比他的"好吧"更响亮。更勇敢。对未来更有信心。更咄咄逼人。更令人陶醉。他为自己有气无力地说"好吧"感到害臊。乌尔莉克的"好吧"包含着多少未来!每当他回到这个"好吧",他就听出这是一个要求他创造未来的"好吧"。这就是写作。然后他就开始写作,开始在马车里写作。他坐在风驰电掣、减震效果绝佳的马车里面,用铅笔往旅行日历上写。日历的数据只占每页纸的一半。这将是一首哀歌。他写下第一行诗句之后事情就算敲定了。

马林巴德哀歌。这就是哀歌的标题。

他们到了埃格尔。他在格吕纳家门口下车的时候,他的旅行日历上已经写好开头的六行诗。这六行他没给他的朋友格吕纳看。随着一站又一站的旅行,这六行诗扩展成为《马林巴德哀歌》。从埃格尔到格费尔、施莱茨、卡拉、珀斯内克再到耶拿。哀歌,这不是心灵的邮政快件,这是他的回忆工程项目,目的在于通过他的写作降低乌尔莉克的缺席程度或者让她根本不缺席。

次日早晨告别的时候,歌德已经坐上马车,这时格吕纳大声喊道:我斗胆把希望寄托在明年,到时我们还要去周边考察硅藻土。在这儿可以挥手告别。俩人都挥手。但是歌德在挥手的时候却不由自主地感到挥手让告别变得轻飘。但也许这正是挥手的意义所在。

他在脑子里还想了一会儿格吕纳。歌德责备自己,因为头一天看矿物收藏时,格吕纳想驻足观看新到的英国石炭化石,他却变得很不耐烦。施特恩贝格伯爵会感兴趣的,他说,话腔中带点急躁。还有更糟糕的事情。格吕纳发现他的朋友今天对矿物兴趣索然,便讲起发生在厄尔士山脉的可怕饥荒。歌德做出一脸的关切。什么事?怎么搞的?悲惨世界,对吧,没错,可是表示关切有什么用。

现在从茨沃陶传来消息:霍夫失火了,霍夫出现了前所未有的火灾。他马上对施塔德尔曼说:避开霍夫。越远越好。拉着五箱矿石和六箱来自十字架水井的矿泉水的货运马车提前出发,霍夫失火的时候他们肯定刚好到达,也许他们在火灾中慌不择路,失控翻车,损失了几箱矿石和十字架水井的矿泉水。他拉上马车窗帘。写他的哀歌。

后来他们在格费尔过夜。他们从未在这里过夜。施塔德尔曼先检查旅馆卧室的门,看门枢上油了没有。如果没有,他总带着桐油,他总是在保证门可以无声无息地开关之后才把主人叫过来。次日他们到了施莱茨。这里的人都认识这位客人和他的车夫。可是歌德早上不到五点就被鸽子的咕咕声吵醒。然后他就竖着耳朵听,因为他还从来没有这样近、这样完整地听过鸽子咕咕叫。他画上五线谱,把自己听到的往上填:

公的这么叫。

母的这么叫。

公的在紧靠窗子的一棵树上,母的在远处。这样一唱一和搞了一个小时。然后母的来到近处。公的迎过去。可能是四根翅膀在空中猛烈地拍打。然后又寂静无声。但这最多持续了一刻钟。然后又开始咕咕叫。公的在近处,母的在远处。歌德关上窗子。咕咕声减弱了,但仍然听得出来是咕咕声。如果他现在可以给乌尔莉克写信讲述窗前的树冠上发生的事情该多好!算了!写我的哀歌吧。

他们取道珀斯内克,驶向卡拉。耶拿已经逼近。他必须写好他的《哀歌》,他把《哀歌》视为坚固的堡垒,可以帮助他和乌尔莉克抵御耶拿,抵御过了耶拿必将遭遇的一切。耶拿,这是纠集起来对付他、对付乌尔莉克的各种庸俗势力的聚焦地。到达耶拿的前一天,当他在一如既往风驰电掣的马车里写作的时候,他觉得自己仿佛跪在地上写。写作哪怕中断片刻,他也会听见自己在低声短叹。他的叹息音域太高。这是可笑的叹息。但是他需要。

施塔德尔曼大声宣布卡拉到了。他拉开窗帘,下了车,跟人后面去了旅馆房间,然后坐到桌前修改今天在路上完成的那一段。施塔德尔曼赶在他动笔之前进来报告消息,说运货的马车平安通过了霍夫,昨天就到了这里,今天一早就启程驶向魏玛。

次日抵达耶拿。他们在植物园内的督察之家下车。植物园是他让修建的,督察之家里面还专门给他布置了一套房间,供他去耶拿的时候使用。儿子奥古斯特在此恭候。一见儿子,歌德大吃一惊。因为在他印象里儿子没有这么胖。他恨不得一开始就聊自己正在吃哈内曼特种饮食。但他知道奥古斯特以不挑食为豪,很看不起那些这不吃那不吃的美食家,把特种饮食视为见钱眼开的医生的恶毒发明。他有一句口头禅:我闹不懂复杂事物。拿破仑也不复杂。奥古斯特是拿破仑的崇拜者。

奥古斯特让父亲的老朋友克内贝尔招待吃晚饭。父亲很高兴。除了策尔特,唯有克内贝尔跟他以"你"相称。当初身为宫廷教师的克内贝尔在法兰克福介绍他和卡尔·奥古斯特认识。转眼之间,这已快五十年。他们成为朋友,保持了朋友关系。但是歌德无法阻止这位越来越喜欢批评和诅咒的朋友染上否定一切的癖好。今晚就去克内贝尔那里。跟他聊上一晚上总是很棒。如果第二天晚上他又来愤世嫉俗,歌德就会冷落这位朋友一段时间。但这一次克内贝尔见面就说:他们到底对你怎样?

歌德:他们让我很快乐。

克内贝尔:你去过你在《五十岁的男人》里面雇佣的那个返老还童的艺术家那里。

歌德:喜欢我的人都记得这一段。

克内贝尔:倒过来说效果更好:记不住这一段的人都不喜欢我。

歌德:同意。

克内贝尔:歌德同意我的观点!今天晚上有意思!

他们进入今晚的话题：耶拿的大学生进行反对歌德的游行示威，因为他们从什么地方听说歌德要来耶拿待几天。打倒歌德！抗议活动搞了好几个晚上。奥古斯特通报说，当局已开始对闹事头目进行调查。

克内贝尔说：这都是没完没了的让步和放任自流造成的。凡是参加游行的，都应立刻全部驱逐出境。

歌德问抗议活动的起因是什么。

奥古斯特已经探出原因。这是一帮民族主义的蠢货，歌德在和拿破仑会面之后就成了他们的仇视对象和蔑视对象。

世上总有蠢人，克内贝尔说。

本来他可以度过一个美好的夜晚。谁知奥古斯特突然透露一个消息，说雷布拜恩大夫今天清晨五点就启程去他家乡埃格尔接新娘，接来以后他们将马上结婚。

这一消息刺痛了歌德。他高调赞美新娘，但是他把闪电结婚斥为胡闹。即兴订婚，很好，草草结婚，糟糕得不能再糟糕。爱情总是产生于一瞬间。但婚姻是矛盾事物的合题。想好了才能走出这一步。

歌德越说越生气。他催着要走。后来他和奥古斯特在督察之家又坐了一会儿。看得出来，奥古斯特本来很乐意再继续跟他讨论结婚的话题。歌德察觉出奥古斯特期待他提一下乌尔莉克·封·莱韦措。

这个夏天我们耳朵里可是塞满了各种传闻，奥古斯特说。奥蒂莉也为此痛苦不堪。她跟你的关系不同一般，所以父亲别奇怪。

歌德感觉什么都不能说给儿子听,否则他今晚就会让信使快马加鞭奔向魏玛。发现父亲嘴里不会说出乌尔莉克这个名字之后,奥古斯特也不再拿圈套式问题去问父亲。

然后他就交代往后三天的日程安排。歌德必须参观他亲手创建的一切:博物馆,图书馆,动物药物学校,植物园,观象台,动物医院新楼。然后奥古斯特遵大公之命把一封信转交给歌德,大公祝愿歌德平安返回魏玛。这位君主最后表达了一个急切的愿望。歌德应该立刻成为耶拿大学校董事会成员。他希望歌德不会拒绝朋友的这一愿望。不言而喻,通过最近的学潮可以看出让歌德在耶拿出任校董事的重要性。

歌德把信叠起来,说他困极了,明天见,亲爱的奥古斯特。

奥古斯特还想知道他答应不答应。

歌德一言不发,但他习惯性地使劲摇头。

他走进一点儿也不舒服的书房,坐到写字台前。现在他不可能去卧室。他害怕看见床。倒不是因为这张床跟士兵睡的床一样简陋,而是因为这是一张床。他必须写作。现在继续写哀歌太晚了,人也太累了。如果他不能在诗中直接向乌尔莉克倾诉,那就给封·莱韦措夫人写信。是她一手导演了卡尔斯巴德的日日夜夜,不论他坐着还是站着,他都觉得自己戴着镣铐。但如果给她写信,他必须表示谢意。使用别的语气是不可想象的。

不管写什么,他总要点明是他在写。写作者不应该装腔作势,好像自己写的东西是自动跑到纸上去的。如果我们不是通过口授给书记员,而是亲笔写作,我们就必须议论写作者的写作。1823 年 9

月 13 日至 14 日夜间，你在耶拿感觉自己非写不可，如果像这样，非写不可的冲动就会让写作者如鱼得水。他现在所处的状态可以称为纯洁无瑕，也可以叫做无所顾忌或者自由自在。

他开篇就坦率地向乌尔莉克的母亲承认自己有千言万语需要表达，能够表达出来的又寥寥无几。他现在没法说对她多么感激——为了这个夏天，尤其为了最后这几天。这个她知道，这点他很清楚。他把要写给女儿却又不能直接写给女儿看的话写给母亲看。他说，母亲和女儿给他的感觉都一样。女儿知道他心里怎么想，对他的内心了如指掌，所以，如果他偶尔出现在她的思绪里，她进行的阐释比他在目前状态下所能进行的阐释更好。

在我目前状态下……这是他的原话。由于这话透露的信息超出他所愿，所以他换上轻松语气。得到爱是一件很惬意的事情，这个她女儿会知道，哪怕她的朋友有时会摔跟斗。无论走到哪儿都有人说他看起来多么帅气，多么健康，他的情绪是如此之好。她和他都知道灵丹妙药是什么。

他以一种很特别的方式提到贝尔塔和阿马莉，可以保证朗读这封信的时候她们会非常满意。封·莱韦措夫人在信中描述她们的生活，譬如她们跟斯塔尔夫人在一起的情形，这使他感觉他跟她、他跟她们一家的联系空前地紧密。他想对她大女儿说的是：他越了解她，就越喜欢她。他很想当面向她证明他了解其好恶。他希望如此。他自始至终都怀有希望。

您的挚友歌德。

然后他发现自己搁不下笔。现在如果想对乌尔莉克说话，就只能给她母亲写信。所以他马上在新添的一张信纸上承认他发现自己现在根本无法搁笔。

唯一让他马上想起来的事情就是：向克勒贝尔斯贝格伯爵问好，谢谢他交给施塔德尔曼那一包干粮。给他们准备的路上食品包装精美，打开之后琳琅满目，而且给人诸多惊喜。他这才放下笔。但还是放不下。他又接着写。他没有跟在马林巴德的布勒西奇克姥姥、姥爷告别。所以请她向他们问好并告诉他们，如果他走运，他明年很乐意再去做他们的客人。这话是表示他乐意重新下榻克勒贝尔斯贝格宫。他放下笔。他又开始写。还有重要的一点，他写道。他有一个最诚挚的请求，他请求莱韦措母女一定要告诉他行踪。告别的时候大家都信誓旦旦地说过"行踪无不相告"，现在再次强调纯属多余。但是她们还没有见过他的书面请求。

现在已有四条附言。每一条附言下面都落款，仿佛这是最后一次。

他又开始写：水晶杯摆在我面前，我也时时欣赏缠绕着三个名字的常春藤图案。美好的公开秘密日。他把他的意思精确化：看到这杯子他非常高兴，但是他没有得到安慰。

他仍然无法上床睡觉。他没法再写了。这是最麻烦的事情。只要在写作，哪怕是写给母亲，他都觉得自己在乌尔莉克身边。如果他因为太累而无法写作，他人在哪里？他在车上天天都在继续写《哀歌》。每天早晨他都尽可能提早开始写，尽可能一出发就写。现在他拿出日历本，读那些已经记下来，但还没有写进哀歌里的诗句。

你听，我给你送来最美丽的字眼，
我未改的痴心，请你好好看一看。

姑娘已经远去，太阳呵，
你为何照常东升西落。

本以为她给了我最后一吻，
谁料她转眼又突袭我的嘴唇。

我们曾经拥有的，去了哪里？
我们现在拥有的，又是什么？

　　明天到了魏玛就赶紧把《哀歌》誊写一遍，然后进行修改，他心里想，这样作品就完成了。他不会给人看。乌尔莉克，对，马上给她看。但既然他不可能给她邮寄任何她母亲看不见的东西，他也无法将《哀歌》寄给她，因为她是唯一的收件人。所以他不再把现在新产生的想法暴露在外。他要欺骗世人，不让他们知道他现在的思想。
　　当他脑子里出现这样的思想活动时，他总是将这些活动的思想完整地呈现在乌尔莉克眼前。他必须知道乌尔莉克对他刚刚产生的想法有何想法。幸好她在他的心里如活人一般，他向她吐露心曲的时候不会得不到答案。

第三部

一

魏玛,1823年10月7日

亲爱的乌尔莉克,

我问过您,我迫不得已的时候是否可以给您写信,您说:可以。

您回答的时候加重了语气。如果我没有准确地感受到这一点,我不会给您写信。我不知道我给您写的信是否可以马上寄出,这倒是好事。也是因为我担心奥蒂莉把我们的邮差全给说通了、迷住了,担心她对他们进行了贿赂或者恐吓,结果就是任何邮件不事先给她查看就无法离开魏玛。如果是我写给您的信,她会立刻查封。我从波希米亚回来后她就病倒了。从马林巴德传回来的消息显然比我们所能想象的要多。见面时大家——看似如此——很亲热,随后她却卧床不起。我的乖儿子奥古斯特说我不可以去看她,因为我就是她的病根儿。我的雷布拜恩大夫补充说,最近出现一种很可能前途无量的治疗方法,即以毒攻毒法。经过他的努力,我终于可以去看她。我很久没去屋顶阁楼了。那是她的王国。有时我儿子奥古斯特也在她背后说,他在上面无非是一个过客。她面目狰狞地躺在床上,眼睛望着天花板,本来就绷紧的脸变得紧绷欲裂,在这张偏小的脸上本来就很扎眼的鼻子显得咄咄逼人,因为这张小脸实际上已经消失。本来就细窄的嘴唇见不着了。两条胳膊瘫放在身体的两侧,两只手却在痉挛中攥成两个小拳头。两只黑色的眼睛不看我。幸好。我习惯了看别的眼睛。我们很长时间都没说话。我无话可说。有一次我试图把一只手放到她的拳头上,她却发出一声尖叫,这是痛苦的喊叫,是抗拒不从的喊叫,是表示别烦我的喊叫。随后她突然开始慷慨陈词。您是她的讨伐对象,乌尔莉克。对于您,她什么难听的话都能说出口。她对您、对莱韦措家的每一个人都破口大骂。说你们是一个野心集团,说你们把持马林巴德的浴场,然后挑肥拣瘦。我觉得把我比喻成胖子并不恰当。她拿来形容您的语言让我简直没法重复。现在还没法重复。也许我们之间能够实现一种允许我超出允许范围的通信联系。乌尔莉克,她说全欧洲都知道您是一个野心勃勃的婊子。我只是想让您知道我在这里都过的是什么日子。从此以后我每天都去她那里。雷布拜恩医生说,在我去看她之前,她躺在那里一声不吭,也不吃东西。这个我不相信。让人知道她不吃东西,这是她对我的战争策略。没有一场战争是单方挑起的。引发一场战争总是至少需要两个人。爆发这场战争,我有如下责任:这些年来我容忍、参与并且制造了如下事实——奥蒂莉觉得自己仿佛跟我结成了夫妻。我的乖儿子奥古斯特成为她和我之间的交易筹码。只有嫁给奥古斯特,她才能接近我。当然,这个事情我们总是当成笑话来讲。但使用玩笑口吻无非是迫于正统观念的压力,把欲盖弥彰的不良感觉掩盖起来。我的乖儿子奥古斯特并不生气,他去拈花惹草也就有了最充足的理由。

每次我都是从这样的家庭环境来到波希米亚。然后遇到您,您的妹妹,还有您母亲,你们是一个嘻嘻哈哈就能克服一切的家庭。您已发现我不苟言笑。我在任何地方都没有像跟你们在一起的时候笑得多。我可以承认,如果没有您,就没法想象我待在某个快乐的家庭。维兰德,著名作家和智者,您听说过他,他有一种随叫随到、被他自己称为幽默的情绪。聪明绝顶的他给我做了长达几个钟头的精彩报告,讲什么是幽默。所以我知道我没有幽默。有幽默的人——我不相信谁可能有幽默,谁有幽默,谁就在假装幽默——幽默者骗走了生命的严肃和沉重。骗取了生命所具有的可怕的严肃和沉重。我的乖儿子奥古斯特说过:歌德是洛可可。这话有一点道理:有幸认识您以前,我整个的生活就是洛可可。您,一个永远欢笑的姑娘,把严肃和沉重带入我的生活,使我过去的一切看起来都像是洛可可。倘若维兰德还活着,可惜他已经死了,因为他冬天过来看我的时候不听我的急切劝告,穿着绒裤、丝袜、漆皮皮鞋,身披一件单薄的大衣就在冰天雪地中从魏玛徒步走回奥斯曼施泰特,结果染上肺炎,死了。如果他还活着,我可以给他上一节课,告诉他幽默是一个大骗子,和幽默相比,那个以洛可可之名创造了历史的怪物就是小巫见大巫。洛可可是骗子,但它一直知道自己在行骗。洛可可从来不把自己当真。幽默自以为很严肃,但它实际上不严肃,所以它是真正的骗子。我又在好为人师。请原谅。其实我只想说,我的生活通过您获得一种前所未有的严肃和沉重。洛可可对您束手无策。

我在波希米亚公开承认了这点。我爱上您的消息直截了当地不胫而走,而且受到最恶毒的歪曲,消息传到魏玛之后,奥蒂莉立刻变成了泼妇,她本来就是泼妇。只要条件适合,谁都可以成为泼妇。现在的魏玛就具备这种条件。也许,这是一个世界法则:一个人的幸福会造成另外一个人的不幸,二者幸福与不幸的程度完全相同。为了保持世界的平衡,我不得不定期去看她,雷布拜恩医生要求我这么做,我不得不任她破口大骂。她说我是老色鬼,说我拈花惹草,猥亵女孩,侵害儿童,还有更难听的。我现在根本就不是人。我看似慈祥友善,实际上对亲人比尼禄对敌人还要狠毒。奥蒂莉痛苦不堪。我可以说我也一样。但是我在她跟前无话可说。真的无话可说。我不能说——实在要说我只能说这个——我不能说我爱乌尔莉克,我多么爱乌尔莉克,我爱得无可奈何。我必须说假话。我必须跟她说:不管马林巴德还是卡尔斯巴德,全是消夏时的逢场作戏。度假的时候谁都需要点逢场作戏。我必须尝试给她灌输这种荒唐念头。我必须盼着她重新站起来。我也是一家公司。您能想象我有多少手下吗?施塔德尔曼,约翰,迈尔,里默尔,克劳尔特,艾克曼。我几乎天天都需要我最信赖的人:封·米勒总理。他管理我的遗嘱。我最信任这个可爱的人。我认为他是忠诚的。魏玛人,也就是世人,通过我的工作班子来了解我。这里的情况、这里所发生的事情就通过这一渠道传到外界。有资格前来拜访的大小人物也络绎不绝。现在我成了老色鬼——这么骂我最让我伤心,我不是人,亲爱的乌尔莉克,您说我能无动于衷吗?或者我真是老色鬼?您告诉我实话,求求您了!请允许我说一句毫不夸张的话:我对您的观察力和判断力有着无限的信任。如果您心里哪怕有一丝一毫叫我老色鬼的冲动,拜托,您就叫我老色鬼好了。可怕的是,如果您这么叫我,如果您必须这么叫我,我不会受到打击和伤害,也不会勃然大怒,甚至不会不高兴。我很容易不高兴。您在波希米亚已经看到了。拜托,您试试看,您尽可能痛骂我一顿。

您允许我给您写信。到达魏玛之后,您给我的写信许可让我产生了激烈的思想斗争。由于我在梦中也继续做思想斗争,所以我每天二十四小时都在尽一切努力阻止自己给您写信。我不止一次成功地抵御了突如其来的写信冲动,我身负重伤,但是我取得了胜利,就是说,我做到了我必须做到的事情:不写信。给您写信,这不是延续错觉又是什么?我根本接触不到您。我只是继续痛苦不堪地朝您所在的方向伸出双手。我有勇气给您邮寄我非写不可的心里话吗?怎么寄?奥蒂莉当然早就征服了在亚历山大宫①办公的邮局主管莱泽和他的秘书斯特凡尼。我可以让施塔德尔曼去克拉尼希费尔德、布兰肯海姆、布特尔施泰特投信。只要奥蒂莉没有把魏玛周边地区的邮差全部搞定。即便邮局没有随波逐流地与我为敌,我也有理由感觉自己受到迫害。一个由形形色色的阵营组成的监察机构在迫害我。形形色色的风俗、道德、习惯、礼俗、循规蹈矩通力合作,以各种各样的方式对我说:你太不像话。因为我爱您,乌尔莉

---

① 即今日的魏玛歌德广场 2 号。该建筑建于 1803 年,得名于沙皇亚历山大。

克。现在我把高度合法者对我采取的一致行动称为编剧艺术。这是一场不约而同却又齐心协力的活动。大家都有一个共同的目标，这个目标就是我，或者就是证明我"你太不像话"。我比我的编导们更了解我如何不像话。我与被我称为编导的监察机构之间存在一个差别，一个决定一切的差别：这个不由自主形成的联合阵线动用一切文化和社会手段来对付我的"你太不像话"。我却宣布自己就是要"你太不像话"。他们将不遗余力来阻止我"你太不像话"。我呢，妨碍自己太不像话的事情我不做，但一切有利于"你太不像话"的事情我都做。我做起来会不遗余力。为了把事情彻底戏剧化，我们可以说这是一场生死之战。

亲爱的乌尔莉克，我告诉您，我只告诉您，我也只能告诉您，因为我不知道这封信是否有机会寄给您。我生病了。我不能让奥蒂莉发现。我也病了。因为爱。因为我爱您。这话我只能在一封永远不会寄给您的信里说！这是什么世界！几千年来，人类一直在用文化培养更倾向于人性的特征！然而我们还是培养出如下习惯：虽然我不会很快又见到您，虽然我肯定不会明天就把这封信给您寄去，虽然我也许永远不会把这封信寄给您，但是给您写信还是颇有意义。写信的时候我在对您说话。我看着您。您在听我说话。我自信知道您对这个或者那个句子做出什么反应。我会把您的意见吸纳到信里。我从您专心听讲的脸上看出您对我写信表示由衷的、也可以说充满关切的赞同。您记得我的《维特》就是书信体小说。我不可能自杀。我仍然过高估计世人即周围人。我不想给这些人提供冷嘲热讽的机会。如果我死了，他们会在他们的报纸上对我冷嘲热讽，他们将报道说，可惜他现在终于自杀了。文章的标题是：老年维特的烦恼。也许我越来越不像话，以致我很快就觉得周围的人无所谓。然后我就自杀，乌尔莉克。现在必须把最严肃的事情说出来。只有征得您的同意，我才能行动。您别操之过急，高喊千万别自杀。您耐心等待，看我能否让您明白我为什么活不下去，让您为了我、为了结束我的痛苦说一声：好，行动吧。果真如此，我们现在就应返回说"你"的区域。我们被允许在说"你"的区域逗留了四个钟头。我马上向您敞开我的心扉。如果把每一条生命的终结都让所谓的大自然去负责，那是固守野蛮的行为。我们在马林巴德不是讨论过这一问题吗？我们如何痛苦，这对大自然来说无所谓。我们不能无所谓。如果遭遇复杂的情况，我们必须能够下定决心，不让非分要求经过文化粉饰之后显得合情合理。然后一了百了。

我日日夜夜都在阻止我对您的爱在我心中一意孤行，变为无望的爱，如果阻止不了，我就必须结束生命。这一次拿破仑不会对我吹毛求疵，说我因为杂糅主题而削弱了主题。即便某某某通过戏仿我的《漫游年代》赚的钱比我的原作赚的钱多得多，如果我真的自杀，拿破仑在我的自杀动机中也发现不了一丝一毫的求职挫折。我的自杀动机只是爱情而非其他。总之，我承认自己还抱有希望。但是我知道，我没有希望。只是我不相信。必须承认，我还负有完成《浮士德》和《漫游年代》的第二部分的义务。和无望的爱相比，义务算什么！幸好无望的爱不是一个拒人于千里之外的女神。我每日每夜都在与她讨价还价。她诡计多端，我的头脑也不简单。我不会在某一刻思考我能够思考的一切。我不能给无望的爱帮这个忙。

亲爱的乌尔莉克，我还刚开始。我现在已经有一个预感：别要求自己做什么。暂时别提任何要求。现在做什么都可能出错。如果要我把某个句子看得比另外一个句子更加重要，我就会选择最空洞无物的那一句。我先选择如下句子：超越逆境的唯一方法就是承认其必然性，别无他法。暂时选这一句。您充满敬佩地说过，拿破仑宁为玉碎不为瓦全。啊，我在您眼里也是这种形象该多好！

我开始转变。好几个想给我安慰的人聚集到我身边。她们是：尤丽叶·封·埃格洛夫施泰因，画画的；她的妹妹林欣，唱歌的；阿德勒·叔本华，貌美而聪明；奥蒂莉的妹妹乌尔莉克·封·波格维施，一个欲速则不达的女人，她挤入我的思想世界的时候我就叫她波格维施的女人。她们对一个美貌绝伦的女孩津津乐道，说她一定是枢密顾问最热情的听众、最机智的对答者和最忠实的陪伴者，说这两人难舍难分，不管白天黑夜……没错，绝对没错，这些话仍然回响在我的耳畔。收获最大的是封·米勒总理，他是我最信赖的人，他总是宁愿在我这里闲坐，不想去宫廷里扮演总理。封·米勒总理把头侧对我，让我说了一些可以授人以柄的心里话。让封·米勒总理背叛我可是没门儿。别的人都可能被奥蒂莉和我的乖儿子变成叛徒。我说的是男人。不是所有的男人。但包括所有作诗的男人。我周围的男人全都作诗。每一个作诗的人都认为自己的诗歌最神圣，其他一切无所谓。但是有规律就有例外。封·米勒总理自然也作诗，但他不会在任何时候把我出卖给任何人。但是里默尔、约翰、施塔德尔曼、艾克曼、克劳尔特会出卖我。如果奥蒂莉对这几个男人的诗歌发发慈悲，她就可以对他们为所欲为。她拿迈尔和约翰·

海因里希·迈尔没办法,迈尔不作诗,不受诱惑,啊,乌尔莉克,您要是在这儿,他会成为您的朋友,现在您还是到这儿来吧,宫廷顾问迈尔,人称艺术家迈尔,在罗马曾经跟我共用一张床,被我吸引到魏玛来,乌尔莉克,他是一个不画画的画家,一个生活在魏玛的瑞士人,所以他是一个绝望者。您必须知道,我把我的朋友分为希望者和绝望者。头号希望者是封·米勒总理,头号绝望者是迈尔,跟他我不必说一个字,他全明白,有这么一个朋友我就知足了。

埃格洛夫施泰因伯爵姊妹和阿德勒·叔本华对我忠心耿耿,我对她们也同样忠诚。我请她们三个一起来。她们每天五点以后都可以来,愿意待多久就待多久。我给了她们一个小小的惊喜:我是她们的开心果。我陪女孩子聊天的本事从来不差。我这本事不可超越。因为总有别的顾客在场,我才发现我的节目多么的好。小惊喜是这样出现的:9月17日之后,我明白了一个道理,只要有人对我表示怜悯,不管发自内心还是出于恶意,后果都很严重。我可以变得让人捉摸不透。我不可能一夜之间变得喜怒无常。但是我学会了这个本领。我对女人和女孩子的态度原本就很好。这是出现小惊喜的最根本的原因。为了说明这点,请您允许我再啰唆一句,出现小惊喜的最根本的原因,在于您让我的一言一行充满力量、充满内涵。所以我对女人和女孩子很会献殷勤。即便是某个卡罗利妮,如果她今天出现在我眼前,不过半个小时她就会把我视为以优雅的方式崇拜女性的典范。这个我可以做到,因为我每碰到一个女人或者女孩子,我都把她当成您,把她当作我的体验和崇拜对象。自从我心里有了您,我就知道我过去针对女人和女孩子发表的感想和议论全是人云亦云，全是脚本。现在我才有了真情实感。

　　我手写痛了，我可以有这种感觉吗？维特时代过后，我还从未这么长时间地亲手写作。晚安，乌尔莉克。

魏玛，1823 年 10 月 10 日

亲爱的乌尔莉克，

　　昨天看完《魔弹射手》之后他们突然蜂拥而至。我办招待。我亲手切烤肉。从阴沉的僵硬状态重新站立起来的奥蒂莉走到我身边，看着我忙于切肉的手，仿佛她必须看看我的刀法是否正确。随后她果真大声夸我，但是嗓门太高。她这人就是没有分寸。就连我儿子奥古斯特也注意到了。父亲不是听你使唤的，他厉声呵斥她。不喜欢我的人也没有权利评判我，阿德勒·叔本华意味深长地用我说过的话结束了这一插曲。顺便说一下，我在战争中取得的一项战术成果：不论谁邀请我看歌剧，我都欣然允诺，到了最后一刻我却感觉不舒服。如果我当场拒绝，我就必须绕圈子，我就必须隐瞒没有乌尔莉克在场我就无法忍受音乐这一事实。所以这是一种分期付款的拒绝方式。为了逗大家开心，我把年轻的女人称为我的沙漠玉兔。我跟她们已经混得非常熟了，她们不再用目光在我脸上寻觅乌尔莉克的踪迹。当然奥蒂莉是例外。现在大家坐在一起吃。尼科洛维乌斯，一个相貌英俊、值得提携的小伙子也在。瞧，年轻的女士们全都朵朵葵花向太阳，整整齐齐地面朝英俊小生。她们只把背部留给我看。这也是奥蒂莉的功劳，她不遗余力，始终让年轻的尼科洛维乌斯成为中心。我感觉她想让我看看，只要冒出一个年轻人，我就立刻黯然失色。所以,亲爱的乌尔莉克,我一晚上都情绪低落。没人注意我,我可以为此感到骄傲,但的确也没人朝我这儿看,因为奥蒂莉导演了众星捧月的场面,月亮就是血气方刚的尼科洛维乌斯。所以主人悄然离去,躲到自己的房间里。施塔德尔曼进来,点燃五根蜡烛,我可以阅读了。施塔德尔曼知道自己的主人溜走之后将沉湎于什么罪恶。他开始阅读,但他读的是《哀歌》。他不是读一遍或者两遍,而是仔仔细细、来来回回读了许多遍。亲爱的乌尔莉克,允许我说"他"。我需要"他",以便成为"我"。我写给您的话不同于"他"写给您的话。不管作为"我"还是"他",给您写信我从不犹豫。自从读了《维特》里面描写胡桃树那一段以后,您就知道我是谁。"他"是面子,人们希望面子变成里子。"我"承认面子装不成。9月17日到27日,他亲手誊写《哀歌》,誊写到约翰所能搞到的最好的纸张上面,他一刻也没想过让约翰代劳。还有,《哀歌》一直拿不出手。至今如此。当他在房间里做贼一般地阅读《哀歌》的时候,他当然觉得自己有点不成熟。他知道应该禁止自己这么做。幸好他感觉自己精神抖擞,可以对自己说:对自己这么好的事情你干吗要禁止自己去做?逐渐地,他把《哀歌》背诵下来,但他并未因此把文本抛弃一旁。他不仅用眼睛,而且用心灵阅读每一行诗。全身心地阅读。乌尔莉克,我又回到主题,我承认:对于为何写作的问题,什么答案我都给过。各路学派都上我这里求证自身,因为我曾坦白:通过写作我们可以克服一切痛苦,如果不写作,我们有可能痛不欲生。从《维特》开始我一直这样。现在,亲爱的乌尔莉克!我写了哀歌。我突然发现,已经完成的写作没有用。正在进行的写作才有用。但如果没写《哀歌》我是什么样！它把我的渴望拼写成一个个的字母。它很骄傲。为自己感到骄傲。我想跟它学习这种骄傲。我想和《哀歌》一个样。就是它现在的样子。这是您的《哀歌》。我们的《哀歌》。您没有读到之前,谁也读不到。没有《哀歌》。就像没有您。没有我。您听着,人的心灵也能跟牙齿一样咬得咯咯作响。现在我把它抄下来,随这封信寄出去！如果施塔德尔曼将它护送到卡拉和珀斯内克。下面就是我们的哀歌,乌尔莉克。《马林巴德哀歌》。

　　我怎能指望佳期可再,
　　指望含苞待放的这一天？
　　天堂、地狱对你敞开；
　　心潮澎湃,变化万千！——
　　别再犹豫！她走近了天国的门扉,
　　她把你抱起,拥入她的双臂。

　　你就这样被迎进了天堂,
　　仿佛永远美好的人生该你享受；
　　你别无要求,期待和希望,
　　内心追求的目标已经到手,
　　一见这举世无双的红颜,
　　渴慕的泪泉顿时流干。

　　白昼并未移动飞快的双翼,

分秒却似乎在后面驱赶!
夜吻,一次忠诚结合的印记:
它对明天的太阳也保持不变。
时刻在缓移中彼此相似,
像姐妹一样,但不全然一致。

甜得要命的最后一吻竟然
将绵缠而美妙的情网斩断。
脚步时行时止,回避门槛,
仿佛火剑天使从这儿把他驱赶;
眼睛盯着阴暗小径不胜懊丧
回头一望,小门已经关上。

于是自我封闭起来,仿佛这颗心
从未开启,未觉察到幸福时光
闪耀在她身旁,像每个星辰
在天上一样,看谁闪的更亮;
厌烦,懊恨,谴责,沉重的忧戚
在郁闷氛围中压得人喘不过气。

世界是否留存? 一面面悬崖峭壁
是否还蒙上神圣的阴影?
庄稼是否成熟? 一片绿地

是否伸延到河边的牧场和丛林,
超尘脱俗的苍穹是否还在笼罩,
仪态万方,时而又虚无缥缈?

何等轻盈而窈窕,明亮而柔婉,
像从庄严云层飘出天使的法相,
从薄雾里冉冉升起一个苗条的身段,
在蔚蓝的天宇和她一模一样;
你看她曼舞得多么愉快,
最可爱的妙人中数她最可爱。

但是只有刹那间你才胆敢
把代替她本人的幻影抓住;
回到内心去!那儿你更会有所发现,
那儿她将有变形幻影无数;
一个姿态变出许多个来
千姿百态,越变越可爱。

为了迎接她在门口流连,
随后一步步让我销魂;
最后一吻之后又赶到我面前,
给我的嘴唇印上最后最后一吻:
爱的形象竟如此鲜明生动,

如火焰文字写进忠诚的心中。

这颗心如城池固若金汤,
为她而保存自己,并将她护卫,
为她而欣慰自身持续久长,
只有她显露真容,它才将自己领会,
才在钟情的围场更觉自由自在,
甚至怦怦跳动,为一切而将她感戴。

恋爱的才能,互爱的必需要是
被取消掉,变得无影无踪,
马上就会找到希望和兴致
进行可喜的计划、决断和行动!
如果爱情曾令情种兴高采烈,
这在我身上表现得完美无缺;

当然还要靠她!——当衷心的忧虑
如烦人的负荷压迫着我的心身:
在抑郁的空虚心灵之荒芜的地域
环顾一下,尽是恐怖的情景;
这时熟识的门槛隐约显出希望,
她本人现身于和煦的阳光。

神的和平比起理性
更令世人幸福——有书为证——,
我想比作面临最可爱的妙人
所感到的爱之欢悦的和平;
心儿歇在那里,什么也无法掣肘
那最深的意念,我为她所有。

我们纯洁的胸臆回荡着一股情热,
出自感激而甘愿献身
于一个更高、更纯的不可知者,
要把这永远不可名者加以辨认;
我们称之为虔敬!——如此崇高福荫,
我站在她面前自觉有分。

面对她的目光,有如面对太阳的威烈,
面对她的呼吸,有如面对阵阵春风,
自我意识深藏于严寒的墓穴,
久久凝固的冰,终于逐渐消融;
自私自利,固执任性,都不能持久,
她一到来都将被吓走。

仿佛她说过:"时时刻刻
我们感到生活过得美好;

昨日种种我们都不记得,
明日一切我们也不知道;
如果我对黄昏有所顾忌,
日落时总会有点什么令我欣喜。

要像我一样,看吧,明理而欢悦,
注意一瞬间!不可延挨!
快去迎接它,友好而活跃,
在行动中为了乐,为了爱;
到哪儿都永远保持天真,
这样你便是一切,你便不可战胜。"

你说得真好,我想,神奖赏
你以瞬间的恩惠,伴你同行,
每个人觉得在你温存的身旁
立即变得为命运所宠幸;
你如示意我离去,我将惶惑,
精通人情世故又何助于我?

我已远离!该怎样支配
眼前几分钟,我也说不出;
她向我将许多善展示为美,
竟成为我的负担,我必须解除;

难抑的眷恋把我四下驱赶,
这时别无良策,除了泣涕涟涟。

那就泪如泉涌吧,让它不断地流;
可内心的烈焰未必能扑灭!
生与死在我胸头凶狠地厮斗,
发出怒吼,要把一切撕裂。
肉体的病痛还有草药医治,
唯独心灵缺少决断与意志,

还缺少理解:他何以如此痴恋?
他千百次温习她的姿容,
时而逡巡不前,时而蓦然不见,
时而影影绰绰,时而有清光簇拥;
这微薄的安慰又有何益,
不过来而复去有如潮汐。

忠实旅伴们,就这儿把我丢下!
让我独自陪伴山岩和泥沼;
世界已向你们开放,你们快去吧!
大地宽广,天空雄伟而崇高;
观察吧,探索吧,把细节加以搜集,
就会结结巴巴讲出大自然的奥秘。

我失去了一切,连自我也给落下,
虽然我刚才还蒙众神宠爱;
他们考验我,送我潘多拉,
既有财富,又有灾害;
他们逼我把全福的芳唇亲吻,
他们又把我分开,使我断魂。①

---

① 歌德:《歌德文集》第八卷,绿原译,人民文学出版社,1999 年,第 319—326 页。

二

魏玛，1823年10月15日

亲爱的乌尔莉克，

《哀歌》送出去了。有三样东西不能留在身上：火焰，爱情，诗歌。我假装看破红尘，我假装了太长时间！我贿赂了施塔德尔曼，同时明确告诉他我在贿赂他，贿赂数额使他瞠目结舌，他跟杂技演员似的给我鞠了一躬。他建议去巴特贝尔卡投信。《哀歌》就进入了世界。实施这一壮举的力量来自前天晚上把我撑出"蔚蓝屋"的那种突然乏力的感觉。啊，乌尔莉克，房间不应该再取这样的名字。我的沙龙之所以叫"蔚蓝屋"，是因为几面墙都漆成了蓝色。隔壁是"金黄屋"。山金车菊的黄色，乌尔莉克。这是来自苏黎世湖的艺术家迈尔，我的头号绝望者。这栋房子是他三十年前为我改建的。我设计的楼梯有着全世界上升最缓慢、最舒展的阶梯，我画设计图的时候还不知道您的存在，但现在这楼梯只让我回想起您走路的姿势，您脚下生风，您脚踩平地却照样展翅欲飞。门口的阶梯并非始于外面的广场,而是始于院子的车辆入口。如果您踩着轻盈的步伐走上最后一级阶梯,您就会在门槛上看到浅色木料上面镶嵌着几个深色的字母:SALVE①。我现在就提醒您,因为我知道您从来不朝前面看,也不朝后面看,您的眼睛总是朝上看,朝您的目标所在的方向看。您进来了,您会感到诧异,如果您看到尺寸过大的朱诺头像,如果您随后又看到其他半身雕塑,包括您的席勒、您的赫尔德、您的温克尔曼,您也许会撇一撇您过于活泼的嘴,但是您也许会跟这房间的做作风格达成谅解,因为有一个房间,因为最漂亮的房间被漆成蓝色,而且是薰衣草蓝,亲爱的乌尔莉克,第二漂亮的房间又漆成了黄色,而且是山金车菊的黄色。

再说前天晚上的事情。主人悄然告辞。他们又可以窃窃私语:马林巴德,老年维特……见鬼!现在我对主人说:不能再发生这种事情。我要他书面承诺。他答应了,他要对自己约法三章。第一章:杜绝猜测的规则。

第一条:不要用分期付款的方式拒绝音乐会邀请。不管什么音乐都去听。奥蒂莉和奥古斯特当然想在包厢里拿他向公众展示。你们看!他又回来了!我们逮着他了!没有那些事情,他早就应该出现在这里。向左右两侧的观众表示:我们胜利了。即便是音乐,即便是无坚不摧的征服者艺术,也对你奈何不得。

第二条:聚会的时候,如果众人追捧一个小伙子,你就做头号追捧者。用滔滔不绝的恭维话把小伙子淹死。你要成为恭维者的领

---

① 拉丁文:欢迎。

袖。不管小伙子说什么，你都接上一句漂亮话，让你的真丝玉兔们，让里默尔教授、建筑总管库德雷及其同伙们黯然失色，这个一定要做到。他不怕事后他们在那边笑他。拥有爱者，刀枪不入。除非是他所爱的人对他动刀动枪。他生活在另外一个世界。他出现在这个世界纯属假象。别人谈论天气和康德的时候，他的脑子里是爱情制造的一片神圣的混沌。

年轻的尼科洛维乌斯。德·罗尔的踪迹。所以我相信，如果我承认不可避免的联想具有必然性，我会感觉好一些。我必须给有姓无名者命名。我叫他动作神速者。亲爱的乌尔莉克，您在我面前对那个有姓无名者的名字缄口不言。此人把您当知心人。您乐得其所。现在您守护着他的秘密。阁下可以看看自己的位置何在。动作神速者赶往巴黎，他此行的目的是向法国女王"赠送"一颗钻石，一颗在当今世界最昂贵的钻石。几天后，您的母亲把她从克勒贝尔斯贝格伯爵那里听到的有关有姓无名者的事情讲给我听，当时您恰好跟妹妹外出摘花去了。您的母亲说在他那里没有"卖"这个词。他的每一件首饰的价值都远远高于他的索价，所以他有理由把他卖出的每一件首饰都称为赠品。

您还看得见他的眼睛吗？我可历历在目。我看什么都不像看他的眼睛看得那么清楚。几乎是黑色的瞳孔，但周围是浅灰色光环。这种现象我只在鸟类身上看见过。至于鸟儿，不管人们如何起劲地赞美鸟儿的美丽和可爱，鸟儿的目光却是公认地犀利而冰冷。现在我谈论他，就像人们谈论拿破仑。为了维护鸟儿的声誉，我应该说：他那种光环只有土星才有。土星是一颗凶神恶煞的行星。我没有问他的身高,您母亲就说他一米八七,又说他实际上不停地奔波于巴黎和维也纳之间。所以,如果我说他一定要在斯特拉斯堡停留,说他一定会找到法语寄宿学校,那也不能归咎于我的病态幻想。他一头浓密的拿破仑式的黑色短发使他成为英俊的军人形象。如果不是因为他那紫色燕尾服……

啊,不说了,亲爱的乌尔莉克。您让他燃起了感情的烈焰,他现在高度神速,如果我被迫与他竞争,我没有丝毫得胜的希望。我甚至不可以产生这种愿望。为了您。他不仅拥有未来,他本身就是未来。我只能通过一个残酷的愿望来躲避我这无望的爱情:如果能够像戳瞎眼睛那样戳瞎心灵的眼睛,那该多好!您说您已完全不再想他。如果您过后还是给我回信——我没法放弃这个幻想——请您说说您怎么看他告别时说的那句带有越界和强占意味的话。在马林巴德,在我住的金葡萄宾馆,您不经意地引述了他用法语说的那句话:这气氛有点不同寻常。他说的是"我知道……""我想……"还是"我感到……"?如果我没记错,他肯定说了"我们之间……",或者最后说了"我们之间的氛围有点不同寻常",或者说完整的表述应该是:"我感到,我们之间的氛围有点不同寻常。"如果您不辞辛劳,把他的临别赠言正确转述,我将不胜感激。我认为,这将决定您,决定我们必须考虑的事情。如果我从您这里得知您可以读《哀歌》,我会把我昨天夜里不得不写的东西给您寄去。我不能再这么消极下去。我最喜欢我们做的听写游戏,这个游戏现在应该派上用场。

致后革命时代的寄宿学校女士:

臣尚有一事相求:恳请女王陛下日后继续恩宠臣下,念及臣下,恩准臣下频奏陛下。

　　附：我为人很迂阔，这我知道。但是，如果我不告诉您我想起我们那位不再处于有姓无名状态的朋友时，我脑子里浮现出什么，我会觉得自己做事太不认真。今年六月，在我即将启程前往波希米亚的时候，我仁慈的君主召见我，要我这个石头专家去看看钻石。来自瑞士法语区的索雷先生，他是王子的老师，也是自然科学家，我们因为具有反牛顿的信念而结为多重盟友，他从他家乡日内瓦请来一个物理学家，一个技术员，当时公爵、我、封·米勒总理，还有建筑总管库德雷在场。日内瓦人在我们面前打开一个桃木匣子，我们看到深色绒面上整整齐齐地摆着大小不一、形状各异的名贵钻石。我们负责检查和挑选。我们建议买，我们最仁慈的君主就买。行事比较低调的日内瓦人耐心等待。我们每个人都建议买两件或者三件吸引自己的东西。最后日内瓦人告诉我们：这些钻石没有一件是真的。全部来自他的实验室。他还把瑕疵指给我们看，现在他已经有能力进行处理。由于这些人造钻石的价格还不及天然钻石的一半，仁慈的君主就把这一箱子全部买下。日内瓦人答应很快又带着生产得更好的产品来。我没有必要告诉您这个吗？这有可能影响我们那位钻石赠送者的锦绣前程。千万记住：我讲这件事情的目的不是为了他，而是为了您。晚安。

　　也许我不会给您寄这些信，但眼下这是不可想象的事情。反正只有等您到了斯特拉斯堡我才能够给您寄信，我知道您会读我给您写的信，这一信念支撑着我，但是我们也设想一下最不可能的事情，如果您不读或者在我死后才读我的信，如果您随后又读到——这里有几个人在观察,也许还通报我的日常生活——在我写信的当天和夜里发生的事情,您千万别相信别人写的东西,您要相信我的信。写信的时候,我感到孤独,如果您想要一个更有感情色彩的词,我就说我感觉自己孤单。再道一声晚安。顺便说说,昨天我从一张做得喜气洋洋的请帖上得知,我的朋友克内贝尔,比我大五岁的克内贝尔结婚了,他又结婚了,妻子比他小四十三岁,我当然表示祝贺,但我是什么心情?我疯狂地祝贺他,同时又嫉妒得要死。

魏玛,1823 年 10 月 16 日

亲爱的乌尔莉克,

  我不断回忆起我的状态不够好的那些瞬间。我认为,事后尚能补过也属幸运。您回想一下:您看起来很帅气。这是您说的话。我很诧异。您说:今天!原来这是一个玩笑。您说"今天",意思是:现在您别装出一副大惊失色的滑稽模样,好像您不知道自己常常显得多么帅气,既然如此,我就打点折扣,说您今天帅气,别害怕,只是今天。但是我把这个美丽的句子听错了。我本来必须这样回答——今天写这封信就是为了把我错失的答案告诉您:看您多漂亮!我本来应该忘乎所以地连喊三声:看您多漂亮!我在心底里一刻不停地对您讲话,我本来必须这么说,一直想说的话一直憋在心里多难受!啊,亲爱的乌尔莉克,我可以不停地为您欢呼。谈到自己的时候您有时不够客观,这令人惊奇,也令人感觉怪诞。我把您在四十九个夏日对自己的外貌所做的评价总结一下:耳朵太大,头发太细,眼睛的颜色飘忽不定,小鼻子有个弯曲,嘴巴太小。现在您听听我在四十九个夏日里观察和研究的结果：您的耳朵是衬托最美丽的果实的两片叶子；叽叽喳喳说个不停的嘴巴从不回归自我，所以不会过大或者过小，但它是童话里所说的那种以柔克刚、吞噬一切的力量；您的鼻子别出心裁，不想成为一根比例尺，对此您应当心存感激；但是您的头发，我亲爱的，完全是独立的存在，您的头发不需要您，但是您需要这些头发，因为它们以飘逸之姿覆盖着一个少女的头，这位少女接二连三下判断，她的判断跟星座一样能够接受时间的考验；您的眼睛，啊，乌尔莉克，从我这儿您已经知道了，您的眼睛就是挡不住的魅力。您的不可抵挡，亲爱的乌尔莉克，来自您的目光，您的目光谁也抵挡不住。您的眼睛宛若大海，总是映照着天空的色彩，但是大海赶不上您的双眼，因为您的眼睛还映照出您内在天空的绚丽色彩。够了，我听见您在喊。少说一点反倒可信，您说，因为您很乐意对我天生缺乏收敛的性格加以束缚。晚安，美丽的客人。请进，随便坐。啊，您想跳舞？一个人跳？哦，在我面前跳。没有比这更求之不得的事情了。您作为接受过大自然的全面培训的舞蹈家来到世上。您的每一个动作都很完美。您的关节是一曲灵活自如的交响曲。您的四肢活动起来挥洒自如，您的脖子领着您脑袋从一个肩头漫步到另外一个肩头，您的双手已经高高举起。音乐不能再犹豫等待。一只白色的鸟儿用翅膀指挥鸟儿乐队演奏。您迈开脚步，您仿佛穿行在一片可爱的沼泽中，您高视阔步，仿佛没有一块土地值得让您发出响声的双脚去接触。您严肃地戏仿动物和人所能做出的各种动作。您忽而上升，忽而下降，但是您上升的幅度大于下降的幅度。您沿着音响的阶梯，轻轻松松地走到看不见的楼梯的上端,然后您把小巧玲珑的双脚变成鼓槌,通过这鼓槌的震颤制造一种虽然看不见、但却开始通过震颤发声的东西。主要由弦乐组成的鸟儿管弦乐队奏出高音、叹息和尖厉的声音。您收起翅膀。但是指挥和全体鸟儿原地不动。鸟儿指挥对您说:我们就是不想回家。刚才一直都没引起人们注意的观众报以热烈的掌声。没人想回家。这时,大厅里响起排山倒海的大合唱,几百次地反复唱一句话:没人想回家。这时楼房管理员出来灭了灯,风趣地冲大厅里喊道:明天也是一天。晚安,亲爱的乌尔莉克。如果我现在确信您永远看不到我写给您的信,看不到我的确写给您一个人看的信,我会更多地感到失望。

附言:改日再谈称"你"和称"您"的问题。抱歉,乌尔莉克。我没法上床睡觉。认识您以后,对于我而言,没有比入睡更为艰难的事情。我老是怀有一个荒唐的愿望:不必再入睡。我返老还童了?为什么小孩子不愿入睡,乌尔莉克?为什么必须用各种响声和歌声哄骗他们,才能让他们脱离永不满足的、天才的苏醒状态?现在我知道为什么。他们每一秒钟都要接受成百上千种信息,对于他们,这个世界魅力无穷,他们需要用所有的感官来探究,感官的接受能力将使他们终身受用。现在大人却要他们进入没有色彩、没有声音的睡眠状态。不,他们发出吼叫,同时拼命反抗必须入睡的要求,但他们最后还是屈从于大人制定的按部就班的规则。我是小孩吗?你明天一定要回答我这个问题。我至少想说明入睡和睡眠不可接受。现在我听见自己发出短叹,我头一次如此叹息是在那个有姓无名的人亮相的那个夜晚。夜阑人静,听着自己一声又一声地叹息,这是什么滋味。如果我反复说：这是什么滋味。然后又说不出是什么滋味，那是因为我不想用渺小的字眼来糟蹋伟大的体验。我的脑袋是一个战场，我每天每夜都在这里吃败仗。我屡战屡败，原因在于我好死不如赖活。无法摆脱的依赖决定了我的失败。现在事态更加严重，乌尔莉克。如果我不事先像轻骑兵那样跟谁都以"你"相称，我现在就没法跟你讲述任何严重的事情。你对我的依赖不如我对你的依赖。如果你像我依赖你那样依赖我，你就会找两个女同学借两张床单，把你的床单跟这两块床单拧成一根绳，在窗户的十字梃架上面系牢——你不止一次说到你永远不会选择倾向于理论的职业，你只考虑实用的职业，而且必须把双手派上用场，这是你说的话。总之，你会把床单拧成一根布绳或者叫布匹香肠，你会顺势而下，带着两位同学充满嫉妒的祝愿逃跑。你身上的钱够你跑到魏玛。你为什么不在魏玛邮政所下车，走不了五分钟就到弗劳恩普兰街，然后往我的窗户上面扔几个小石子儿，我本来就清醒地坐在这里恭候这些小石子儿，所以我会立刻冲到窗前，看见你站在楼下，我转眼就跑到楼下，到你跟前，跟你拥抱、亲吻，领着你上来，永远待在这里。亲爱的乌尔莉克，为什么恰恰没有发生这样的事情？我的脑海里面总是浮现出一条永不消失的标语：她随时都有可能从斯特拉斯堡赶回德累斯顿。迫使她突然回家的原因有的是。从斯特拉斯堡到德累斯顿，魏玛就在路边，一不留神还可能穿行魏玛。在这儿还可以换马。可以停留。至少一个钟头。如果她踏上了魏玛的土地，在驿站歇脚，不来看我一眼就继续赶路……这种事情我没法想象。我不必想这样的事情。但如果她是因为家里有急事从斯特拉斯堡往德累斯顿赶,她有什么办法?下面我说的话没有任何责备之意,我是想找出一个受自然法则和几千年的社会发展制约的原因:你对我的依赖不如我对你的依赖深。如果你读到这封信——我希望你很快就能读到,就请你回忆一下,在10月16日到10月17日的譬如说凌晨三点这段时间里,你什么时候在想我,你有几次想我,你想了多长时间。你怎样想我无关紧要。你可能会想起一个事情,我们在大厅里参加雷布拜恩大夫的订婚仪式时,你提醒我要注意自己的动作,我当时因为紧张而不断地卷手帕,然后用左手握住这手帕卷儿或者手帕香肠,再用右手将它往外拖,然后再往里送,但每次都保证它不彻底脱离左手。我这动作是什么意思?如果能够从你这里得知你多么频繁地想到我、想到我的时候你心里在想什么,这对我很有好处。现在的确又到了夜里三点。我上床了,我让台灯亮着,我眼望着天花板,心里想着你。明天我要列个清单,写上一切可能给我带来危险的事情。我的内心活动和我周围发生的事情。把必须避免的事情一一列上。晚安,我最亲爱的。

附言:您回信中写上下面的话也就够了——我母亲办事很周到,她会抽时间给您写信,阁下。她会告诉您,您不应该给我写信。她有她的计划。那就悄悄给我写信,唉。

魏玛,1823年10月17日

需要小心谨慎、严加防备的事情。下列情况很危险,因为它们会让你情绪失控,让你措手不及。

每次眺望窗外都会勾起对金色葡萄旅馆的窗子的联想。每次手里端着玻璃杯都会想起马林巴德的林荫大道。不能提拿破仑。不能提诗歌翻译。不能提名字这个词。宫殿、水井、十字架、巧克力,这几个词也要避免。别再说驱车兜风没意思,否则别人会注意到你身边缺少一个可以让兜风变得有意思的人。

提前知道教堂什么时候敲钟。以防突如其来的渴望再次让你浑身颤抖。我和她总是六点钟从林荫大道返回,刚到露台,突然响起教堂的钟声。敲钟的时候我们相对不语。

碰上突然下雨,不要去回想马林巴德,不要去回想从十字架水井到克勒贝尔斯贝格宫的路上两次被雨水浇透的经历。

谈起跳舞的时候,不要再抱怨本地的舞会质量不高,因为她比本地的任何一个女性舞伴都跳得好。

对蓝色发表意见的时候要多加小心。

在尤丽叶·封·埃格洛夫施泰因面前别再来这种开场白:假如你是我的女儿⋯⋯

如果说起谁在从德累斯顿到巴黎的途中停留魏玛——作曲家莱瑟夫[1]最近就路过魏玛——你要特别小心。

谈论音乐会治愈心灵创伤还是加重心灵创伤的时候,你要特别小心。前天你就铸下大错,你竟然去感谢茨玛诺伊斯卡女士,说她弹奏的美妙的钢琴协奏曲是治愈心灵创伤的良药。奥蒂莉和奥古斯特马上交换眼色。

昨晚犯下最叫人难堪的错误。埃格洛夫施泰因的母亲在餐桌

---

[1] 尤斯图斯·阿马多伊斯·莱瑟夫(1789—1868),德国作曲家,音乐教育家。

上提议为回忆干杯,没有恶意,纯属言者无心。回忆这个词却让我大发雷霆,既然什么都装在心头,还要回忆做什么,回忆,这是什么烂词儿!由于发了这一通火,我深藏于心的秘密被暴露在光天化日之下。满桌的人都在交换眼神。

如果涉及首饰这一话题,一定要保持最大的克制。既不赞成,也不反对。

最近出现的险情。青年诗人普拉滕①引述《漫游年代》中的一个细节:借用别人的名字周游世界。他很喜欢这个故事,虽然他说现实中肯定不会出现这样的事情。我按捺不住,讲出有姓无名者的事情,虽然这不是一码事。也许只有封·米勒总理回过味来。别人全都觉得莫名其妙。

只要有人谈起铜版画,我就走神。乌尔莉克的母亲明确说过,她觉得最美的画面就是乌尔莉克和我并排坐在一起看拉斐尔的铜版画。

昨天里默尔说:要求人们按照清醒的认识调整自身行为,这是强人所难。这话是说给我听的。奥蒂莉也马上试图把我当作例子。我赶紧躲闪:我们不是那么简单,引导我们的更多是信仰而非知识。奥蒂莉咬紧她那本来就不存在的嘴巴。

如果夜里下雨之后出现马林巴德那种云山雾罩的景观,情况就很危险。我怎么可能不触景生情,想起对乌尔莉克说的话:冷杉树的树尖仿佛浸泡在雾的海洋。这种说法让乌尔莉克觉得很新颖。

---

① 奥古斯特·封·普拉滕(1796—1835),天才的抒情诗人。他与海涅的论战和人身攻讦已经载入史册。

不出我所料。如果一场夜雨之后出现雾天,我就必须当心自己。

注意:不要让自己对成对男女的厌恶主宰自己的言行。

一旦碰到沙发靠垫这个词,就要竭尽全力,把势不可挡的回忆画面模糊化。别去想那天下午她如何坐到了沙发上面,她的左胳膊又如何毫无必要地挥舞一圈再降落到黄色靠垫上面。

注意嘴巴!每次从镜子前面走过的时候,我都看到自己撇着嘴。朝左面撇。扭曲的形状。要有规则地运动嘴唇。让整个嘴部放松。没有什么比左撇嘴更不符合高贵的断念者形象。

接到婚礼请柬时要特别当心!仔细读它三遍,克内贝尔送来请柬的时候就没细看,不能再出这样的丑!新郎不是比我大五岁的克内贝尔,而是他的儿子!!!

魏玛,1823 年 10 月 19 日

亲爱的乌尔莉克,

恋爱中的男人。

当我们可以用"你"来称呼对方的时候,我在林边草地上给你摘了一朵迎候我们的鲁冰花。盛开的鲁冰花有的是蓝色,有的是红色,我挑了这一朵,这是一朵红色的鲁冰花。我喜欢鲁冰花绯红的色彩。没等我把鲁冰花献给你,你就跑向草地。你穿行草地的时候很注意脚下留情。我站在一旁观察,我看你如何弯腰,看你的弯腰动作多么轻松,看你弯腰摘取你心爱的鲜花的姿势多么美。你抱着一束山金车菊回来,打开厚实的黄色花束迎接我的鲁冰花。鲁冰花的暗红色被一片金黄吞没。我们发出欢笑。没有哈哈大笑。当我们迈着大步回到那个叫卡尔斯巴德的世界的时候,我们脸上的笑容如同这些鲜花一样灿烂。

除了实事求是地叙述过去的事情,我还需要做什么?你知道吗,你不可能知道,所以我得告诉你,修道院院长,也就是《威廉·麦斯特的学习年代》里面的头号教育家说过:一切事物都是相对的。你会看到,在经历了绝对主义、教条主义、民族主义、人道主义的狂热之后,有些脑子清醒的人会说出这句话。这个句子不完整。但这并不影响它的实用性。但谁要是通过亲身体验发现这话很不完整,谁就应该把自己的体验说出来。一切事物都是相对的,爱情是个例外。这是一种体验。是我在你这儿得到的体验。这话我不得不说,请你多多包涵。你是独一无二的。你的独一无二让我无可奈何。世界上不是有千千万万的女人和女孩子吗,她们不是各有各的身段,各有各的笑靥、步态、舞姿、眼神吗?对了,不是还有各式各样神奇的眼神吗?不是有各种各样的少女的眼睛、女人的眼睛以及等着风暴来掀开其宝藏的童话般的深邃湖泊吗?没错,绝对没错。对于我,她们之间没有一个是独一无二的。也许唯有我体会到你的独一无二。不可想象。但是我很乐意这么想。如果只有我体会到你的独一无二,你就必然属于我。这是最优美的柏拉图式的童话想象:每个人都是独一无二的,但只是对一个人而言。你就是我的独一无二者。我不必给自己一一解释什么叫特性,什么是头发的颜色。如果说你是我的独一无二者,接下来就得问:我是你的独一无二者吗?当然不是。否则你早来了。否则你会风雨无阻,撬门进来,爬窗进来,漠视一切碍手碍脚的规矩。尽管如此,你还是我的独一无二。你我之间越不平等,我就越是不幸。但我由此

懂得什么叫爱。我在《西东合集》中草率地描写如何进入天堂。当时我被生活弄得冥顽不化。我大言不惭地写道:

你选的不是寻常人士!
伸出手来,让我进门,
让我靠你温柔的手指,
每日计数着永恒。①

现在我这轻浮的信念被打碎了。我诅咒文化人没完没了的祈盼。但是乌托邦呢,它无能为力吗?如果我再度产生对您的强烈思念,我就去翻阅《新爱洛伊丝》这类书籍,我会读出声来:如果有恋人在跟前,让他每天掰大麻籽儿他也不嫌烦,他可以从今天掰到明天,从明天掰到后天,直到永远。

他会吗?告诉他。很快。

相依相伴,宛若天堂;形单影只,如堕地狱。

亲爱的乌尔莉克,我现在要求你来做我无法要求我周围那些被非自然的传统搞得麻木不仁的可怜虫做的事情。在卡尔斯巴德,散步者都是低头不见抬头见,有个人看见我俩走路时贴得很近,便来了一句俏皮话:您在测试您的不朽。这是文化人的废话。你有自己的头脑,从不人云亦云,所以我可以把我细心观察到的现象告诉你:有些人会经历第二春,其他人则只能经历一次青春。这不是艺术家

---

① 歌德:《歌德文集》第八卷,钱春绮译,人民文学出版社,1999年,第288页。

的特权。也不是大自然的馈赠。这只能通过劳动获得。这里所说的劳动不含道德成分。就像肌肉、视力、听觉、嗓子、心跳,胡弗兰德称之为生命设施。这是有关现实存在的一则严肃宣言。

三

乌尔莉克的信。

乌尔莉克的信从他手中滑落。他没能读完。现在这封信就躺在他跟前的地上。一封写在滚边的蓝色蜡光纸上的信。他不可以弯腰。施塔德尔曼。他随叫随到。歌德指指地上的信。施塔德尔曼赶紧捡起来,非常知趣地走了出去。今天是他把这封薰衣草蓝的信跟其他邮件一起送来的。在马林巴德和卡尔斯巴德,他经常递送这些薰衣草蓝的信。歌德看见自己的手在抖。他的心在怦怦跳。他必须吸气。他不是自动呼气。他的呼吸总是慢一拍。然后就急促呼吸。过后又恢复正常。过一会儿又要慢半拍。他在下一轮急促呼吸来到之前尝试正常呼吸。他只能做浅呼吸。他来回地走。甚至疾步行走。他很着急。他必须判断自己是否有能力把乌尔莉克的信读完。他刚刚读到下面这句话:10月31日,我们将在斯特拉斯堡恭候德·罗尔先生。乌尔莉克的风格。简明扼要,朴实无华。她在通报这一消息之前讲了事情的来龙去脉。由于克勒贝尔斯贝格伯爵和她母亲的共同努力,她和德·罗尔先生的联系没有中断。现在德·罗尔先生要么直接告诉她母亲,要么通过财务大臣宣布他有令人叹为观止的巴西货样需要展示。全是欧洲人没有见过的宝石。展示地点为巴黎、维也纳、德累斯顿或者——为什么不呢——斯特拉斯堡。她母亲或者克勒贝尔斯贝格伯爵或者有可能这两人都说:斯特拉斯堡。这一消息作为一纸决定传达到乌尔莉克那里。她大概没有理由反对大家很快又见上一面。德·罗尔先生是多么诚心实意地向大家问好。当然特别向名叫乌尔莉克的美女问好。他依然希望在乌尔莉克心中唤起对首饰的好感。他认为,不在这阿芙洛狄特般的脖子和饱满的耳垂上下点功夫是一种罪恶……

读到这里,信从他手里滑落。施塔德尔曼把信捡起来,等候片刻,他不知道应该把信递到主人手里还是放到桌上,但他很快决定放到桌上。现在这封信就摆在桌上。刚才的疾步行走发挥了作用。他的呼吸恢复了正常。他放慢速度。尽管信的内容让他难受,但他读信时心里还是在想:彻彻底底的乌尔莉克。还是在马林巴德写信的风格。朴实无华的语言。然后他想到她的脖子,她的耳垂。她那阿芙洛狄特的脖子。他觉得这比说她有饱满的耳垂还要空洞。珠宝商的眼光当然会发现这些地方缺少什么。但是乌尔莉克对首饰有一种逆反心理,因为她母亲成天珠光宝气,就像长着两条腿的珠宝摊。这种心理动作,神速先生不理解。

他不得不来回走。他必须再次加快速度,以便自己忙于吸气。他这样来回疾步的时候,他也知道他的心为什么要撞击胸膛,为什么冲到嗓子眼儿上。他的心,一头被囚的动物。他,一个看守。他应该用怎样的时钟来计量从今天到 10 月 31 日的每一秒。今天,10 月 24 日。今天他不会把信读完。他走向写字台,上面摆着《阿德隆高地德语方言词典》。他不由自主地拿起词典压在信上。可以松口气了吗?是的,他松了口气。真是可笑。但是人们需要这些想象做支撑。看着这封信被压在又厚又大的词典底下,他感觉很好。他感觉出了口气。最重要的是:薰衣草蓝消失了,离开了房间,离开了人间。随后他又发现自己的想法多么愚蠢。大部头《阿德隆高地德语方言词典》就是被它压在底下那封信的纪念碑。没有什么比这个大部头更加凸显了这封信在这个房间里的存在。即便《阿德隆高地德语方言词典》只能让人想起薰衣草蓝的信,但这词典毕竟不是薰衣草蓝的信。不管什么东西给人什么联想:对他来说,看不见信的时候,不把信读完是一件更容易的事情。他没有理由把这封信读完。如果他重新拿起信,读到他刚才读到的那个地方,他就不得不把内容很糟糕的句子再读一遍,而这样的句子不止一个,浏览的时候他至少会撞上几个很糟糕的词,譬如:阿芙洛狄特般的脖子,饱满的耳垂,名叫乌尔莉克的美人。

在哪怕只是用手触摸这封信之前,他都必须闹明白乌尔莉克怎么给他写出这一封信。信的开头写得轻松。甚至很可爱。甚至令人着迷。读到乌尔莉克讲述《哀歌》的阅读体验时,他的心跳立刻加速。这是情绪高涨导致的心跳,是很快就可以感觉到的生命腾飞的心跳。读到她如何读《哀歌》的时候,他感觉自己从未如此一身轻松。她说她读了一遍又一遍,直到能够背诵为止。她在信中写道,她不仅用眼睛,而且用整个身体阅读《哀歌》。读着这些话,他感觉自己这一辈子还从未如此幸福。他还从未如此轻松、如此活泼,从未如此强烈地感觉有义务、有能力冲刺任何高度。《哀歌》的诗句使她心潮起伏,她写道。《哀歌》不是给人阅读的,她写道。而是给人享受的。过节一样的享受。没有一首诗歌、没有任何一部语言作品能够如此摄人心魂,如此浓缩一生的命运。这首诗所表现的,通过这首诗所表现的情感是如此的沉重,它们通过诗歌又变得如此之美。通过这首诗歌,任何痛苦都变得很美。很显然,变美是痛苦所能达到的最高境界。她喜欢每一行诗。不论快乐还是忧伤,她都一样喜欢。她承认自己感到骄傲,因为她能够感觉出《哀歌》有点献给她的味道。她感到骄傲,也是因为她知道没有谁,时隔千年以后也没有谁,能够像她这样透彻地理解《哀歌》。这是她的诗。她的生命。她的命运。她的诗歌。

没错,读到这些话,他的心本来可以快乐得怦怦直跳!乌尔莉克的话本来可以让他飞上云端!不料随后形势急转直下。一落千丈。母亲已经到了斯特拉斯堡。伯爵应该在第二天到。德·罗尔先生10月31日到。而且是因为来自巴西的宝石……

如果能够做到只读前几页不读后几页该多好。请施塔德尔曼过来。不行。你现在做任何事情都可能出错。必定出错。你只能来回奔跑,速度快得几乎无法再快,这样可以。或者跑出去,套上马,让施塔德尔曼扬鞭起步,以前所未有的速度冲出去,远离这幢房子,因为房子里有这封信,因为这幢房子显然期待他对自己的一切遭遇忍气吞声。他冲到桌前,把词典搬开,拿起信,冲向卧室,他马上觉察出这是正确的决定,大声告诫施塔德尔曼:别打扰!然后他一屁股坐到埃格洛夫施泰因伯爵夫人送他的扶手沙发上,落座时他甚至没有对爷爷的靠背椅这一称呼提出一点抗议,以前他几乎每次来这沙发椅避难前都要先提抗议。沙发是伯爵夫人在他的孙儿瓦尔特出生的时候送给他的,所以这个他不喜欢的沙发名称就保留下来了。这可能是奥蒂莉努力的结果。啊,对了,10 月 31 日,德·罗尔先生的大喜日子,是奥蒂莉的生日。二十八岁。这是编剧艺术!只要这一天不可想象,它就会成为看着非常有趣的一天。

他拿起信,把美好的和可怕的内容都匆匆看了一遍。他找到那个地方:也就是星期五,10 月 31 日。然后他把信读完,然后再放到床上。他的心又开始怦怦直跳。心灵是一个器官。现在他明白了。你会因为你的心灵死去。乌尔莉克传来的信息在他脑子里嗡嗡作响。火急火燎的首饰商人急于卖他的东西,她的母亲已在翘首盼望那些来自海外的宝石,这一回乌尔莉克会问他可不可以把他的名字透露给她的朋友歌德,她可不会跟着他去到他的房间,她对宝石压根儿不感兴趣。当然,她也不想伤他的面子,但是她永远不会成为他的顾客,这有她母亲作保证,也许德·罗尔已经忘记那个夏日的夜晚,他肯定总是这么火急火燎,他能够火急火燎,如果她跟他们去,九点钟就必须回到寄宿学校,母亲想让她跟学校请假,她不乐意,有什么理由,虽然她要是跟着去了事情会非常有趣,到时可以看看假如第二次跟他一起跨越子夜界限,他是否会向她透露同一个名字。如果她可以把他的名字告诉歌德,他马上就明白她是什么意思。在一个夜晚是一种名字,在另一个子夜又是另一个名字。这会让她明白有姓无名是怎么回事。如果他什么时候娶一个女人,他就会保留他在和这个女人共度的第一个子夜给自己取的名字。全是游戏。这真是一个把什么都当作礼物的珠宝商。包括他的名字。他翻译了一千多首诗,但是没有一首可以跟《马林巴德哀歌》媲美。阁下,《哀歌》支撑着我们,保护着我们,让我们合而为一。《哀歌》万岁。我们一同不朽。您的乌尔莉克。

就是说,她要去,她要待到午夜以后,要研究他的新名字,看看这是否也许是他最终的名字,这名字可以让她头顶王冠一般走遍欧洲。他坐在那里一动不动。他的心跳到嗓子眼儿了。他显然要停止呼吸。他心乱如麻,除了想他的心乱如麻,他不可以想别的事情。呼吸。没有更多的要求。但是这个要求已经很高。要使呼吸成为可能。现在来回走是一件无法想象的事情。窗子可望不可即。他是一堆死肉。呼吸,这是最不可靠的事情。但是他想呼吸下一口气。让双手的颤抖消失。让颤抖顺着血管流失。颤抖变成一种让人疼痛的疲惫。这种疲惫妨碍你的每一个动作。你必须一直坐在那里,让这种令人疼痛的疲惫在你的血管里面奔流。你的呼吸从未如此沉重,你的脑袋从未如此沉重,你从未如此沉重。

天黑之后,他把施塔德尔曼叫来,用十分平静的语气请他去弄啤酒。凯斯啤酒①。要清啤酒还是黑啤酒,施塔德尔曼问。都要。多拿点。还有小圆面包。大的。全放桌上。别打扰。施塔德尔曼点头。

本来他更想说很多而不是多拿点,但是这么说话会暴露他的心情。如果他们问起来,施塔德尔曼也许会说出去,然后奥蒂莉和奥

---

① 歌德喜好凯斯啤酒,生病时曾把凯斯黑啤当液体面包。

古斯特就会自以为是地做各种推论。

这首诗不是给人阅读的。而是给人享受的。就跟享受节日一样。但是又有阿芙洛狄特般的脖子!又有饱满的耳垂!又有一个名叫乌尔莉克的美人。

10月31日,星期五

大限已定。一个高水平的医生也可以这样预告死期。歌德有一周时间做准备。他可以坐以待毙。可以垂头丧气地坐在那里,回来之后他一直处于这种状态。他等不来任何东西,等不来任何属于她的东西,这点他非常清楚,他对其他任何事情都没有这么清楚。知道也没用,这个道理他早就明白。如果你命中注定要去信仰。也可以说:被诅咒去信仰。信仰,这是纯粹的不安。持续认为有可能。也就是持续地失望,被击溃。跟希望玩同样的游戏。这几个星期他一直盼着她来。离开卡尔斯巴德之后,她们一家人去了德累斯顿。行踪无不相告。然后又去了斯特拉斯堡。她难道不用经过魏玛吗?没有消息。就是说她没有经过魏玛。但是他不得不期待她返回寄宿学校的时候路过魏玛,直到来自斯特拉斯堡的信向他通报她已到达学校的消息。就是说没有经过魏玛。但是他每天都盼着她不怕从驿站过来的几步路,盼着她从敞开的门走进来,盼着她进门就喊,喊他,他听得见……疯疯癫癫的乌鸦贝蒂娜·封·阿尔尼姆不止一次成为不速之客,让他很厌烦。这是最高的法则:让你厌烦的人都是不速之客。因为他们是灾祸。让你朝思暮想的人却不来。

他练就了一种功夫,能够把她的不在场作为她的在场形式来思考,来体验。他让这种思维方式摆脱了一切有可能让他觉得荒谬的因素。她时时刻刻都作为缺席者在场。其结果就是现在的每一秒钟都遭到削弱。他在回来后的几个星期里所做的或者所参与的一切事情,可以说都是假装做的,假装参与的。他在做事情或者参与做事情的时候总是意识到乌尔莉克不在这儿,意识到其实她必须在这儿,意识到只有她在这儿,他做的事情和他参与做的事情才成为它们只是貌似的事情。这全是替代品,其目的在于让你注意它们的替代对象:乌尔莉克。准确地说,这是否定的在场。

10月31日,星期五,他显然是被在睡梦中发出的短叹而惊醒。他躺在那里。睁眼之后他又即刻闭上眼。在马林巴德的时候,他每天早晨都翻身起床,然后做操,有时还唱唱歌。他承认自己在美化马林巴德。不美化马林巴德他又能做什么?不拥有现在,就只好美化过去。如果诅咒过去呢?没到时候。不必睁开眼睛至少对他有好处。他把眼睛睁开了一小会儿,他感觉被迫看点什么东西是一件痛苦的事情。他闭上眼睛,感觉很舒服,因为他不必睁眼看点什么。就连他最熟悉的卧室也不属于他,而是属于视觉世界。最糟糕的是想象自己必须睁眼看人。他知道他必须抵御躺着不动的诱惑。这不是头一回。事情很简单:如果他知道下回什么时候能看见乌尔莉克,他就不再非躺着不动不可,就不再把世界当作视觉痛苦。随后他还是从床上起来。无望见到乌尔莉克。相反地,10月31日在前方等待。这一天将载入他的史册。以何种方式,他还不清楚。

他呼唤施塔德尔曼,因为他要起床。如果用精美的语言表达平常的事物,席勒可谓无与伦比。他是怎么说的?因为人就是由平庸卑劣之物所造,他称习惯为他的奶妈。①

　　他故意忘记在这一天把访客和社交活动拒之门外。他们已经安排他和威尔姆森勋爵喝茶,勋爵曾是滑铁卢战役中立下赫赫战功的苏格兰龙骑兵团团长,封·米勒总理已经跟他吹过风,说此人兼有亚西比德②和安东尼③的品质。封·米勒总理当然不知道乌尔莉克的父亲弗里德里希·威廉·封·莱韦措就死于这场战役。那是一个晴朗的六月天,封·莱韦措夫人压低声音告诉他。掐指一算,恰好八年。晚上听《路易·斐迪南王子四重奏》。五月份就来拜访过他的英国青年斯特灵将出席音乐会。斯特灵代他的朋友拜伦勋爵向歌德致以问候。斯特灵让奥蒂莉神魂颠倒。她在五月份就变成了这位十八岁小伙子的情人,而且逢人就说。为了她的缘故,也可以说为了原谅她,歌德在五月份把斯特灵叫做魔鬼少年。二十八岁的女人追求十八岁的小伙子,这本来可以软化她对年龄差别的看法。但是她没有任何软化迹象。人人都是只理解自己。

　　收拾好以后他走进书房,约翰已经恭候在此。这时他发现自己今天回不了信,也没法口授哪怕一行字。现在没法想象他如何以他的老练姿势来回踱步,如何在踱步中思考、口授。他尽可能若无其事地告诉约翰,今天不举行任何活动。这的确是他的原话。约翰也懒得费力掩饰自己的诧异。他没有做他应该做的事情——毕恭毕

---

① 语出《华伦斯坦之死》第一幕,第四场。参见张玉书译《席勒文集》第三卷,人民文学出版社,2005 年,第 593 页。
② 亚西比德(约公元前 450—前 404),雅典将军和政治家。
③ 安东尼(公元前 82—前 30),古罗马军事和政治领袖。

敬地欠欠身,祝愿主人一天心情好,然后告辞。他反其道而行之,站在原地一动不动。这一过程的时间虽然短暂,但他还是以这种方式表达了自己的态度,而且是一种批评态度。歌德觉察到他和约翰打交道的全部历史。一开始他是歌德的秘书,他父亲就已经是歌德的秘书。但在克劳尔特来了以后,约翰就逐渐沦为书记员。他一有机会就让他的主人感觉到这点。现在他就有了机会。走到门口的时候,约翰再次转身,最后一次欠身告别,歌德则以久违的友好态度向他挥手。但是他也应该单独待一会儿了。现在德·罗尔肯定已到斯特拉斯堡。他肯定已在会面的前夜赶到斯特拉斯堡。可能他正和乌尔莉克在歌德非常熟悉的大街小巷散步。乌尔莉克为什么不可以建议去泽森海姆远足呢?歌德有一次跟她谈论接吻。他简要地回顾了自己最重要的接吻体验,其目的是要向她证明她是女性接吻者中的佼佼者。这话一点没夸张。他没有进行说教,他这一回的说教成分比哪一回都少。他让她思考一个只有她才能促使他思考的问题:接吻质量的高低不取决于接吻的两张嘴,而是取决于接吻的两个人。乌尔莉克不仅赞同这一观点,而且青出于蓝而胜于蓝:灵魂不接吻,接吻没感觉。啊,乌尔莉克,他发出一声喊叫或者叹息,至少他又一次赞美了他们如何一拍即合。他在许多谈话和许多场合都扮演同一个角色,那就是赞美他们刚刚再度经历的一拍即合。他第一次这么做的时候,乌尔莉克说:这超出了和谐的范围。他大声说道:和谐真可怕,和谐是感情的坟墓。乌尔莉克又说,两个仅仅用本能武装起来的人分别在布满岔道的迷宫里寻觅、摸索,突然发现他们谁都没有被岔道所迷惑,反而找到了对方,一拍即合就是这一刻的感觉。乌尔莉克,他喊道,乌尔莉克。她:阁下,您没注意到我在模仿您,真可爱。但是我承认我觉得这样很好玩。

现在她在泽森海姆,和德·罗尔先生在一起。他突然知道这位先生的名字:胡安·德·罗尔。唐胡安[①]·德·罗尔。在下一个子夜他会牺牲掉"胡安",把他最终的名字告诉乌尔莉克。亚当·德·罗尔。他将作为亚当·德·罗尔向她求婚,而且是通过他的保护人,奥地利宫廷顾问和财政部长弗朗茨·封·克勒贝尔斯贝格伯爵,反正伯爵不久就会变成乌尔莉克的继父。明摆着的事情。如果不是想提前把三个女儿的事情安排好,阿马莉·封·莱韦措早就答应了伯爵。乌尔莉克·德·罗尔,这是一个绝佳的安排。然后还要安排阿马莉和贝尔塔的婚事,就是说,她再过两到三年就可能举办婚礼,得到解脱,阿马莉·封·莱韦措终于可以体验一场别致的婚礼,这场婚礼不会成为普鲁士贵族的繁琐仪式,它将以奥匈帝国的方式展现生活的丰富多彩。漂亮的乌尔莉克,这个十九岁的姑娘,可能也是用来计算未来的高级计算器。如果她不想作为寄宿学校的老处女逐渐枯萎,她就必须进入所谓的人生。现在,一个有着东方人相貌的非东方人,来自西班牙的神速先生亲自从巴黎、维也纳过来,他拥有世界上最硬质的光芒。有人责怪你有诗人的疯狂,德·罗尔先生这里就一定是爱情。这是命运的绝对安排:两个抢眼的耳垂因为两簇宝石烟花而锦上添花,世界上所有的耳垂都渴望燃

---

① 即唐璜。

放这样的宝石烟花。把她拿去吧,德·罗尔先生,把天生就属于您的东西都拿去吧。宇宙万物都有其使命。耳垂悬挂物的使命让人看得一清二楚。这完全超出了主观范围,所以我们不必生气,更不能让别人生气。她用过去交换未来。这个道理可以理解。做什么都讲究今天播种,明天收获。他不再可能提供未来,他只能给遗孀提供生活保障,他必须对乌尔莉克表示祝贺。Madame de Ror, je vous félicite cordialement①。

他要没这么健康就好了!他为什么如此健康!他为什么没有胆结石和肾结石,为什么不痛得来回在地上打滚,痛得他嗷嗷直叫。自从摔跤之后,公爵夫人每走一步路都感到剧烈疼痛。不管什么部位,一定让他感受千刀万剐的疼痛,一定让他连哭带喊在地上打滚,迫使邻居们关上门窗再捂上隔音的毯子,迫使他们因为再也无法忍受他的哭喊而搬走。让他一个人留在世上哭喊。让他和他的哭喊孤零零地留在世上。他现在也感觉自己在哭喊,但他无法进行释放,因为他的痛苦并非来自胆结石和肾结石,而是来自心灵。心灵可是一个器官。它制造痛苦。只会制造痛苦。他站在房间正中。他突然感到地面发热,而且越来越热。他抬起一只脚,随后又不得不抬起另外一只脚,然后再倒换脚。地面变成了一块烫板。脚后跟忍受滚烫的时间越来越短,他不得不加快速度倒换脚。不管他跳到哪个房间的哪个角落,地面都发烫,每个地方都一样烫。因为持续蹦跳,他早已上气不接下气。也许他在开始的惊慌失措之中倒脚过

---

① 法语:德·罗尔夫人,对您表示最衷心的祝贺。

快。他必须把速度降下来。也许他的双脚也有点习惯了地面的滚烫。但是他绝不可能停下来。他在跳舞,他还想得起这点。在滚烫的地面上跳舞。除非地面不再发烫,否则他很快就会扑倒在地,然后在滚滚的地上起火燃烧。这时他不管三七二十一,冲出去,冲进他的卧室。他得救了。他又一次得救。他哭了。这很管用。他会躺在那里不动。

这一天的活动结束时,他发现自己的安排完全正确。

碰到他不感兴趣的事情,他就侧耳倾听,仿佛他对别人讲的事情充满兴趣。苏格兰上尉比他还过分。他说他来魏玛不是因为歌德,而是因为茨玛诺伊斯卡女士。他从圣彼得堡赶过来,他以为她在圣彼得堡演出,到那以后又听说她目前在魏玛,所以他马上赶赴魏玛。但是阁下也必须承认,即便他来了一趟魏玛又不曾设法见见歌德,也不能说他犯罪,而只能说他犯了个错误。他情不自禁地引拿破仑的警察总长富歇说过的话。这句话已在圈内流传多年,富歇说:虽然拿破仑派人劫持并枪杀了昂吉安公爵,但此举并不属于犯罪,而属于犯错。歌德表示知道这句话,他认为就眼下而言,这句话最得体。为了让访客不虚此行,歌德承认,他高兴做上尉的第二选择。这种事情再怎么认真练习也不为过,他说。这属于那种越是注定无果而终越是显得高尚的练习。我们会在茨玛诺伊斯卡的演出会上再次见面,上尉把这句话当作老人的智慧铭记在心。歌德没有专心听苏格兰上尉讲话,他在想乌尔莉克的父亲死于滑铁卢战役这件事情。但是他避免让右手拇指绕左手拇指旋转。他因为想着乌尔莉克而避免了这个动作。当陶夫基尔辛伯爵在最后一个晚上用他的连篇废话大煞风景时,他不住地旋转他的拇指。这是乌尔莉克在去狄安娜小屋的路上告诉他的。乌尔莉克的父亲在六月的一个晴朗日子战死在滑铁卢战役,她在去狄安娜小屋路上却在背诵描写维特哀悼胡桃树的那段文字。这种事情再也没有了吗?永远没有了吗?嗐。斯特拉斯堡的战壕,勾起我心头的哀伤,在对面的阿尔卑斯山,有人吹响了我熟悉的号角……

音乐会之前他还得跟奥蒂莉一起喝茶。她想得到这个生日礼物:她和他单独喝茶。她很兴奋。她过度兴奋。她的生日,她的音乐会,她请来了客人,奥古斯特已经到柏林。寻开心。提到柏林的时候他总要补充说自己在柏林很开心。但是她把孙儿瓦尔特带来了,沃尔夫冈感冒了,而歌德是不能接待感冒病人的,孙儿感冒也不例外。瓦尔特带了一个本子来,里面有许多需要涂上颜色的图案。彩笔他也带来了。歌德喜欢两个孙儿,但是他对扮演慈祥的爷爷非常反感。他觉得他的两个孙儿也是这种看法。奥蒂莉想跟他握手言欢。她说,你我已有很长一段时间如同路人或者仇人一般彼此提防。歌德点头。他对她的话不感兴趣。他知道他必须说什么,必须如何发表演说。他必须说他又回来了。他属于这里!他脑子里从未想过别的事情!卡罗利妮们散布的谣言不能让他负责!如果因为他曾经做出这样或者那样的姿态让家人感到不安,他就深感歉意!这绝对不是他的本意!所以,过去发生的一切有可能把他跟某个家庭——再也不能提她们的名字——拉扯到一起的事情,都请她多加包涵!他说完了。他甚至没有说谎。他很乐意照本宣科。因为他乐意照本宣科,所以这本子很真实。谁想说这是谎言,就让他说好了。他总是更乐意把人爱听的话说给人听。

当他站起身走向门口的时候,奥蒂莉说,她感觉遗憾,但是她必须提醒他注意自己的姿势,反正他吩咐过她,要她观察他的一举一动给人留下什么印象。她停顿片刻。

他说:怎么了?

你拼命挺直腰板的样子让人看着不舒服,她说。看得出来,你不想承认你的上身、你的脑袋、你的脖颈都很乐意往前探。你却拼命阻止它们。你的意图太明显,这是我的感觉。对不起。

没什么,谢谢,说着他把腰一挺,走起路来比刚才还挺拔。

音乐会开始了。既然他不懂得如何欣赏音乐,他就盯着观众看。他最喜欢看林欣·封·埃格洛夫施泰因。但她也不是乌尔莉克那样的听众。音乐会结束以后,奥蒂莉在餐桌上大出风头。魔鬼少年坐在她身边。他把漆黑的长发束缚成马尾,宽大的金色丝绸发带,但后来人们也看到不加束缚的时候他的头发是什么样:黑色大爆炸。奥蒂莉的每句话都是说给他听的,她的每一个动作都是做给他看的。她的一言一行都是为了捧他。她吹嘘自己正在翻译拜伦的《唐璜》,说她明天将给所有愿意听她朗诵的人朗诵翻译片段。查尔斯,也就是拜伦的那位十八岁的朋友自然是她最理想的听众。他非常机智地任人摆布。他用最优雅的玩笑来接受恭维。他用的是戏仿。但是奥蒂莉毫无察觉。歌德觉得奥蒂莉缺思想,缺感受,甚至没有爱。她一心想出风头,但她没有出风头的本事。最要命的是:她所展现的爱属于做秀范围,绝对的做秀。可能她不懂得爱。他必须离开这里。他的心在砰砰敲门,它想出去。你不能禁令你的心做任何事情。它比你年长。他对自己充满敬佩,因为他成功地把内心的慌乱、焦灼和渴望变成了愉快的告别。回去之后,他坐到书桌前面提笔写作:

恋爱中的男人

现在是时候了。你无病呻吟,你貌似痛苦已有多长时间了,真正痛苦的一直是贝勒普施夫人,总有一个神告诉你为何痛苦,告诉你如何痛苦,你写出了《哀歌》,把它扔到火里去,文化欺骗,熟能生巧的造假行为,现在是时候了,现在是子夜,现在是透露名字的时候,不管新名字旧名字,他将透露他最终的名字,然后这名字就像一顶王冠,让她戴在头上四处招摇,她总算有了一件首饰,一件永不离身的首饰,现在是时候了,此时此刻是时候了,在现在这一刻,他们正在做你不可以做、你被禁止去做的事情,他们正在做世人用讽刺和嘲笑来禁止你做的事情,他们正在做,现在是时候了,你没有想到,你不可能想到,你像一只愚蠢透顶的丸花蜂,接连几个星期、几个月冲击不透明的玻璃墙,撞上去,落到地上,但又马上再次起飞,再次冲击它冲不过去的玻璃墙,你不承认这点,他们上床了,他们一左一右,一上一下,一高一低,他们重叠在一起,他们缠绕在一起,他们你中有我我中有你,是的,他们已经我中有你你中有我,他们欲死欲仙,现在是时候了,过去你无法想象,现

在你突然可以想象了,你必须能够想象,你没法想象别的,你只能想象他们终于无拘无束地疯狂做爱,现在是时候了,就是现在,他们的无耻行为还要把你折磨成什么样,一场地震,一场波及莱茵河流域的地震,斯特拉斯堡被夷为平地,大教堂坍塌了,这里是斯特拉斯堡的历史起点,过去的一切全是虚无,全是小打小闹,全是游戏,全是骗人把戏,全是得意忘形的马戏团动作,没有依赖,没有强制,没有命运,然后说这说那,然后说她是第一个,是你唯一的一个,现在是时候了,此时此刻他们还在做爱,谁先停止,是那边的你们,还是这里的你,你不得不记录这一切,直到你写不动为止,直到地震来临,斯特拉斯堡,勾起我心头的哀伤,斯特拉斯堡倒塌了,莱茵河的河水席卷剩余的一切,不来点灾难你就没有救,你来不及哭,现在可以诅咒,你可以哭,可以骂,只要你是一个人,随便你哭或者骂,你没有回声,把《哀歌》扔掉,《哀歌》是假孤独,把它扔到火里去,以便让世界摆脱文化谎言,摆脱高贵的假象,摆脱画饼充饥,现在是时候了,《哀歌》原形毕露,它是蜜蜂发出的嗡嗡叫,它是天底下最大的骗子,它明明是瘸着腿走路,却偏偏要假装跳舞,它终究还是瘸腿走路,现在是时候了,《哀歌》无非让人跟它一起嗡嗡,让人用文字代替眼泪哭号,现在是时候了,人家是两人在一起,你则孑然一身,你早该知道,你什么都知道,你是头号自我欺骗者,你诱惑别人搞自我欺骗,诱惑别人忍受苦难,然后就到时候了,然后你就呼唤灾难,现在看看,《哀歌》,你在哪里,你在做什么,你什么都不做,他们躺在一起,根本不需要《哀歌》,生活不需要《哀歌》,生活蔑视《哀歌》,现在是时候了,他们现在,他们此时此刻干到了什么程度,没错,我想知道,我想看一看,想听一听,想摸一摸,想闻一闻,你们现在,你们在这一刻搞到了什么程度,别以为那边发生的事情是针对你的,他们不笑你,不谈论你,他们不知道你的存在,你的确也不存在,现在是时候了,世界上只有跟她躺在床上的那个男人,只有跟她一起沉湎于最温柔的放肆的男人,现在是时候了,现在只剩下可能出现的最大痛苦,我的存在就是可能出现的最大痛苦,我今天比昨天脆弱,我一天比一天脆弱,如果现在从斯特拉斯堡传来一则谎言,我会如获至宝,现在一则谎言比这现行的真理宝贵不知多少倍,这现行的真理就是:斯特拉斯堡那个姑娘对你一无所知,我可以呼唤你,就像人们过去呼唤上帝,上帝也不存在,过去有许多人因为呼唤上帝而得到帮助,世界上有你的存在,正如世界上从未有过上帝的存在,我做过各种抵抗,然后在某一时刻,你从你从未出现过的一侧出现,我被一个想法偷袭,我想好死不如赖活,这就是我屡战屡败的原因,你别奇怪自己还在记录,她读不到你写的东西,你只剩下一个女性读者,这就是魔鬼的祖母,对于因为缺乏温存而失败的受造物而言,她是最温柔的女人,她是无未来者、孤独者和愚蠢的丸花蜂的情人,丸花蜂冲向它奈何不得的毛玻璃墙,弹回来,跌落在地,但马上又拍翅奋飞,这个世界充满丸花蜂发出的嗡嗡声,魔鬼的祖母是唯一可以立刻接管统治世界大权的人物,她嘲笑《哀歌》,《哀歌》令她作呕,现在是时候了,你终于为你本来一直都应为之写作的人写作,这个人就是魔鬼的祖母,世界上最温柔的女人,魔鬼的祖母有一句座右铭,她说她最喜欢的一句话就是:无事不留下后果!她为我,为有缺陷的人,为成为完美无缺的道德世界的牺牲品的人提供精神保障,但如果现在有一个姑娘写信,如果她在夜阑人静之时在薰衣草蓝信纸上写上一句话——其实写一个字,写上她的名字就够了,如果她让特急信使累死三匹马,让信使中午之前赶到,把信交给我,然后和第四匹马一起栽倒在地,我就……

我不希望这样,我不想重新燃起希望,重新欺骗自己。如果你再次等待,你肯定要吃枪子儿,吃自己的枪子儿。告诉自己,如果你再次等待她,对她抱有某种期望,你就死定了,你将被咔嚓处决,但是一进森林,你会旧情复发,现在是时候了,终于来了,否则要"终于"这个词做什么,现在是时候了,总算到时候,终于到时候了,我不再有任何期望……我主宰不了自己,我什么都承诺,回头却什么都无法兑现。魔鬼的祖母把我拉进她的怀抱:别理睬证明一切的世人的连连喊叫,专做不合情理、不为人所理解、连你自己也不理解的事情。魔鬼的祖母有水平,我只能表示惊讶,她的水平不属于这个世界,但它有益于这个世界。如果没有魔鬼的祖母,我就跟现在一样不像话,我会因为自己而死去,就像人们因病去世,我是无法治愈的疾病,我说的话魔鬼的祖母一个字也不信,所以我还能写作,魔鬼的祖母没有痛苦,无事不留下后果,她说,这就够了,她知其然而不知其所以然,有两个人一直躺在斯特拉斯堡的一张床上不起来,我知道怎么回事,魔鬼的祖母不知道怎么回事,她只知道无事不留下后果,如果这后果就是一场毁灭斯特拉斯堡的地震,那我也觉得挺好,否则我就形单影只,不知道往后的日子怎么过……

四

魏玛,1823 年 12 月 17 日

亲爱的乌尔莉克,

我们和记忆之间没有契约,没有合同。你可以跟它几天几夜地谈判,你可以和它约定,对于某些地区和某些时间,你只允许模糊不清的画面和想象出现,你感觉这样还行,既然那些画面和想象模糊不清到了这种程度,你还可以过日子,你会感觉平安无事。你转过身,门撞上了,你马上就会听到,就会看到发生在卡尔斯巴德的一幕:乌尔莉克对母亲甩出一句无比生气的话,冲出房间,砰的一声,门撞上了。过去的一切又历历在目。伤口又变得鲜血淋漓。你整个的回避策略都是自我欺骗。

如果说我没死并非你给我写信的唯一原因,那么我就很高兴你给我写信。Mon mal n'était pas purement physique①。但如果疾病随

---

① 法语:我的痛苦不纯粹是身体的。

后成为统治者,它就不在乎自己是如何变成统治者的。一开始没什么,但是我们深知这种没什么是怎么回事。我们不是第一回生病。你出现了小咳嗽,觉得可以控制。一天之后它就厉害起来。这时你只好求助于靠背椅。你挺直腰板坐在那里。你的腰板挺得越直,你体内的咳嗽刺激往上爬就越是困难。这个刺激你的小动物就跟昆虫一样在你体内往上爬,只有等它爬到你的喉咙里面,你咳嗽一番之后你才得到安宁。咳嗽让你浑身震撼,摇动你的五脏六腑,你高举双手,同时又缩回脑袋。它干吗不干脆把你撕碎。大自然的安排是多么的荒唐,因为咳嗽风暴过后你的病情不会出现任何好转。干燥,尖锐,犀利。你收起腿坐在那里。夜深了。你的胸膛是一个热炉,是一副炽热的铠甲。你必须用吸气来对付它。铠甲的热度不减。在两千年前的西西里,当暴君们把敌人放在烧红的铁管里煎炸的时候,肯定就是这种情形。你的处境好多了。他身上不知什么时候开始冒汗,腋下冒汗,胸口冒汗,他的身上很快布满水源,然后你就成为一片辽阔的原野,这里有千万个奔涌的泉眼,有千万条流淌的小溪。你的身体在哭泣,你心里想。冒汗冒了两三个钟头才结束。他摇摇铃铛,叫来施塔德尔曼。施塔德尔曼把你全身擦干。通体舒畅。施塔德尔曼刚一出去,你就再次成为炽热铠甲的俘虏。刚才经历的一切又再来一遍。每天夜里折腾三四次。迎着晨曦呼气。只要阳光占领你的卧室,这令人狼狈的汗水就会消失。但是出汗的时候你不会咳嗽,你不再冒汗之后,想把你撕碎却无法将你撕碎的咳嗽才卷土重来。只是因为你能够想到某个人,你才忍受这一切。我的每一秒钟都献给了你。所以我不孤独。雷布拜恩大夫不分昼夜地守候在我身旁。他禁止探望病人。但是他没有禁止封·洪堡先生。请进。他把洪堡领进来,警告我们别交谈,因为说话会引起痉挛性咳嗽。我让人把《哀歌》拿来,递给洪堡,说:明天。洪堡走了。我坐在靠背椅上,似睡非睡。洪堡又来了。我写信就是为了这个,乌尔莉克。洪堡说,他可以说话,我不可以说话。他说他在夜里把《哀歌》读了两遍,他深表敬佩,他说了三次敬佩。朝气蓬勃的感情。充满思想,充满想象,充满活力。这真是美妙的诗句。这动人的激情。没有比把感情化为朗朗上口的诗歌更高级的文学,他说。我对他说,在您之前,这首《哀歌》只给一个人看过。我看出他能够想象这个人是谁。这个他不能说。我也不能说。让束缚人的道德习俗见鬼去吧!不过,当洪堡看见他的话让我精神起来之后,他对负有监督责任的雷布拜恩大夫说:他需要完全适合他的人际交往。您不能让他在魏玛的单调生活中沉沦。这话听起来很严厉。雷布拜恩大夫想替自己辩护。我又是一阵咳嗽。他想等咳嗽过去之后再走,雷布拜恩大夫示意他现在必须走。他跟我握手,说:这是一首鬼斧神工的诗作。以前您也没写过比这更优美的作品。我停止咳嗽,回答说:应该让读者猜猜诗人是哪年生人。但是,我又说,这首诗不会出版,也许永远不会出版。这时他提高嗓门儿说道:雷布拜恩大夫,听到这个消息我不能走。我命令雷布拜恩别干涉,我把他还给我的诗歌压到胸口,不带任何咳嗽地说:我承认,我把这首诗读了一遍又一遍,所以我背下来了。洪堡走了。穷凶极恶的咳嗽立刻扑向我。情况更加严重。每天来一个洪堡,这才是良药。但是我在这种状态下坐了十四个夜晚,脚肿了,发烧,退烧,医用水蛭,放血,最后我支撑不住了,我大声喊叫要喝十字架矿泉水。这可不行,他们冲我喊。我偏要喝,我大声喊。别再拿带讨厌的茴芹成分的药给我吃。我要金山金车菊茶,赶紧拿来。如果你们还是要我死,我就想用自己的方式去死。这话说了有效果。他们乖乖听我的。我一口气喝下一瓶十字架矿泉水。接着又喝了一杯茶。这天夜里又睡着了。随后又喝十字架矿泉水,天天如此。他们后来告诉我,星期天就刊登了我已死去的消息。甚至出了法文版。Le Voltaire d'Allemagne est mort①。乌尔莉克,我希望你没有听到这则令人开心的轻率报道。现在我听说,作为病人,我的表现一点儿不好。我不是英雄。我老说这儿不舒服那儿不舒服。我还狠狠地教训了可怜的雷布拜恩大夫。他没让我的朋友和我最仁慈的君主卡尔·奥古斯特来看我。理由是我的情况很不好。但是我赶紧差人往对面的宫廷里递话:如果我是陛下,我会排除任何阻力,走到朋友的病榻之前。这有可能是最后一面。当我的病情出现好转,但也随时可能逆转的时候,我的策尔特从柏林赶来,他终于来了。他得到消息便匆匆赶来。

啊,你还活着,他大声说。他用玩笑、用友爱把我拉回到生活。

他也可以一夜之间读完《哀歌》。我要求他给我朗读。他就奉命朗读。这是什么水平!一开始如履薄冰,随后风风火火,然后又是如履薄冰。看他如此听从《哀歌》的指挥,实在令人高兴。他主动要求给我朗读三遍,当他读第三遍的时候,我说:你读得真好,老

---

① 法语:德国的伏尔泰去世。

先生。

他说:这是一首用热情、鲜血、勇气和怒火铸造的爱情诗。我阅读的效果非常好,因为每读一句我都想到我最亲爱的人。她说过,她的一百个吻有五十个是给你的。她让我转告你,你的作品让她体验了一种空前绝后的迷狂。

这个我有感觉。我发誓。我有力量去感觉。我对他说。我又说,现在有人对我讲,我只想听恭维话。别的话只让我反感。

这话对吗,策尔特问。

对的,我说。

这就对了,亲爱的。我们也没有必要再跟自己作对。

策尔特轻轻拍拍我。他走之后,咳嗽、胸口痛、腰痛都不再有发作的机会。

他的病!当然是马林巴德、卡尔斯巴德、莱韦措一家给闹的!我在所有人的脸上都读出这一想法。我的断念表演失败了。看来他还在为某某某痛苦。否则没法解释他怎么经过四十九天的静养之后突然反复。我曾经劝说雷布拜恩大夫去阅读克里斯多夫·威廉·胡弗兰德的《延长生命的艺术》。现在他却拿胡弗兰德的句子来给我念,他想让我的心情好起来。如果把这些句子念给我喜欢机器的女朋友听,她可能非常高兴。雷布拜恩大夫用耶拿人引经据典的语调说道,在人体机器里进行的思想活动是有机的。他大声说,他用这么一个句子来启动我的生命设施。因为我有的是生命设施。

碰到这些句子的时候,我们或者说您和我总能产生共鸣,乌尔莉克。胡弗兰德,您还记得吗?在那个被雨水破坏的夏天,我们在阅读大厅里做知识问答游戏:这个句子或者这首诗的作者生于哪年?我来了一句:甜蜜的生命啊!生存和活动的美丽而亲切的习惯,我要和你告别了吗?① 您的母亲和两个妹妹一脸的茫然,您的回答却是轻轻松松,好像嫌这不够难:一七四九年。歌德。您的母亲大声说道,真的!? 随后我不无骄傲地给你们解释说,这句话作为题词上了伟大的胡弗兰德的著作《延长生命的艺术》的扉页。啊,乌尔莉克,想起您的时候,我总是忽而软弱无力,忽而强大无比。我失去了我为之自豪过很长一段时间的东西:平衡。我承认自己有一个丑陋的弱点:我总想讨价还价。

如果没有得到全部,你得到多少才算满足?你并不知道你能够得到多少。比全部要少,显然的。少多少你还可以接受,又不会可笑得使人不敢再拿来问您的最少是多少?你只能跟自己讨价还价。

乌尔莉克,您颠倒名言警句的技巧现在可以为我所用。对付坏事的最佳办法,就是承认其必然性。所以我承认您现在必须待在斯特拉斯堡。承认这是一种必然。对您而言。您让我看不见摸不着,我承认这件坏事的必然性之后,其坏事特征反倒变得更加明显。拜托,我请您把句子调整一下,以便让我好受一点。我在这里扮演一个看破红尘的人。我充满英雄气概,时而多愁善感,我可以这么做。我扮演断念者。您想想:《漫游年代》或者断念者。我不撒谎,喜剧

---

① 语出歌德的三幕剧《哀格蒙特》。参见《歌德文集》第七卷,人民文学出版社,1999年,第 232 页。

不撒谎,它只是对真理不感兴趣。另一方面,人们又让我明白我有一种病态的敏感。我曾经问您,拥有许多名字的那位先生是想到什么还是感觉到什么还是知道点什么,您不回答我的问题。是啊,这种时候我怎么可能不敏感?我是一个纸牌房子,同时又声称自己固若金汤。我曾得到允许,在监督之下跟您一起看年鉴和铜版画。我们之间就这点事儿!

雷布拜恩大夫问我们是否应该为明年的波希米亚之行做准备。我回答说应该。但是我信吗?想到云杉林环、充满欢乐的盆地时,我不可能不想到您。您说过,从柱廊到十字架水井,我们走了四百五十步。我当时想,如果我给您讲述一个现象,您会专心听讲;如果施塔德尔曼递给我一根新的羽毛笔,我要先看它跟刚刚写坏的那支是不是一模一样,如果不一样我会拒绝使用。我给您讲写作如何成为一种化为实践的忠诚,您却专心数我们走了多少步。后来您还补充说,走这一段我们平均需要四百五十步,有时是四百三十步,有时是四百七十步。您调皮地说,这全看您是赞成我还是反对我。

这是什么意思,我想知道。

您说:如果我反对,我就走得比赞成的时候快一点。

我:既然您老是跟我作对,我们永远不会多于四百三十步。

您:只不过我有一个印象,您这一生遇到的反对者太少。

我不得不提醒您有多少人反对我的色彩理论。

您的回答充满讽刺:请原谅,阁下,我一时间没想到您的色彩理论。

这绝对不可原谅,我大声说。我被您的得意忘形所感染。

您像做游戏一样假装喝令:换个话题!

我跟您一样盛气凌人:懦妇!

这时您几乎停下脚步,至少完全转过身子看着我:如果您让我如此甘拜下风……

啊,抬杠女爵·莱韦措,我说。

又是"啊",您说。这个"啊"已经说了四遍,今天您可以少用四次了。

跟您对话我怎能不愉快,乌尔莉克!这变成了我生活中最彻底的疗养。在回归生活的途中,我写信告诉策尔特,我唯独跟他无话不说。几乎是无话不说。关于色彩理论的话题,我还得补一句:乌尔莉克,只有您能够让我谈论色彩理论的时候保持愉快。

魏玛,1823 年 12 月 18 日

亲爱的乌尔莉克,

昨天我这里被搅得沸反盈天。她砰砰敲门。然后就冲进来,把几张纸片扔到我桌上。几张写满字的纸片。小瓦尔特跟在她身后,又哭又闹,因为妈妈拿走了他做游戏的东西。他把一张纸小心翼翼地撕成几片,想拼个什么图案。他的意图很明显。一条船,一棵树,一个教堂,一栋房子。他想把纸片粘起来,然后在上面画画。他一边哭号,一边控诉母亲。我不用整理碎片。我看一眼就明白了。那是一首小诗。几天前一口气写成的。我还四处寻找,希望它又从哪儿冒出来,谁都知道房子里面是不可能丢东西的,这幢房子更不可能,这种东西绝对不会丢。小诗全文如下:

> 这张可爱的脸庞,
> 难免令人朝思暮想,
> 她想我,我想她,
> 空想一场徒悲伤。

　　奥蒂莉气得说不出话来。她只能咻咻地喘气。她站在那里,脸色惨白。她用双手指着我,一半是威胁,一半是乞讨,后来终于迸出两个词儿:达尔杜弗。撒谎者。然后就开始声讨。伪君子。在我们面前上演断念大戏,背后却在写十九岁的小伙子也写不出来的小诗。诸如此类的话。她一次次地吼叫:你太不像话!渐渐地,我不以为耻,反以为荣。我说:瓦尔特,过来。他走过来。我问他拿这纸片摆什么图样。冬天的魏玛。这话有道理,尽管写了字,这些纸片还是白的。我抽屉里总有糨糊。我跟他一起粘贴冬天的魏玛。粘纸片的时候我们把上面的字露出来。但这些字又组合成为另一首诗。瓦尔特当然已经识字了。后来又做了一个教堂,带中堂,周边还有房子。现在纸片上写着:朝思暮想……空想……徒悲伤……她想我……难免……可爱的脸庞……这张。
　　奥蒂莉最后吼了一声"你太不像话"就走了。她看见我们在做很有意义的粘贴工作。瓦尔特为自己的作品感到骄傲。他可以骄傲。清静下来之后,我一口气写完这首诗歌。自从奥蒂莉骂它是小诗之后,我就不可能再称之为小诗。然后我轻声给自己朗读:

> 这张可爱的脸庞,

> 难免令人朝思暮想，
> 她想我，我想她，
> 空想一场徒悲伤。

这张纸我竟然会放错地方，竟然找不着了，太糟了！现在她又知道了真相。现在我又可以接连几天装扮沉着的思想者、耐心的听众、魏玛的智者，这首简单的小诗出卖了我。我必须有权利把这点感受写下来。我不能忍气吞声，把什么都憋在心里。但是然后……然后我就必须小心。必须多加小心。我生活在充满敌人的国度。封·米勒总理是唯一可以跟我彻夜长谈的人。有时我们的话题会触及我的处境，虽然他也很佩服我如此顺利过关！封·米勒总理有时告诉我魏玛人还在猜测和谣传些什么事情。谣言越来越苍白无力，他说。他想说的是：我们可以满意了。但是他最后透露给我的事情我不能瞒着您，因为这几乎令我感动。卡罗利妮·封·沃尔措根，席勒遗孀的妹妹，比较糟糕的卡罗利妮中间的一个，试图散布一个流言：如果歌德真的想娶年轻的莱韦措姑娘，但又无法过奥蒂莉这一关，她卡罗利妮·封·沃尔措根就真的很乐意收留莱韦措姑娘。如果她由此成为知识界关注的焦点，她很乐意委曲求全。

有个事情我可不能忘了告诉您：每次读您的信，最后几个字我看的时间最长。它们已经烙在我的心上。无论白天黑夜，只要我想到您所在的方向，它们就闪闪发光。您在哪里，哪里就是我的天堂：您的女友乌尔莉克敬上。

这几个字我可以写上一百遍，再大声朗读一百遍，而且每一遍的读法都不相同。您过来验证一下,您跟我一起数数,您在这方面可是出类拔萃。话又说回来,您在哪方面不是出类拔萃!您的女友乌尔莉克敬上。他们嘲笑我对您藕断丝连,但是他们哪知道您是谁。他们相信我因为一个年轻的姑娘失去了理智。对于他们,这无非是伊夫兰德编写的喜剧。他们怎么了解抬杠女爵莱韦措!他们怎么知道抬杠女爵如何妙语连珠!如何对答如流!每次回想我们的谈话,我就知道我以前从未有过这样的谈话。您一会儿刺我,一会儿捧我。您,乌尔莉克,对我来说,您来到人世,就是为了让我能够在第二个人身上迷失自己,就是为了让我看到这第二个人如何高高兴兴地把我送还我自己。要我以后再也见不到您?您和我都没法相信。说来说去还是德·罗尔先生……我得收尾了,不然……啊,乌尔莉克!拜托您了,您是否可以告诉我如何颠倒我说过的一句话:做不到绝望,就没有必要生活。请把答案告诉我,抬杠女爵莱韦措。不必生活的人,就能做到绝望,应该这么说吗?抬杠女爵,是这样的吗?昨天我写到这里。写到绝望这一话题。我必须向您承认,当时我发现自己的两只手都在颤抖。我双手颤抖,但与此同时有姓无名者并没有让四个演员举起双手,并没有让他们的双手在空中颤抖。我听见我发出短暂的叹息。我不仅双手在颤抖,我的双肩也在颤抖,然后又从肩膀抖到脖子,我高举双手,把它们放到施塔德尔曼的肩头上,仿佛放在施塔德尔曼的肩上要好一些。施塔德尔曼早已进来了。也许是我短暂的叹息惊动了他。但是我无法让我的双手在施塔德尔曼的肩头停留,我抱着他的脖子,倒在这个肯定有一米八七的大个子的胸膛上潸然泪下。我希望他没发现。他说:阁下。他牵着我的手,把我带进卧室,让我坐在封·埃格洛夫施泰因送我的靠背椅上。我不得不等痛苦慢慢消散。痛苦从肩膀走到胳膊,再顺着胳膊往下走,然后传到双手,传到指尖。这不是液体的流动,而是某种制造了体内最清晰的感觉即疼痛感觉的非物质存在的移动。我的胳膊和双手有一种沉甸甸、火辣辣的感觉。我不知道这种感觉持续了多久。我有这种感觉。我庄严发誓。

您最后一句话总是:您的女友乌尔莉克敬上。还有:您太不像话的朋友。

我愿意相信奥蒂莉说的话,最亲爱的乌尔莉克,所以我的落款也是"您太不像话的朋友"。最亲爱的,如果我在这世上除了你便一无所有,我怎么可能停止给你写信。你又不在我身边。你看。但是现在出现了一个新的联盟,《哀歌》联盟。其成员为乌尔莉克·封·莱韦措,威廉·封·洪堡,卡尔·策尔特,约翰·沃尔夫冈·歌德。

五

自从他有一次接到乌尔莉克的一封信以后,他每天都在等乌尔莉克的信。这是一桩比其他秘密还要严加保守的秘密。如果他听见施塔德尔曼或者约翰送邮件过来,他就赶紧拿张纸来写写画画,这样他就不必注意送邮件进来的人。他充其量打个手势,告诉来人邮件应该放在哪里。人与人之间是冰封的海洋。幸好我们彼此一无所知。他等待的信到达以后,他一眼就看见了薰衣草蓝的信封。他知道他不应该打开信封。他知道她不可能给他写他想一个人读的东西。但是他也知道有可能写的东西她都会写上。一切预示美好幸福的东西,一切替代幸福的东西。乌尔莉克总要越点轨。她充满了爱。她的确充满了爱。她不可能写:明天我过来,搂着你的脖子,给你悄悄说点恶毒放肆的妙语!她不可能写这些,但这不能怪她。所以,任何事情都不能去责怪乌尔莉克!别忘了:您的女友乌尔莉克敬上。如果一个喜欢机器的年轻女子写下这几个字,她就知道自己写的是什么。每天在等下一封信的时候,他都去想象这封信里面会写什么。他自欺欺人，认为自己能够镇定应对一切事情。不会有第二个 10 月 31 日。重复打击不是命运之神的做派。所以他可以感觉命运之神会保护自己，感觉自己不会遭受第二个 10 月 31 日的打击。后来乌尔莉克写给他的话都产生了缓解伤痛和消除伤痛的效果。至少她有这个意图。您的女友乌尔莉克敬上。

尽管他清楚地知道，人们不可能预测未来发生的事情，知道现实总是超越人们的想象，即便是人们有点预感的事情，等到发生的时候人们还是完全感到意外。她信中提到的事情让他始料不及。现在乌尔莉克戴上了首饰。一根金项链上面挂着一颗绿宝石。这颗深绿色宝石跟她眼睛是同一个颜色，在宝石的衬托下，她眼睛的颜色变得更深。这是一件礼物。但不是德·罗尔意义上的礼物，而是真正的礼物。一件让她没法拒绝的礼物，因为这不是永远送给她的，而是让她戴着试试。他要她戴上这颗宝石，或者让她戴着试试，他下次路过斯特拉斯堡的时候，就会问她戴着有什么感受。走着瞧。我们拭目以待，看看事情如何发展。如果她不想故意粗暴无礼，她又能做什么？她可不想粗暴无礼。这个狂热的首饰传播者也不应受到这种待遇。他的确给人一种印象，好像没戴首饰的女人他都不好意思正眼看。女孩子最迟到十二岁就会萌发佩戴首饰的欲望。但是没有哪条规则适合所有的人。当然，如果一个姑娘快二十岁了，而她对首饰的欲望依然沉睡，她的亲戚朋友们就有义务让她的首饰禁欲接受考验。这是德·罗尔说的话。有一段时间他还当着她母亲和伯爵的面这么说。他还专门拿穆哈咖啡作礼物送给她母亲，母亲满心欢喜，这可不能忘记。是的，这是最纯正的穆哈咖啡,是他通过关系直接从埃及国王的后宫里弄来的,都是咖啡豆,全是一颗一颗地挑选出来的。母亲喝下一口之后,兴奋得几乎失去了知觉。

首饰传播者随后就得到与她单独会面的许可。这许可与其说是她,不如说是她母亲颁发的。也许因为他说,如果一位母亲不仅仅在首饰方面给年轻的女儿树立了过于高大的榜样——乌尔莉克的母亲就是这样——那么佩戴首饰的自然愿望在这个女儿身上姗姗来迟是可以理解的。他说话的声音不大,也并不差强人意,甚至显得若有所思,但是他滔滔不绝。谁都看得见,他没法不这样。这些话他不得不说。为了她的缘故。说话的时候他看着她,用的是观察家的目光。或者说好奇的目光。很显然,他准备发现点什么。譬如他这番受观察启发的讲话有什么效果。所以,既然别人如此关心她,她就不能简单地加以拒绝,更不能用一声"换个话题"打断人家,虽然她在林荫道上把这声喝令练得炉火纯青。她不能这么无礼。这点她必须承认。再说了,这位传播首饰的使徒也不应受到她的伤害。他的确有向人示好的天赋,能够让人感觉出他只是一片好意。他说她反正已经出落成女人了,从君士坦丁堡到伦敦,她这种层次的女人没有谁不在脖子和耳朵上戴点东西就出来四处乱跑。如果她近期将出现在维也纳的淑女亮相舞会上,她就得考虑如何回答别人问过一百遍的问题:您为何不沾首饰。如此这般。

这时我想起了您,阁下。就是说,我人坐在那里听他说话,我的心却在您这里。您是我敬仰的对话大师,我师从您四十九天,这个数字没错,对不起,我暗中计算了天数,别人学习骑马的时候,我在您这里学习如何讲话,我由此度过了幸福的四十九天,过去学的东西还从未变得如此美好,如此重要,如此充实心灵,我非常激动,非常振奋。说到骑马,在我们的特尔施布利茨宫,我那匹褐色的马正等着我,等着和我一道跳跃跨栏、跨过壕沟,感觉自己就像秋天的风暴,就是说,早在学习识字之前我就学会了骑马。所以我现在又会骑马,又会讲话。我的自我感觉很好。跨越午夜界限之后,德·罗尔又主动说出第二个名字,他说这又是一个不可以告诉别人的名字,除非我在众目睽睽之下更名为德·罗尔。这时我大喊一声打住,我拒绝履行合同,因为我没有跟他签署合同,因为这是一个没有征得我同意就强加给我的合同。这时他做出一副深受打击的样子。我们用信任换取信任,他大声说道。如此这般。阁下,这场透露名字的游戏是如此的内容贫乏,其实也无足轻重,我都不知道从何说起。尽管我及时表示了反对,这位摇身变为生活使徒的首饰使徒还是通过他的名字魔术让我陷入一个我试图摆脱的境地。这是怎样的境地!我现在确实感觉自己受到这所谓的信任的约束,尽管他事先没有征询我的意见就把信任给了我。尤其因为他非常激动地谈起他所经历的一次失望打击,那场打击几乎要了他的命。这样的事情他不能遭遇第二次。背信弃义曾经把他逼到生存的边缘。如此这般。现在阁下肯定已经比我还清楚,因为阁下绝对聪明,因为我是当局者迷,阁下是旁观者清。是的,我觉得自己已经陷入迷茫。如果这就是所谓的生活,我还真不知道自己是否愿意参与生活。尽管现在也出现了一种冒险氛围,如果我的感觉没错,这种氛围并非一味让人不舒服。绿宝石我还没有在公众场合佩戴过。戴上试了试,但只是在一个人的时候。我还说不上什么。就色调、尺寸、式样而言,这颗宝石无论如何都很内敛。但是按照首饰使徒的说法,这颗宝石的风格可以跟德文郡公爵夫人戴的绿宝石媲美。我懂了,整个这场首饰进攻战是母亲和克勒贝尔斯贝格伯爵一手策划的。克勒贝尔斯贝格刚刚把一根足以在脖子上环绕四圈的项链送给她母亲,波希米亚出产的石榴石,颜色与其说泛红,不如说透黑,同时还送她两条同样沉甸甸的、同样红里透黑的石榴石手链,以及同样深色的耳坠,伯爵跟发生在布吕克斯的事情多少有些干系。他威胁要用成堆的首饰把她埋葬。也许是在催她订婚。我反应过来了,母亲想结婚,但是她不想让一个成年的女儿跟在身后。所以她要打发女儿走。她要让女儿戴上首饰去参加淑女亮相舞会。这肯定是伯爵的主意。德·罗尔先生成色最好。他是金光大道。不过这封信该收尾了。以前经常拖长声音叫您"阁——下",现在真希望再这么喊一声,而且希望您能听见。落款又是:您的女友乌尔莉克敬上。

  他突然发现这个落款不再有任何价值。她对首饰问题发表的长篇大论让一切都贬了值。现在什么都没了。现在他被撵到属于他的地方,撵到他本该寸步不离的地方。可是他怎么可能在那千千万万个瞬间明白这全是一场空。这只是……只是什么?别费脑筋了。没有什么好认识的。别又来一番检讨,检讨什么事情做错了,什么时候开始错……扔掉,全部扔掉,包括你本人,别来陈词滥调,专心想想以后也可以付诸行动的事情,别高谈阔论,去它的,保守秘密,其他事情别管,你生活在敌人的包围中,你必须表现得神秘莫测,你是史无前例的断念者,你只需放射出断念者的光芒!别高调行事,要低调,彻底低调,这才符合规则,你是伟大的断念者,你是德国、欧洲乃至全世界最高贵的文化门面,你给后世树立断念的典范,所有的不幸者都应该像仰望星辰一样仰望你:你看,人们就这样与巨大的痛苦打交道,痛苦不再是痛苦,痛苦不再造成痛苦,你面带微笑,你的面容因为文化苦相而变得好看,痛苦是应景诗,不会太轻松,但是比《哀歌》轻松许多,《哀歌》锁在保险箱里,撰写《哀歌》需要痛苦,既然现在事情已经过去,已经彻底过去,你就可以承认你遭受了巨大痛苦,既然事情已经彻底成为过去,它就可以在过去造成很大的痛苦,关键在于事情已经过去,已经一去不复返。重要的是:你必须保证她收到信!她必须看到你不是一条缩成一团的毛虫。如果她看到老家伙过了这一关,她就会感觉舒服一点。你们共同上演了夏日戏剧,这给他造成了痛苦,这没什么不好,多来点痛苦更好,但是他过了这一关,他断了念,他甚至改写了他的《漫游年代》,副标题又是《断念者》,但是现在要让每个人看到如何断念,他说过,人是高尚的,善良的,乐于助人的[①],如果他不好受,就有神灵相助,让他说出他憋在心里的话,且慢,这恰恰不行……

外面传来嘚儿嘚儿的马蹄声。新钉的马掌踢打着坚硬的路面,发出悦耳的声音。八匹马踢踏出世界上最沉稳的节奏。马蹄声把他的思绪又带到卡尔斯巴德,因为他住在维森旧街,离特佩尔河大桥不到五十米。有一次他们听见跨河木桥上传来沉闷的马蹄声,乌

[①] 语出歌德诗歌《神性》(1783)。参加樊修章译《歌德诗选》,译林出版社,2000 年,第 81—83 页。

尔莉克便说：幽灵骑士。晚上他们坐在金色花束旅馆门前欣赏从骷髅山背后升起的月亮。他还回想起跟她一道默默无言地欣赏喷泉的情形。喷薄向上的泉水并非一成不变地冲到同一个高度，否则它就只是一根刺向空中的水柱。这泉水喷薄而出，直奔高处，然后停留四分之一秒，仿佛它要喘口气，要蓄积力量，然后再次喷薄，冲向高空。他和乌尔莉克及其他温泉度假客人站在一起，他不知道他们陶醉于这喷泉奇迹的时候心里想些什么。他觉得人们表现得很虚伪。大家为什么不能够，为什么不可以把此时此刻的感觉清楚地表达出来？！喷泉让他感觉到他那野心勃勃的玩意儿射精时的节奏。乌尔莉克是什么感觉？其他人是什么感觉？如果乌尔莉克随后在回去的路上碰碰他，他会感到彻底的幸福。他再也没机会跟乌尔莉克一道看泉水喷薄了。想到"再没机会"的时候，他感觉到一股力量。一股毁灭性的力量。他周身变得僵硬起来，他感觉必须阻止这种僵硬趋势。现在比任何时候都需要保密。藏起来。如果他现在暴露自己的内心，在他周围马上就会刮起一阵同情和胜利的飓风，他将在自以为是者掀起的道德-审美巨浪中沉没，可怕的惋惜如同骇浪一般滚滚而来。他本能地去拿他的日程表。封·米勒总理将和尤丽叶·封·埃格洛夫施泰因一起来。上面注明他们是来展示一幅令人吃惊的画。他们五点才到。里默尔六点来，他想朗诵他的新作，一首针对语言清洁工的讽刺诗。然后与索雷、阿德勒·叔本华、封·米勒总理、里默尔、奥蒂莉·迈尔、艺术总监勒尔共进晚餐。但是五点之前还要接待一个措伊纳先生。此人用矫揉造作的语言请求将他推荐给威廉·封·洪堡。他是封·米勒总理大力推荐过来的。

　　她用过去交换未来。每一个还有民事行为能力的人都会这么做。聚会的时候民事行为能力这个词不能从你嘴里出来。像熄灯一样熄灭自己的生命。你已经梦见了一切。千万不能在白天承认你的梦有道理。你梦见你和她在卡尔斯巴德的教堂,那是魏玛的雅各布教堂。它现在矗立在卡尔斯巴德。从高处俯瞰这个位于森林边缘的城市。在去狄安娜小屋的路上,他和她在这里获得一种体验,因为他们有四个钟头以"你"相称。他梦见他们一声不吭地沿着崎岖的道路爬行。实际上乌尔莉克走在这陡坡上面也背诵了描写维特悲悼被伐的胡桃树那一段。当他们到达森林边缘的时候,她发现了教堂,他看出只是雅各布教堂。他们走进教堂,教堂里面被成百上千支的蜡烛照亮,就像过节一样。教堂里面挤满了人,就像克里斯蒂安娜下葬那一天。一进教堂乌尔莉克就哈哈大笑,对这个人笑,对那个人笑。人家也还以哈哈大笑。乌尔莉克认识这里的每一个人,这里的每一个人都认识乌尔莉克。然后他们接吻。他和她接吻。实际上他们是在顺着森林边缘往回走的路上最后一次接吻。但是,当他们在梦中接吻的时候,她一边接吻一边转过自己的脸,她是为了能够朝旁边看,为了看到一个年轻人——这显然是个东方人——的背影。这个年轻人从他们身边走过,朝门口走去,在从门口消失之前,他还再次转过身跟她交换交换眼神。

　　当他从这个梦中醒来之后,他立刻翻身起床。他害怕自己再次入睡之后会再一次做这样的梦。对于梦,他无能为力。为了防止做这样的梦,白天需要他做点什么?他知道答案。他应该贯彻自己的意志。贯彻的对象就是他自己。做迄今为止非常有效的事情：写作。他可以写自己想写的事情，可以写自己想论述的事情，只要在写作，他就处于受保护状态。这个他做得很熟练。他在这方面游刃有余。写作的时候他不属于这个世界，他在自己的世界里面。但如果他感到疲倦，不得不停止写作，名叫过去的敌人就会变本加厉地发起进攻，仿佛这个敌人趁他休息之机秣马厉兵，养精蓄锐，比先前强大了四倍。他拿起胡弗兰德的书，翻出当初生病时阅读和勾画的那一段。现在他把这一段再读一遍：

> 布尔哈夫①讲述自己的经历。他说他连续几天几夜思考同样一个问题，随后突然感觉自己如此疲惫、如此稀松，只好在麻木和近似死亡的状态中躺了好长一段时间。

既然他对乌尔莉克朝思暮想，他为什么没有陷入他所渴望的麻木和近似死亡的状态？他怎么从未想到让乌尔莉克放弃拒绝首饰的立场？他太尊重她。他太崇拜她。她现在的样子就让他顶礼膜拜。在卡尔斯巴德的最后一个晚上，他送她一片金质银杏叶，这绝对可笑。即便在那天晚上她也没有戴。而那把镀金小钥匙他却不分昼夜地挂在脖子上——有这把钥匙才能拿到她的手套。他们之间存在残酷的不平等。

他没有接见那位措伊纳先生，而是口述了一封给洪堡的推荐

---

① 赫尔曼·布尔哈夫(1668—1738)，荷兰医师，第一位临床医学教授。

信,然后让约翰转交给措伊纳先生。他如此不留情面,是因为他想报复措伊纳先生矫揉造作的语言。过了一会儿,封·米勒总理和尤丽叶·封·埃格洛夫施泰因就来了,对于他们,他几乎有点盼星星盼月亮。尤丽叶进来以后,他和封·米勒总理就开始在她面前争宠。他们把尤丽叶叫做可爱的尤丽叶,这种叫法有道理。他们的争宠给尤丽叶带来莫大的享受。但是今天封·米勒总理和尤丽叶·封·埃格洛夫施泰因进门的时候却都带着一脸的诡异。封·米勒总理拎着一幅包裹起来的画。请,请坐,阁下,请转过头去。他服从指挥。当他可以把头转过来的时候,画已经挂在专门用来展示新画的墙上。画中人物是乌尔莉克·封·莱韦措。看着他无言以对的样子,那两人都非常高兴。

尤丽叶说这是给他的圣诞礼物。她送的。但她不敢肯定这幅画放在家庭圣诞树下是否受欢迎,所以现在就把东西给他带来。

编剧艺术,歌德想。天上人间的总导演。或者是魔鬼的祖母。他从来都知道,偶然这个词只是给无知者应急用的。

阁——下,尤丽叶拖长声音喊他。平时只有乌尔莉克才这么喊。

情况有些微妙。他不能站起来。他必须摆出一种姿态,既要让这两个好心人能够理解,同时也让他们今后在别人问起来的时候能够替他宣传。这幅画是怎么来的,尤丽叶?这个问题听起来很急切,但并不慌乱。

尤丽叶早有准备。她马上就滔滔不绝。尤丽叶在德累斯顿结识了一个在当地学艺术的弗尔克桑小姐。尤丽叶刚刚说到自己家住魏玛,来自拉脱维亚西部的弗尔克桑小姐就跑去取她创作的歌德肖像,她想知道自己画得好不好。尤丽叶学着歌德的口气,说:酷似。弗尔克桑小姐非常高兴,她透露说,乌尔莉克·封·莱韦措是她的好友,给她讲了许多有关歌德和马林巴德的事情。她说她给乌尔莉克也画过一张素描。尤丽叶买下了这张素描,将其加工成画像:又像水粉画,又像水彩画,又像粉笔画,又像油画。绝妙之处在于:乌尔莉克的脸五彩斑斓!他想起来了:她在梦中就是这个样子。啊,尤丽叶!尤丽叶请他说说这幅画画得好不好。

歌德说:酷似。

现在这两人都哈哈大笑。

然后他一本正经地对封·米勒总理说:您肯定知道,奥蒂莉和家人明天去柏林。柏林光辉灿烂,奥蒂莉说。她说这话以后,人人都这么说。大家都想去柏林度假,去柏林开心。但不是所有的人都办得到。我们这些可怜人只能望着幸运者的背影黯然神伤,但是我们也希望有权利照顾自己。我们要做的第一件事情,就是把这幅画从这位艺术家手里买下,总理先生,然后把它放到我的房间,放进我的柜子,让它永远消失,我们不知道有这幅画的存在!杜绝闲言,杜绝谣言,我们是老练的断念者,我们刀枪不入。总理先生,亲爱的尤丽叶,我看见了,你们打心眼里赞同我的做法。说罢,他让人把画取下来,送到他那里去。事情由施塔德尔曼来处理。这个晚上得救了。

晚上回到房间,他看见智慧的施塔德尔曼给他留的字条,现在他知道画放进了哪个柜子。

他坐在椅子里,让自己的双手颤抖。他的手绝对不会在别人面前开始颤抖,这种危险一点儿不存在。但是,当他独自一人的时候,让双手颤抖几乎成为一件很舒服的事情。他不需要做什么事情,它们颤抖得轻轻松松,可以说是自动颤抖。他在观看。他端详自己的手。指甲。在马林巴德的时候,施塔德尔曼给他擦洗过,修剪过。如果天然钻石竞争不过人工钻石,胡安·亚当·德·罗尔也许就会借助他在东方的关系网成为咖啡贸易巨头。未来的名字叫穆哈咖啡。

六

最终他还得起床。他刚一起来,她的缺席就令他浑身震撼。这是一种新鲜的、火辣辣的疼痛感,他仿佛是在这一刻才得到噩耗,才得知自己失去了她。他马上感觉自己已被抛弃,这种感觉渗透到他所有的思想。躺着的时候他花了大量时间来练习想象,他想象自己没有她是什么样子;通过练习,他习惯了他身边不再有她,永远不再有她这一事实;他感觉自己已经大功告成。就像给过去的一切罩上一张不会走漏任何风声的被单。可现在呢,他挪了挪身子就前功尽弃,好不容易养成的习惯重新化为乌有。回忆就像刺刀,一次又一次地刺杀一个手无寸铁的人。好吧,重新开始。通过练习习惯前途无望。现在他有乌尔莉克的画像,他随时可以去看,可以把尤丽叶给她涂得五彩斑斓的脸蛋看上一遍又一遍……说什么?

他绝对不能再看这幅画像。他也知道,即便告诫自己一百遍,随后他照样会跑过去拿出来看。看啊,看!无耻的编剧艺术!有了这幅画,她的存在比没这幅画的时候更清晰。所以这幅画让他的斗争变得更为艰难。所以他应该把画像毁掉。他应该这么做,可是……他应该做点对付画像的事情。所以他尽可能地快步走向书桌。他开始了写作:

恋爱中的男人

完整的脸不见了。一根歪曲的鼻梁,一个鼻尖,一张动个不停的小嘴,拼命挣扎,一个干瘪的昆虫,不想叉在刺眼的尖下巴上面。垂落下来的短发什么都遮不住,尤其遮不住丰满的耳垂。两个耳垂就像挂在妓院门口的两个红灯笼。细瘦的脖子只能用厚重的首饰来挽救。动作很奇怪,指挥这些动作的中枢系统仿佛不存在。走路东倒西歪。说话声音尖厉。很适合跟人争是非。从不放声大笑。只会嘻嘻窃笑。这就是你的形象。

啊,乌尔莉克,你让他变成一个练习跳高的侏儒。他充满敌意。他无法摆脱对乌尔莉克的敌意。把敌意当器械用,当杠杆用,他自己的力气不够,需要杠杆加力。但是他如何才能产生一种针对这个女孩,同时又能说服他本人的敌意?仇恨?他这一辈子没恨过谁也过来了。唯有痛苦可能给那个给你造成痛苦的女孩制造痛苦。但如果你看出自己的痛苦是自找的,怎么办?如果你遭遇什么可怕的事情,如果你又不得不承认自己活该,怎么办?如果你能够说自己遭受了委屈,你就可以反抗。如果你被迫承认是你自己给自己施加痛苦,如果你没有任何人可怪罪,你就必须反抗你自己。厌恶吗?是的!越来越厌恶。在马林巴德和卡尔斯巴德穿过的衣服全都让他越来越厌恶。他早该采取行动了。

他叫来施塔德尔曼,吩咐他马上把他夏天在波希米亚穿过的东西塞进一个箱子里。维特的装束,带有红绒领子的风衣,他在波希米亚买的所有棉麻衬衣。黑色和白色的真丝马甲,白色睡衣,白色围巾,长袜和短袜。施塔德尔曼,你又在波希米亚卖头发。本来我不得不解雇你。如果你现在办事不力,我就开除你。把所有东西都塞到箱子里去,然后驾车去韦比希特,出法萨内里,带上泥炭和纸。点上一把火,把这堆东西烧得干干净净。施塔德尔曼,明白吗?

歌德提到卖头发事件的时候,施塔德尔曼的魁梧身躯明显发生了萎缩,随后他重新直起身子,庄严宣誓:明白,最仁慈的主人。

歌德看出自己现在可以信赖施塔德尔曼。如果我什么时候再见到夏天用过的一张手绢或者一条围巾,你就得走人。明白吗?!

明白,最仁慈的主人,说罢,施塔德尔曼走了出去。

奥蒂莉已到柏林。他的行动能够成功。他松了口气。然后冲进保存票据的房间。由约翰·威廉·施塔德尔曼记录和签字的旅行开支结算单。大小合适的纸上写着施塔德尔曼的字,他的字体跟他的驾驶风格一样气势飞扬。今年夏天的文字和数据又一次让他读得爱不释手。每天沼泽泡澡花三十个十字币,每天上油花十五个十字币,四个小圆面包花八个十字币,每天点的蜡烛用一点四个十字币,施塔德尔曼记录了每一个古尔登①和每一个十字币的开支,啤酒,洗衣服,旅馆费,纸张,"纸"字写错了,小费,施舍,墨粉,向布勒

---

① 德国旧时通用的金、银币。

西奇克男爵交纳餐费三点二个古尔登,他每次在对面的克勒贝尔斯贝格宫跟封·莱韦措夫人的父亲同桌用餐之后都付费,为此他依然感觉很好。这些他都可以亲自动手烧掉。片纸不留。包括矿泉水管理处开的账单,涉及送到他家里的几箱十字架矿泉水,每箱三十六瓶,配有瓶塞。这些矿泉水救了他的命。这些账单他必须再读一遍。

尊敬的客户,如果您确认本公司按时交货,物品也完好无损,就劳您大驾,将货款付与车夫。

不,这张账单他不会烧掉。这张单子应当作为商业道德的丰碑保留下来,这样的商业道德将不复存在。他把账单放进一个专门存放票据的抽屉。

但是这幅画呢?如果他动真格,他就必须烧毁这幅画。但是他没法烧毁一幅画。现在还做不到。还有保险箱,里面存着1823年8月28日得到的手套,还有他仍然用一根细链挂在脖子上的保险箱钥匙……烧不掉的东西必须全部埋葬。先拿走再说,项链和小钥匙都拿走,眼不见心不烦。

他的呼吸变得轻松起来。仿佛是这一决定让他有了行动能力,他突然明白:他整个的断念表演,他上演的舍弃情感的滑稽剧,他的文化布景等等,这全是因为他以怪诞的方式过高地估计了周边和社会。

奥蒂莉没错,她骂他是达尔杜弗,让他看到自己的真实面孔:他在文学中使劲宣传,高脚杯里的药越是苦口,我们喝药的表情就越是甜蜜,在实际生活中却跟伦敦的贫民窟里最潦倒的鸦片吸食者一样没根基、没道德、没性格。她可以这样冲他怒吼,她说得有道理。

他对社交界产生了前所未有的距离感。他有必要把他最宝贵的能量用来闲谈,以便让声名狼藉的篡改者贝蒂娜·封·阿尔尼姆、卡罗利妮和夏绿蒂们以他喜欢的方式来谈论他吗?本来他没有必要把乌尔莉克藏起来不给她们看,他只需把乌尔莉克藏起来不给自己看。他本来可以不把精力耗费在一场断念表演闹剧上面,他本来应该全力以赴把乌尔莉克从他的内心世界驱逐出去。他做了努力。但他没有全力以赴。没有按照这场战斗所要求的那样全力以赴。战斗的时候他就意识到自己无法赢得这场战斗,他就意识到自己不想赢得这场战斗。他赢得输不得,所以他从不让自己接受明知自己无法通过的考验。他必须避免自己得低分。每当他相信自己真的可以让乌尔莉克从他内心消失的时候,乌尔莉克就会浮现在他的眼前,她头戴一顶用黄色带子交叉系紧的草帽,站在公园的水塘边上喂天鹅。他必须保护自己不受这些回忆的打击。保护自己!千万要保护自己!现在有一个策略很受欢迎:对自己毫不留情。或者说你栽在一个女孩脚下,她对你略知一二,但是没有任何的洞察。他现在所感觉到的,不是力量。他相信他可以不好意思。他害臊。不是在世人面前害臊,也不是在某个道德、某种习俗或者规矩面前害臊。而是在自己面前害臊。他感觉自己已经有能力在自己面前害臊。他走路垂头丧气、跌跌撞撞,说话结结巴巴,而且对自己谎话连篇。他从来没有这么骗过人,即便是他的死敌也没有被他这么骗过。他用各种思想来欺骗自己，就因为这些想法里面出现了一个女孩，这女孩让他无可奈何，对他为所欲为。然而，让疯狂这朵温柔美丽可爱的花儿那样盛开的，不是女孩，而是他。但是这疯狂源于你……别给自己预测什么。你屈服好了，让自己的害臊感越来越强烈。别对这种感觉提什么要求。让它越来越强烈。直到它让你做成一件你现在无法估量的事情。敏感导致你无法再容忍布景变换，你只需培养这种敏感。别心软。等着瞧，对不对。

可既然一切有分量的事物都会招来有分量的对立面，就有一种感觉让他明白，他必须隐瞒自己依赖乌尔莉克这一事实，那一段时间是他的幸福时光。外面是整个不予理睬的世界，他却蜷缩在照耀得一天比一天亮的回忆洞穴，里面堆积着无法享用的宝藏。现在他必须消灭回忆。隐瞒，对自己隐瞒，这恰恰办不到……就在这时，啊，神圣的编剧艺术！一封薰衣草蓝的信封送到他手里，里面的信纸同为薰衣草蓝。上面写着：行踪无不相告。我们想在德累斯顿庆祝元旦。如果您也想参加，您恭敬的女友乌尔莉克将非常高兴。

他想：说来说去还是一场伊夫兰德戏剧。施塔德尔曼站在门口向他报告已经成功烧毁一切来自波希米亚的物品。歌德站起身，走过去，与他握手，与他紧紧地握手，说：你以后可以卖头发，时间地点不限。施塔德尔曼说：最仁慈的主人，每次做这种事情可都是因为人家来央求我。女孩什么的。

施塔德尔曼出去了。歌德坐在那里，觉得自己是运筹帷幄的战场统帅。骑手们跳下马背冲进来，接二连三地报告军情，他必须做决定，必须命令现在做什么。但他不是统帅。即便他是统帅，他也是一个认为士兵们必须自己拿主意的统帅。他是亚西比德加安东尼,他的完美连苏格兰上尉也赶不上。他犹豫再三,然后仓促做出一个完全错误的决定:在韦比希特烧掉从马林巴德带回来的物品!

他命令自己休战。收到邀请他去共度元旦那封信以后,他就可以做到耐心地、心平气和地履行接见客人的义务。他让封·米勒总理决定他接见谁,接见多长时间,以何种方式接见。他以前所未有的开心方式跟阿德勒·叔本华、尤丽叶和林欣·封·埃格洛夫施泰因开玩笑,称阿德勒是他的女宠儿。由于阿德勒马上拿出去四处给人说,所以他还得以前所未有的方式让尤丽叶陶醉,他在手下人那里也成为很有耐心的同伴。除了做文秘和抄写工作,约翰还总肩负着观察天气乃至书面记录天气事件的特殊任务,他委托约翰从温度计、气压表和云象观察中做出预测。约翰报告说,未来将有相对这个季节来说很不典型的高温天气。残留在地面上的薄薄一层雪将全部消失。他的话里带着遗憾,因为他知道枢密顾问欣赏严冬。歌德保持了克制。他让施塔德尔曼过来,马上向他表明自己乐不可支,因为,亲爱的施塔德尔曼,也许我们很快就要来一次飞快的德累斯顿之旅。我们拿全国最好的马车做什么?我们拿世界上最好的车夫施塔德尔曼做什么?施塔德尔曼说:我充满期盼,仁慈的主人。现在每天都去周边地区做短途旅行。德累斯顿!斯塔尔夫人几年前就急切地、充满诱惑地邀请他去德累斯顿看她。她的吸引力不够大。这位女士很了不起,值得尊敬,也足够聪明,但他觉得她太野心勃勃。一到她跟前,他就被她所吸引。她对他的认识,是女人才可能有的认识。对于他的男性性格,她有一句名言:Il vous faut de la séduction。他不是征服者,他是被征服者。乌尔莉克是第一个拒绝征服他的女人。尽管如此,因为如此,他要去。去德累斯顿。S w s w。

12月28日他又让套马出去兜风。这几天他静不下心来写作。他在自己面前感到羞愧。但这没有用。只要是绊脚石,他都毫不犹豫地一脚踢开。谁都不再可能让他产生什么疑虑。管他的!这关他什么事!这没完没了的打分!生活不是给人打分的,而是给人生活的!

星期三,12月28日,发生了如下事情:他们驾车出城的时候总是走集市广场,靠广场的右侧走,然后从王宫巷去圆锥桥,从那儿跨越伊尔姆河。12月28日,他在看见毗邻太子餐馆的邮车总站前停着一辆正在换马的马车。餐馆门口站着四个人,显然在和驿站总管交谈。即便是他这样一个近视眼也从马车的形状看出这不是普通的邮车乘客。四个人高矮不一。全都身着裘皮大衣,因为不太冷,大衣显然敞着。头上没戴裘皮帽,而是围着头巾。受蓝色信纸给他带来的心情的影响,他把这四个人看做莱韦措母女。就像人们知道一个山脉的几座山峰的名称一样,他相信自己没认错,这高矮不同的几个人就是那个"神圣的家庭"。纯粹开玩笑的时候他这么叫过莱韦措一家。施塔德尔曼不得不马上从下一个路口拐进大学巷,然后从肥皂巷回到弗劳恩普兰街,然后快速驶进院子。他告诉施塔德尔曼,现在交给他一项有史以来最为严肃的任务:去那边,以必要为前提近距离地驶过,看看他认得出还是认不出那四个旅客。但他本人不能让人认出来。

然后他在那六个房间连成的跑道上跑来跑去,跑得比他希望的快。如果他像其他近视眼那样戴一副眼镜,他早就看出是不是她们。统帅,你应该被枪毙。他刚刚还——是的,还不到一个星期——心满意足地对《漫游时代》里面谈论眼镜那一段进行了加工。天哪,来这样的惩罚!他在小说里面让反对戴眼镜的威廉宣布:用眼镜看世界的人,总是认为自己戴上眼镜之后更聪明。眼镜无助于淳化民风。我所看到的,比我应该看到的多。啊,威廉,威廉!歌德用拳头捶击胸膛,捶得不重,但是捶得很快。仗还没有打输。如果这是莱韦措母女,莱韦措母女就不会路过魏玛却不来看他。或者说她们在赶时间?德累斯顿有人在等她们?安静。现在别出声儿。他给自己倒一杯波尔图红葡萄酒,一口喝干。然后又倒一杯。然后来第三杯。他的呼吸恢复了正常。他的思想只会原地打转,只能从德累斯顿想到元旦再想到乌尔莉克,然后又从乌尔莉克想到元旦再想到德累斯顿。他的心拍打他的胸膛,就像一个认为自己被无辜关押的犯人拍打牢门。他的心想把自己拍打得鲜血淋漓。它感觉自己受到虐待。他没法对它进行安慰。接到乌尔莉克寄来的信他就觉得奇怪。是的,约好行踪无不相告,但随后寄来的是一份正式邀请。这不是乌尔莉克的风格。这是她母亲做的事。她想把他作为战利品拿到她和克勒贝尔斯贝格举办的舞会上展示。她想让他提升舞会的档次。这对他无所谓。重要的是,他看见乌尔莉克……

施塔德尔曼走进来,满脸堆着喜悦。没错,仁慈的主人,没错!是她们。她们没看见我。但就是她们。四个人都是。

谢谢,施塔德尔曼,统帅说,退下!说着跟军人一样手一挥。施塔德尔曼立正,转身,走了出去。歌德必须再喝一杯波尔图。这可没法忍受。两个钟头以后他喝光了两瓶波尔图。他几乎走不动了,但是可以坐着。可以思考。现在他很高兴自己成了统帅。现在出现了胆小鬼。有人见到朋友就躲。莱韦措母女悄悄溜走。她们在12月31日才迎接他。她们要他提升其名望。但今天还不是时候。今天她们有事……不管什么事。她们跟他没什么事。跟他再也不会有什么事。永远不会有什么事。现在他很高兴他试图服从这几天一直在他心头蠢蠢欲动的感觉:害臊。现在这种感觉非常清晰。他为自己感到害臊。他周身都觉得害臊。现在有了这崭新的体验之后,他才真正害臊起来。害臊之中他意识到:你完了。他不再诅咒他的小说的主人公对眼镜抱有偏见。如果你戴了眼镜,你就会认出这家人,她们就必须到你这儿来,其实她们根本不想这么做。他忘了在什么地方,但是他写过这么一句话:动物不用仪器,它们只感知大自然允许我们感知的东西。有什么东西大自然不让我们感知。现在他可以补充一句:大自然阻止不可能的事情。不可能的事情被阻止了。现在感觉轻松吗?他有一种从未有过的轻松感。这种感觉的名字叫做没有爱。没错。这种感觉他从未有过。从未体验过。但是他无法给这种感觉取别的名字。他自由了。他分明没有爱。他处于无爱状态,这种状态清晰可感,他前所未有地感觉海阔天空,瞧瞧,哪怕这是虚空,一种超越所有感觉的无感觉,他得救了,自由了,这就是自由,自由就是无爱状态,没有爱,没有快乐,没有生命,没有痛苦,再也不可能遭受谁的折磨。他本人也不可能再折磨自己。受造物得救了。想当初,摩西爬上立法山的时候筋疲力尽,没有听见第一诫,从而铸成永世难消的悲剧性错误,现在他爬上了自己的西奈山,他也筋疲力尽,但是他的耳朵一点不背,他的耳朵比任何时候都听得清楚,他听见了,他听懂了第一诫:你不应爱。

他上床躺下。他的脑子里不再冒出各种让他想抵挡也抵挡不住的想法。他只是感觉到自身。除了自身他感觉不到任何东西。仿佛他填满了整个世界。整个的世界就是他。他一身轻松。飘飘然。轻飘飘的沉重。终于来了。失重吗?这就是失重吗?他心里想。他进入梦乡。一觉睡到第二天。

醒来的时候,他手里握着那玩意儿,硬邦邦的。他知道自己梦见了谁。S w sw①。

---

① 我们到这地步了。

补　记

在贵族小姐封·莱韦措身边做了十六年婢女的玛丽·舍费尔女士记述了1900年12月12日发生的事情：

头一天晚上上床的时候，乌尔莉克·封·莱韦措小姐脸上浸出一层冷汗。她预感自己时日不多，所以决定将一叠书信放在银盘上烧毁。信的内容无人知晓。纸灰封存在一个银首饰盒里。莱韦措小姐希望在她去世之后把这无比宝贵的纪念物放进她的棺材。后来她的愿望得以实现。四点钟，她在一阵咳嗽中醒来，六点钟，她安详地走了。

根据封·莱韦措小姐的侄孙女的书面陈述，她烧毁的应该是歌德的来信。

原书名：Ein liebender Mann
作　者：Martin Walser
© 2008 by Rowohlt Verlag GmbH, Reinbek bei Hamburg
本书中文简体字版版权，浙江文艺出版社独家所有。
版权合同登记号：图字：11-2016-355 号

图书在版编目（CIP）数据

恋爱中的男人 /［德］马丁·瓦尔泽著；黄燎宇译. —杭州：浙江文艺出版社，2016.9
ISBN 978-7-5339-4611-1

Ⅰ. ①恋… Ⅱ. ①马… ②黄… Ⅲ. ①长篇小说—德国—现代 Ⅳ. ①I516.45

中国版本图书馆 CIP 数据核字（2016）第 209852 号

责任编辑：曹元勇　王丽荣
封面设计：周伟伟
责任印制：吴春娟

恋爱中的男人

［德］马丁·瓦尔泽　著
黄燎宇　译

出版：浙江文艺出版社
地址：杭州市体育场路 347 号　邮编：310006
网址：www.zjwycbs.cn
经销：浙江省新华书店集团有限公司
印刷：上海中华商务联合印刷有限公司
开本：880 毫米×1230 毫米　1/32
字数：155 千字
印张：8.25
插页：4
版次：2016 年 9 月第 1 版　2016 年 9 月第 1 次印刷
书号：ISBN 978-7-5339-4611-1
定价：37.00 元（精）

版权所有　侵权必究
（如有印、装质量问题，请寄承印单位调换）